HEXE OHNE WENN UND ABER

PREMONITION POINTE
BUCH VIER

DEANNA CHASE

Übersetzt von
HELENA TAMIS

ÜBER DIESES BUCH

Ein paranormaler frecher Frauenroman mit einem Hauch Klasse – für alle, die das Gefühl haben, das Alter wäre bloß eine Zahl wie jede andere!

Clarity „Gigi" Martin zog wegen eines Neuanfangs nach Premonition Pointe. Und genau den hat sie bekommen, als sie ihr perfektes Spukhaus am Strand und eine Gruppe Hexen fand, die sie in ihre Riege aufnahmen. Mit einundvierzig ist es nicht leicht, neu anzufangen, aber sie ist entschlossen, zu ihren Bedingungen weiterzumachen, während die schmerzhafte Vergangenheit weit hinter ihr liegt … bis Sebastian Knight zurück in ihr Leben kehrt. Sebastian war der einzige Mensch, dem sie je vertraute, aber jetzt wirkt es, als wäre er derjenige, der Geheimnisse wahrt. Nachdem ein Geist Gigi eine rätselhafte Nachricht hinterlässt, will sie unbedingt ein für alle Mal die Wahrheit finden, selbst wenn sie damit die Büchse der Pandora öffnet.

Da nichts so ist, wie es scheint, muss Gigi lernen, wem sie vertrauen kann, oder die Vergangenheit wird sich wiederholen.

KAPITEL EINS

*M*ir wäre es lieber, ein Loch im Zahn ohne
„   Betäubung füllen zu lassen, als noch auf ein
Date mit den Typen auf dieser Dating-App zu gehen", sagte
Gigi, die ihr Handy angewidert auf das Sofa warf.

„Ach, meine Liebe. So schlimm können sie doch gar nicht
sein", erwiderte Skyler, ihr Nachbar, der sich ihr Handy
schnappte und durch die neuesten Matches scrollte.

„Doch. Und falls du das anders siehst, sind deine
Standards echt niedrig." Gigi stand auf und ging hinüber zu
ihren Terrassentüren, um hinaus auf das aufgewühlte Meer
zu schauen. Es war neun Monate her, seit sie sich von ihrem
gewalttätigen Mann hatte scheiden lassen und in das
wunderschöne Haus am Meer in Premonition Pointe
gezogen war. Wären nicht Skyler und ihre anderen
Freundinnen gewesen, die sie drängten, es wieder mit dem
Daten zu probieren, hätte sie sich zufrieden nur mit sich
beschäftigt, ihre Tränke hergestellt und eine gute Zeit mit
ihren Freundinnen verbracht, wenn diese nicht zu sehr mit
ihren Partnern beschäftigt waren. Da sie derzeit ihre

Freiheiten genoss, hatte sie nie das Gefühl, als wäre sie das fünfte Rad am Wagen … besonders, wenn Sebastian da war.

Gigi schüttelte den Kopf. Wenn sie ehrlich zu sich war, war Sebastian der Hauptgrund, weshalb sie zugestimmt hatte, Skyler ihr Profil auf *Exclusive* stellen zu lassen, die Dating-Seite für Ü40-Geschäftsleute. Sie sollte Leute zusammenbringen, die einen ähnlichen Lebensstil pflegten. Gigi fand das protzig, ganz zu schweigen von elitär, aber Skyler hatte schon recht, wenn er sagte, das letzte, was sie brauchte, war jemand, der nur auf ihr Geld aus war. Gigi verabscheute es, das zuzugeben, aber wenn ihren Dates klar wurde, dass sie Geld aus einer Familienstiftung hatte, ging viel zu oft alles nur noch um ihren Kontostand und nichts anderes mehr, was sie zu bieten hatte.

Ihr Ex hatte genau auf diese Beschreibung gepasst, und jetzt, da sie etwas Abstand von ihm hatte, konnte sie die Warnzeichen sehen, die schon immer da gewesen waren. Es war besser, mit jemandem zusammen zu sein, der sein Leben bereits im Griff hatte und in ihr nicht nur jemanden sah, der die Lebenshaltungskosten bezahlte.

Schade auch, dass jeder einzelne Typ, der ihr auf der App geschrieben hatte, ein pompöser Esel war, der als erstes seinen Kontostand nannte, anstatt irgendwas Interessantes, wie etwa, welche Bücher er mochte, oder seine Lieblingshobbys außerhalb der Börse.

„Wow", sagt Skyler, seine Augen gingen weit auf. „Der hat einen riesigen …"

„Sag es nicht", erwiderte Gigi mit einem Stöhnen, legte sich die Finger über die Augen. Sie hatte den vergessen, der ihr ungefragt Dick-Pics geschickt hatte. „Dieses Bild kriege ich nie mehr aus dem Kopf."

„Weshalb auch?", fragte Skyler mit einem Kichern und

scrollte weiter, um sich die nächste Nachricht anzusehen. „Der Typ ist heiß. Der mit dem Privatflugzeug."

„Seine Frau auch", sagte Gigi trocken.

„Er ist bereits verheiratet?", fragte Skyler entsetzt. „Weiß es seine Frau?"

„Ja." Es war ziemlich schockierend gewesen, als seine Frau angefangen hatte, Gigi ebenfalls zu schreiben. Offensichtlich brachte das Paar gern mal etwas Pepp mit wechselnden Partnern in die Beziehung. Und obwohl Gigi das nicht verurteilte, war es nichts für sie. „Ich bin nicht so sehr fürs Teilen."

„Ich auch nicht", sagte Skyler, der noch weiter scrollte. „Verdammt. Du hast keine Witze gemacht." Er warf das Handy auf das Kissen hinab und schenkte ihr einen mitleidigen Blick. „Und ich dachte, die Seiten, auf denen man Schwule aufgabelt, wären schlimm."

„Wann warst du denn letztes Mal auf einer App, um Schwule aufzugabeln?", fragte Gigi, die eine Augenbraue hob. „Bitte erzähl mir nicht, dass du und Pete irgend so eine Abmachung habt. Falls ja, bin ich von jetzt an überzeugt, dass die Romantik gestorben ist."

Skyler warf den Kopf zurück und lachte. „Nein, Liebes. Pete und ich sind monogam. Ich glaube, zum letzten Mal habe ich mir so eine App angesehen, als ich Petes Kollegen geholfen habe, ein ansprechendes Profil zu erstellen. Du weißt schon, eines, das aussagt: heiß, verfügbar und interessant, aber nicht verzweifelt."

„Natürlich." Gigis Lippen wölbten sich zu einem schwachen Lächeln. „Hat es besser funktioniert als meins? Hat dieser Freund da ein paar ansprechende Aussichten? Oder sind sie alle reiche Volltrottel wie die, die mir immer wieder schreiben?"

„Von reich weiß ich nichts, aber es waren jede Menge Volltrottel. Sind sie doch immer. Wenn man jemanden treffen will, gibt es immer den Abschaum, durch den man durch waten muss", sagte er, kam neben ihr an den Terrassentüren zum Stehen und tätschelte ihr den Arm.

„Nein." Gigi schüttelte den Kopf. „Ich gelobe, das Daten zu beenden. Ich habe diese Woche viel zu viele Penisse gesehen. Der schlimmste war der, der einen Hundert-Dollar-Schein drum gewickelt hatte." Sie erschauerte und verzog das Gesicht. „Das nenne ich mal narzisstisch."

„Weißt du, mir ist es peinlich, das zuzugeben, aber zu einem gewissen Zeitpunkt meines Lebens hätte mich das angemacht", sagt Skyler mit einem Lachen.

„Zu viel Information, Skyler. Zu viel Information."

„Tut mir leid!" Er warf die Hände in die Luft, wurde ganz rot, grinste aber, um sie wissen zu lassen, dass er von dem, was er gesagt hatte, nicht allzu peinlich berührt war. „Manchmal vergesse ich, dass du nicht ganz so offen bist wie meine anderen Freunde."

„Ich bin offen", erwiderte sie und biss sich auf die Unterlippe, fühlte sich selbst ein wenig peinlich berührt. „Ich schwöre, ich bin nicht prüde, auch wenn meine Vorlieben eher sind, die Dick-Pics im Schlafzimmer zu lassen und flotte Dreier höflich abzulehnen."

„Aber natürlich." Er nickte, wurde wieder ernst. Skyler hatte eine Neigung zum Humor und Necken. Es war selten, dass er nicht scherzte. „Ich habe nur gemeint, dass ein paar meiner Freunde einfach keinen Filter haben. Ich wollte nicht nahelegen, dass du zugeknöpft bist."

„Schon gut", sagte sie mit einem Seufzen. „Es ist nur einfach enttäuschend, sich die Optionen da draußen anzusehen."

Skyler neigte den Kopf, sodass sein stylisches blondes Haar über ein grünes Auge fiel. „Erzähl mir noch mal, weshalb du nicht mal mit Sebastian ausgegangen bist? Der Typ ist doch superheiß. Wie kannst du diesen funkelnden grauen Augen oder diesen dichten dunklen Haaren widerstehen? Ganz zu schweigen von dem Kinn wie bei einer Statue. Und dir ist klar, dass ich morden würde, um diese Lippen zu haben, oder?" Er legte sich seine langen Finger an den Mund und sagte: „Vielleicht sollte ich mal einen Termin im Spa ausmachen und mir ein paar Filler ansehen."

„Stopp." Gigi verdrehte die Augen. „Du brauchst keine Filler für deine Lippen. Außerdem bin ich mir ziemlich sicher, dass Pete nicht bei kosmetischen Verbesserungen mitgehen würde."

Seufzend nickte Skyler. „Du hast recht. Er steht total darauf, natürlich zu altern oder so was. Mr. Natur-Pur würde einen Anfall kriegen, wenn ich irgendwas verändere." Er grinste, während er anfügte: „Aber er würde sich nicht beschweren, wenn ich meine neu verbesserten Lippen um seinen …"

„Halt!" Gigi hob eine Hand, lachte ihren Freund an. Sie wusste, dass er den letzten Teil nur angefügt hatte, um sie nach ihrer vorherigen Unterhaltung zu ärgern.

„Ich wollte sagen Strohhalm", erwiderte er unschuldig, klimperte mit seinen langen Wimpern vor ihr.

„Aber klar doch."

Sie lachten beide, dann warf Skyler einen Blick auf die Stufen. „Bereit, dich der Vergangenheit zu stellen?"

Gigis Lächeln entglitt ihr, während sie seinem Blick folgte. Eigentlich hatte sie ihn eingeladen, um einen gehörigen Teil ihres Kleiderschranks durchzugehen. Sie hatte eine Menge Designerklamotten übrig aus der Zeit, als sie mit James verheiratet gewesen war. Er war die Art Mann, der wollte, dass seine Frau ein gewisses Aussehen an den Tag legte und gewisse Kleider trug, um die Leute in seinem Country Club zu beeindrucken. Das bedeutete, dass sie bei all den hochwertigen Läden eingekauft und eine große Anzahl teurer, gut geschneiderter Kleidungsstücke angesammelt hatte. Der Großteil davon war toll, aber es war nichts, was sie vorhatte, noch einmal zu tragen. Darin lagen zu viele Erinnerungen, die sie nur zu gerne vergessen hätte. Außerdem war sie inzwischen ein Strandmädchen. Ihre derzeitige Garderobe bestand aus Rüschenblusen, Baumwollröcken und Leggings mit Oversize-Oberteilen.

„Das müssen wir nicht heute machen", sagte Skyler, der ihr sanft eine Hand auf den Arm legte. „Wir müssen es auch überhaupt nicht machen. Du kannst vergessen, dass ich je gefragt habe. Ich habe bereits eine Liste mit Orten, wo ich gebrauchte Designerklamotten finde."

„Wie *Always in Fashion?*", fragte sie und bezog sich damit auf den neuen Secondhand-Kleiderladen, der gerade in der Stadt eröffnet hatte.

Er fasste sich entsetzt ans Herz. „Das kannst du nicht ernst meinen. Hast du gesehen, was die in dem Laden als Mode ausgeben?"

„Jeans, Sommerkleider und bedruckte T-Shirts?", fragte sie und hob eine Augenbraue.

Er schnaubte. „Das klingt so ungefähr richtig, aber nein. Gestern Abend habe ich eine Liste mit allen Privatflohmärkten in der Gegend gemacht. Wir könnten deinen Speicher auslassen und stattdessen nach guten Schnäppchen jagen."

Als Designer hatte Skyler eine Leidenschaft für

hochwertige Kleidung, und als Gigi erwähnt hatte, dass sie mit ihrer Sammlung etwas anfangen müsste, hatten seine Augen geleuchtet. Er war gerade dabei, seinen eigenen Boutiqueladen in Premonition Pointe zu eröffnen, und hatte darüber nachgedacht, einen Schwesterladen für gebrauchte Designerklamotten zu planen. Obwohl Premonition Pointe ein entspanntes Strandstädtchen war, hatte es doch einen großen Anteil gut situierter Bewohner und Touristen, die gerne auf Schnäppchenjagd gehen würden, während sie durch die bildhübsche Stadt flanierten.

„Weißt du, ich würde sehr gerne auf Flohmärkten shoppen. Sag mir, wann, und ich bin dabei", erwiderte sie lächelnd. Obwohl Gigi kein Interesse mehr an schicken Klamotten hatte, liebte sie Art-Deco-Schmuck und moderne Kunst.

„Perfekt. Diesen Samstag gibt es ein Anwesen etwa zwanzig Meilen die Küste runter, wo ein Vermögen aufgelöst wird. Wir müssen früh hin, also sei bereit, um neun loszufahren." Er tippte etwas in sein Handy, ohne Zweifel trug er das Datum in seinen Kalender ein.

„Neun ist früh?", fragte sie und hob eine Augenbraue.

„Ja", sagte er mit ernstem Nicken. „Alles am Samstag vor dem Mittagessen ist ein Sakrileg."

Mit einem Kopfschütteln ging Gigi auf die Stufen zu. „Komm schon. Bringen wir es hinter uns."

Skyler riss den Kopf hoch und schaute sie an, seine Augen waren überrascht geöffnet. „Du meinst, du bist bereit, dich der Vergangenheit zu stellen?"

Sie schüttelte den Kopf. „Nein. Nur bereit, sie ein teures Kleidungsstück nach dem anderen ziehen zu lassen."

„Das höre ich gern", sagte Skyler, der zu ihr gelaufen kam und seine Hand in ihre schob. „Sag mir nur die Richtung, und ich räume alles aus. Du musst gar nichts machen, oder auch nur mit mir da oben bleiben, wenn du das nicht willst. Lass einfach deinen Kumpel Skyler alles erledigen."

„Vielleicht mache ich das", sagte sie, während sie tief Luft holte und die ersten Schritte auf ihrer Reise antrat, sich nicht nur von ihrer Vergangenheit mit ihrem Ex-Mann zu lösen, sondern auch derjenigen, die sie vor über zwanzig Jahren zurückgelassen hatte.

KAPITEL ZWEI

☪

*D*ie schmalen Stufen quietschten unter Gigis Füßen, während sie nach oben in den ausgebauten Speicher ging. In diesem Raum war sie nicht gewesen seit dem Tag, als sie vor ein paar Monaten eingezogen war. Ein schwacher Lichtschein fiel durch das Glasfenster, beleuchtete den Staub in der Luft, und das Bild rief eine starke Erinnerung an den Speicher ihres Zuhauses in der Kindheit hervor. Denjenigen, in dem sie stundenlang Verkleiden in den alten Theaterkostümen ihrer Mutter gespielt hatte. Gigi stand im Eingang, die Augen geschlossen, während sie ihr Bestes tat, das plötzlich schnelle Schlagen ihres Herzens zu beruhigen.

Gedanken an ihre Mutter riefen immer leichte Panikattacken hervor. Sie hatte gehofft, dass genug Zeit vergangen wäre, dass sie nicht länger das Gefühl hatte, hyperventilieren zu müssen, wenn sie an die wunderschöne Blondine mit dem ansteckenden Lächeln und dem klingenden Lachen dachte. Es schien, als würde alle Therapie der Welt ihr nicht helfen, diese konkrete Reaktion hinter sich zu lassen.

„Gigi?", fragte Skyler, der ihr eine Hand auf die Schulter legte. „Alles in Ordnung?"

Sie schnappte nach abgestandener Luft und ging zur Seite, damit er rein konnte, während sie sagte: „Das wird schon."

Skyler drückte ihr zur Unterstützung die Schulter, warf ihr ein ermutigendes Lächeln zu. „Du schaffst das. Sobald ich mal diese überteuerten, überkandidelten und übertriebenen Kleider hier rausbringe, stell dir nur vor, wie viel befreiter du dich fühlen wirst."

„Überkandidelten? Überteuerten? Wer bist du?" Sie lachte ihn an und spürte, wie der Großteil ihrer Anspannung aus ihrem Körper wich. Man musste es nur Skyler überlassen, eine Möglichkeit zu finden, sie zu beruhigen, wenn sie bereit war, direkt aus der Haut zu fahren. Er hatte recht. Sobald das erledigt war, würde sie sich endlich frei von einem Leben fühlen, in das sie sich niemals hätte hineinstürzen sollen.

„Nur ein freundlicher Nachbarschafts-Designer, der sich nicht allzu ernst nimmt." Er zwinkerte ihr zu und ging hinüber zu einem tragbaren Kleiderschrank. „Ich nehme an, der Großteil der Sachen ist da drin?"

„Großteil könnte ein wenig in die Irre führen", sagte sie mit einem verlegenen Lächeln, während sie mit der Hand auf eine Reihe von Kisten wies.

Skylers Augen leuchteten. „Gigi, habe ich schon erwähnt, wie ich dich liebe?"

„Heute nur ungefähr ein Dutzend Mal." Sie grinste ihn an, dann wandte sie sich zu einer Truhe und fragte sich, was wohl darin war. Als sie ihren Ex verlassen hatte, war sie nicht gerade bei klarem Kopf gewesen, während sie hastig alle ihre Besitztümer eingepackt hatte. Sie hatte nur das alte Leben hinter sich lassen wollen, und in ihr neues Haus am Meer ziehen. Und das hatte sie getan. Jetzt war es Zeit, die Vergangenheit wirklich ziehen zu lassen.

„Heiliges Fahrradblech", rief Skyler hinter ihr. „Du hast was von Bob Mackie?" Sein Tonfall war leise und voller Ehrerbietung.

Gigi drehte sie um, um festzustellen, dass Skyler neben dem tragbaren Schrank stand. Er hatte den Reißverschluss über dem Segeltuch aufgezogen und hielt ein eng anliegendes Abendkleid mit silbernen Perlen, das sie vor einer Million Jahre zu einer Filmpremiere getragen hatte. Der Star war eine Kundin der Werbefirma ihres Ex gewesen, und er hatte die Tickets ergattert, da die Partner was anderes vorgehabt hatten. „Ja. Er wurde nur einmal getragen."

Skyler fasste sich ans Herz, während er übertrieben nach Luft schnappte. „Gigi, meine Liebe, ich werde hier und jetzt sterben. Du hast keine Ahnung, wie glücklich du mich gemacht hast." Plötzlich verschwand sein Grinsen, während er das Kleid festhielt und zu ihr spähte. „Das willst du behalten, oder? Ich meine, ich verstehe das schon, da es einfach so … herrlich ist. Aber das würde sich toll im Schaufenster bei meiner Eröffnung machen. Natürlich willst du das doch bestimmt nicht hergeben. Wer würde das schon? Ich meine, ein Original Bob Mackie …"

„Sky?", sagte sie und wartete, dass er nicht mehr das Kleidungsstück anstarrte, sondern wieder zu ihr schaute.

„Ja?" Seine Augen waren aufgerissen und voller Verlangen.

„Ich will dieses Kleid nicht. Alles, was du findest, ist deins für den Laden. Ich habe dir das bereits gesagt. Ich habe nicht die Absicht, jemals wieder dieses Kleid zu tragen. Dieser Abend ist keine angenehme Erinnerung für mich."

„Oh. Richtig. Natürlich." Er hängte das Kleid vorsichtig wieder zurück in den Schrank und warf ihr einen mitfühlenden Blick zu. „Tut mir leid. Mir hätte klar sein sollen, dass du nicht an diesen Sachen hängst, nach allem, was du mir erzählt hast. Ich habe nur … Du kennst doch mich und die Mode. Ich werde leicht überwältigt, wenn ich etwas Wunderbares anschaue."

Sie wedelte unbeteiligt mit der Hand, versuchte, so zu tun, als würden keine unerwünschten Erinnerungen in ihre Gedanken strömen. Gigi wollte nicht an all die Gelegenheiten denken, zu denen sie James' Forderungen nachgegeben hatte. Wie sie bei dem luxuriösen Lebensstil mitgemacht hatte, den übertriebenen Partys, und Geld für Dinge verschwendet hatte, die nie eine Rolle gespielt hatten. Sie hatten nur für die Schauwerte gelebt, als hätte die perfekte Adresse oder der heißeste Designer auf Schnellwahltaste sie wichtig gemacht. James hatte die Hollywood-Leute beeindrucken wollen, während Gigi eigentlich nur Zeit in ihren Gärten verbringen und sich mit den Damen im Buchklub vor Ort anfreunden wollte. Sie hatte ein stilles, normales Leben gewollt, während er sich mit den Berühmtheiten herumtreiben wollte. Nun, da sie in Premonition Pointe war, hatte sie das Leben, nach dem sie sich immer gesehnt hatte. Nur dass es kein Buchklub war, wo sie Freundinnen gefunden hatte, es war der örtliche Hexenzirkel. „Keine Sorge deswegen. Dieses Leben liegt jetzt hinter mir."

Skyler kam zu ihr herüber und nahm sie in eine feste Umarmung. „Mich legst du nicht herein, Gigi Martin. Ich beglückwünsche dich, dass du dich darauf freust, dir ein neues Leben zu schaffen, aber eine Vergangenheit verschwindet nicht einfach. Das weiß niemand besser als ich", sagte er mit einem trockenen, gehüstelten Lachen. „Ich werde dich nicht darüber ausfragen, aber sei dir versichert, dass ich für dich da bin und es verstehe. Ist dir das klar?"

Tränen stiegen Gigi in die Augen. Einen Freund wie Skyler hatte sie viele Jahre lang nicht gehabt. Nicht, seit sie und Sebastian sich in der Highschool nahegestanden hatten. Klar, sie hatte Grace, Hope und Joy. Sie waren toll, und sie liebte es, sich ihnen weiter zu nähern, aber sie durchschauten sie nicht auf die Art, wie es Skyler tat. Das ließ es ihr gleich warm ums Herz werden und erschütterte sie ein wenig. Trotzdem klammerte sie sich an ihn, dankbar um seine Unterstützung, und sagte: „Vielen Dank. Du hast keine Ahnung, wie viel mir das bedeutet."

Er zog sich zurück und küsste sie auf die Wange. „Ich weiß, was es bedeutet, zu den Bedingungen eines anderen zu leben. Den Göttern sei es gedankt, dass ich das nicht mehr habe. Pete ist der erste Mensch, der mich als mich selbst geliebt hat und mich bei allem unterstützt, was ich tun möchte. Es ist mein inniger Wunsch, dass du eines Tages deinen eigenen Pete findest."

Sie schüttelte den Kopf, lächelte aber sanft, während sie sagte: „Ich bin nicht gerade auf der Suche nach meinem eigenen Pete. Nicht im Augenblick auf jeden Fall. Auf dieser Dating-Seite habe ich eigentlich nur nach jemandem gesucht, mit dem ich eine Weile flirten kann und vielleicht essen gehen. Schade auch, dass ich nicht mal das finden konnte. Aber schon in Ordnung, denn ich habe ja noch dich. Und deine Freundschaft ist mehr als gut genug für mich."

Der Mann, der immer bereit zu einer frechen Erwiderung und einem neckenden Lächeln war, blinzelte eigene Tränen weg, während er sie noch einmal in die Arme nahm. „Verdammt, Gigi. Ich habe mir gesagt, dass ich heute nicht weinen würde, ganz gleich, was ich in deinen Schränken finde, aber schon hast du es geschafft, mich in einen völligen Narren zu verwandeln."

Sie lachte leise. „Ach, ich bin mir ziemlich sicher, in diesen Schachteln hier ist irgendwas, was dich immer noch zum Weinen bringt, also hättest du sowieso nicht durchgehalten."

Skyler lachte und zog sich zurück. „Dir ist schon klar, seit du eingezogen bist, bist du mein Lieblingsmensch geworden, oder?"

„Außer Pete", sagte sie mit einem Funkeln im Blick.

„Außer Pete." Er nickte zustimmend. „Ich wusste fünf Minuten, nachdem wir uns getroffen hatten, dass wir beste Freunde sein würden."

„Ich ebenfalls. Aber das liegt vielleicht an den Cupcakes, die du mir als Willkommensgeschenk mitgebracht hast." Sie zwinkerte ihm zu.

„Jemand musste mir diese verdammten Dinger einfach abnehmen!", sagte er dramatisch, drückte sich die Hände auf den flachen Bauch. „Ich lief Gefahr, eine ganz neue Garderobe zu brauchen."

„Als ob du einen Grund brauchen würdest, dir mehr Klamotten zu kaufen." Gemeinsam lachten sie, und dann machten sie sich an die Arbeit, die Kleider einzusammeln, die er seinem neuen Laden überantworten würde.

Nach ein paar Stunden war nur noch eine Truhe übrig. Gigi zog die Schultern hoch und ging dann in die Hocke, um sie zu öffnen. Oben war sie mit Küchenrolle ausgekleidet, was Gigi zum Stirnrunzeln brachte. Sie erinnerte sich nicht, dass sie Küchenrolle benutzt hatte, während sie etwas eingepackt hatte. Neugierig nahm sie die Tücher zur Seite und fand das aufgehobene Hochzeitskleid ihrer Mutter. Gigi wurde sofort von lebhaften Erinnerungen von vor dreiundzwanzig Jahren überwältigt.

Gigi starrte mit offenem Mund hinterher, während sie den hochgewachsenen Polizisten Sebastian zur Hintertür des Streifenwagens begleiten sah. Ein Schrei steckte in ihrer Kehle fest, und ihr ganzer Körper bebte unkontrolliert. Ihr Leben war gerade in sich zusammengefallen, und alles, was sie geschätzt hatte, war zerbrochen.

„Du weißt, dass ich das nicht getan habe!", rief Sebastian zu ihr zurück. „Gigi. Sieh mich an."

Sie war erst achtzehn Jahre, und es gab niemanden sonst auf der Welt, dem sie vertraute, als Gigi Sebastian in die Augen sah.

„Du kennst mich. Vertraue deinem Bauchgefühl. Du weißt doch tief drinnen, dass das nicht stimmt." Sein Blick war ruhig, aber der flehende Unterton ließ sich nicht überhören. Sebastian hatte Angst. Natürlich hatte er die. Er wurde wegen der Entführung von Carolyn Benson festgenommen, Gigis Mutter.

Als es an ihre Tür klopfte, hatte die gedacht, die Polizei würde mit Neuigkeiten von ihrer Mutter kommen. Stattdessen hatten sie Sebastian geholt, denn er war der letzte Mensch, der sie an dem Tag gesehen hatte, an dem sie verschwunden war.

Gigi öffnete den Mund, um ihn zu beruhigen, ihn wissen zu lassen, dass sie wusste, sie hatten einen Fehler gemacht, aber es kam kein Wort heraus. Die Worte steckten in ihrer Kehle fest, während sie sah, wie sie ihn in den Streifenwagen verfrachteten und den einzigen Menschen wegbrachten, dem sie je vertraut hatte.

„Gigi? Was ist los?", fragte Skyler, der sie aus ihren Erinnerungen holte.

Sie blinzelte ihren Freund an, klärte ihre

verschwommene Sicht. „Es ist das Hochzeitskleid meiner Mom", stieß ich keuchend hervor.

Als Gigi achtzehn gewesen war, war ihre Mutter eines Tages einfach verschwunden, hatte sich offenbar in Luft aufgelöst, und man hatte nie wieder etwas von ihr gehört. Anfangs hatte sich Gigi keine großen Sorgen gemacht. Ihre Mutter war eine Fotografin, und ihr Job führte sie oft weg. Gigi hatte sich gedacht, ihre Mutter hätte einfach vergessen, ihr zu sagen, dass sie ein paar Tage weg sein würde. Aber als Gigi sie nicht zu fassen bekommen hatte, und der Arbeitgeber ihrer Mutter bestätigt hatte, dass Carolyn Benson keinen Auftrag hatte, hatte Gigis Welt sich allmählich aufgelöst.

Eine ganze Woche lang war Sebastian, ihr bester Freund, an ihrer Seite gewesen, während die beiden nach Carolyn gesucht hatten. Sie hatten ihren Kalender gefunden und versucht, ihre Schritte an dem Tag, an dem sie verschwunden war, nachzuvollziehen. Zahnarzttermin, Supermarkt, ein Treffen mit ihrem Herausgeber, und dann nach Hause, wo Sebastian ein paar Minuten lang mit ihr geredet hatte, als er vorbeigekommen war, um sich mit Gigi zu treffen. Das war alles. Das war das letzte Mal, dass jemand sie oder ihren alten VW-Käfer gesehen hatte. Es hatte keine einzige ergiebige Spur gegeben, die auf das hinwies, was mit ihr passiert war.

Genauso wenig bei der Polizei, und da hatten sie sich auf Sebastian eingeschossen, den Jungen von der anderen Seite der Bahngleise, der zugegeben hatte, noch eine Stunde vor ihrem Verschwinden mit ihr gesprochen zu haben. Und da er allein zu Hause gewesen war, hatte er kein Alibi. Sie hatten ihren Fall ihm angehängt und ihn ins Gefängnis gebracht, wo er drei Tage lang bedrängt worden war, bevor ein

Pflichtverteidiger sie gezwungen hatte, ihn entweder anzuzeigen oder ihn gehen zu lassen. Da sie null Beweise gegen ihn hatten, hatten sie keine Wahl gehabt, als ihn gehen zu lassen. Aber die nächsten sechs Monate hatten sie damit verbracht, ihm nachzustellen und waren sogar so weit gegangen, zu versuchen, ihm Beweise unterzuschieben. Da hatte er beschlossen, dass er nicht mehr länger in dieser Kleinstadt leben konnte. Er hatte Gigi angefleht, mit ihm zu kommen, aber das konnte sie nicht. Sie war überzeugt gewesen, dass ihre Mutter zurückkehren würde, und sie musste an dem Tag da sein, an dem sie kam.

Nur dass es niemals dazu gekommen war. Stattdessen war James derjenige, der für sie da gewesen war und sie überzeugt hatte, dass es Zeit war, wieder ein Leben anzufangen. Was sie zu diesem Zeitpunkt nicht gewusst hatte, war, dass er nur ihre Stiftung wollte. In den letzten zwei Jahrzehnten war das Leben nicht sonderlich nett zu Gigi gewesen, doch sie war unterwegs und entschlossen, das zu ändern.

„Heilige Scheiße!", rief Skyler, der zurücksprang und Gigi mit sich riss.

Ein Lichtschimmer fiel Gigi ins Auge, und sie erstarrte, als sie sah, wie das Kleid aus offenbar eigenem Antrieb aus der Truhe aufstieg. Das Hochzeitskleid war ausgefüllt, als wäre ein Körper hineingeschlüpft, dann wirbelte es herum, sodass der Rock flog und man die hübschen Perlen und die zarte Spitze sah.

Dann schwebte das Kleid durch den Raum. Ein Arm erhob sich in die Luft, während Buchstaben im Staub auf dem Glasfenster zu erscheinen begannen. Sobald die Nachricht in den Staub gekratzt war, fiel der das Kleid plötzlich zu Boden, nur noch ein Haufen Stoff. Gigi ging vor und kniff die Augen zusammen, während sie versuchte, die hastig geschriebene Nachricht zu lesen.

Skyler stellte sich neben sie, hielt ihre Hand fest.

„Ich kann es nicht entziffern", sagte Gigi. „Sieht aus wie …"

„Jemand aus deiner Vergangenheit hat die Antworten", sagte Skyler mit einem gedämpften Flüstern.

Gigi stieß ein überraschtes Keuchen aus, Schmerz schoss durch ihr Herz und brach sie beinahe entzwei, während ihr klar wurde, was diese Nachricht bedeutete.

Sebastian hatte die ganze Zeit gewusst, was mit ihrer Mutter passiert war.

KAPITEL DREI

Skyler blinzelte Gigi an, während die Farbe aus seinem Gesicht wich. „Gigi, wusstest du, dass es in deinem Haus spukt?"

Sie nickte, unbekümmert über die Tatsache, dass sie mit ein paar Geistern lebte. Manchmal sah sie die Hannigan-Schwestern. Sie waren aufgetaucht, als sie das Haus neu gekauft hatte, obwohl sie nicht glaubte, dass eine von ihnen das Kleid ihrer Mutter belebt hatte. Sie hätten sich ihr gezeigt. Aber jetzt konnte sie nicht verhindern, sich zu fragen, wer ihr eben die Nachricht geschrieben hatte. War es möglich, dass ihre Mutter erschienen war? Bei diesem Gedanken tat ihr das Herz zugleich weh und flog. „Keine Sorge. Die Geister sind freundlich."

Er schaute sich um, als würde gleich wieder einer erscheinen. „Passiert das oft?"

Sie schüttelte den Kopf. „Nur, wenn die Gefühle hochfliegen." Tatsächlich waren die Geister zum Großteil nur eine Präsenz, die sie spürte, aber nicht wirklich oft sah. Und das war ihr ganz recht so. Das Haus hatte den

Hannigan-Schwestern gehört und jemanden gewollt, der sie nicht ersetzen würde, darum spürte sie eine Verbindung zu ihnen und war tatsächlich getröstet, weil sie sich nicht allein fühlte.

„Na ... Das ist interessant, oder?" Skyler fuhr sich mit der Hand durch seine blonden Haare und stieß einen Atemzug aus.

Gigi legte ihm eine Hand auf den Arm, wollte ihn beruhigen. „Keine Sorge. Sie sind wirklich nicht die finstere Art Geist."

Er stieß ein nervöses Lachen aus. „Ich schätze, darum muss man dankbar sein."

„Ja", sagte sie gedankenverloren, starrte die Nachricht im Staub an und biss sich auf die Unterlippe.

„Weißt du, was das bedeutet?"

Sie wandte sich Skyler zu und nickte, konnte nichts sagen. Wie konnte sie laut aussprechen, was sie dachte? Dass der Mensch, dem sie am meisten auf der ganzen Welt vertraute, sie hintergangen hatte.

„WER BRAUCHT WEIN?", fragte Grace Valentine, die eine Flasche Pinot Noir hochhielt. Sie war in einen schicken schwarzen Hosenanzug gekleidet und trug die fabelhaften blauen Stilettos, die sie immer anhatte, wenn sie eine wichtige Hausbesichtigung hatte. Offensichtlich hatte sie sich heute aufgestylt, doch ihr schickes Aussehen hob sich von den kastanienroten Locken ab, die überall hervorstanden, weil sie sich die Haare sehr unordentlich hochgesteckt hatte. Sie saß auf einem Baumstamm an einer kleinen Feuergrube auf der Klippe, die über den Pazifik hinausblickte. Es war der Ort, an dem sich der Zirkel mindestens einmal im Monat traf, um ihre Zauber aufzupolieren. Aber zum Großteil tranken sie nur Wein und brachten einander auf den neuesten Stand.

„Ich", sagte Gigi, die ihr Weinglas in Richtung der Frau hielt. „Schenk nach."

Hope Anderson, die rechts von Gigi saß, lachte leise und schob ihre dunklen Locken aus den Augen. Die kurvige Eventplanerin war lebhaft und brachte immer Energie in ihre Treffen ein. Sie lächelte Gigi verspielt an. „Sieht so aus, als müsse sich jemand was vom Herzen reden."

„Ihr habt ja keine Ahnung." Gigi nahm ein paar Schlucke Wein, den Grace ihr eingeschenkt hatte, bevor sie sich Joy Lansing zuwandte, der hochgewachsenen Schauspielerin, die still auf der anderen Seite von Gigi saß und auf ihrem Handy tippte. „Was siehst du dir an, Joy?"

„Arbeits-E-Mails", sagte sie mit einem genervten Seufzen.

Grace hob eine Augenbraue. „Zu oft Vorsprechen, nicht genug Zeit?", scherzte sie.

Joy stieß ein lautes Lachen auf aus. „Wenn ich nur dieses Problem hätte. Man möchte meinen, wenn man einen erfolgreichen Film abgeliefert hat, würden die Regisseure Schlange stehen, um mir zumindest kleinere Fernsehrollen anzubieten, oder?"

„Tun sie nicht?", fragte sie Gigi. „Sieht so aus, als hättest du zumindest etwas Interessantes, denn deine Mailbox ist ja voll."

Joy verzog das Gesicht. „Klar, wenn man Werbefilmchen für Menopause oder Anzeigen für Inkontinenzmittel drehen will."

„Windeln für Erwachsene?", sprudelte es aus Hope

hervor, die ihr Lachen kaum zurückhalten konnte. „Du machst doch Witze."

„Nö." Joy drehte ihr Handy um und zeigte ihre E-Mail. „Genau hier steht, dass sie jemanden wollen, der diese speziellen Urin-Sammel-Höschen modelt, die so aussehen, als wären sie Unterwäsche. Genauso wie diese Periodenunterwäsche, für die ich überall auf den sozialen Medien Anzeigen sehe."

Gigi verzog das Gesicht. „Sie wollen, dass du für Unterwäsche posierst?"

„Du hast Glück, dass du so tolle Beine hast", sagte Grace ernst. „Du könntest ohne Zweifel ein Dessous-Model sein. Ich müsste mich erst mal gegen Cellulite behandeln lassen."

„Ich bin kein Model für Inkontinenzunterwäsche!", rief Joy, die beleidigt wirkte. „Das ist fast so schlimm, als würde man in einer Anzeige für sexuell übertragbare Krankheiten auftauchen."

„Wollen sie auch, dass du so was machst?", fragte Hope. „Ich habe gehört, der größte Teil der neu ausbrechenden sexuell übertragbaren Krankheiten passiert in Rentnersiedlungen."

Joy presste die Lippen fest zusammen und schüttelte den Kopf. „Nein, zum Glück nicht. Aber bitte sag mir, dass ich niemals in eine Rentnersiedlung ziehen soll."

„Ach, meine Liebe. Das wird schon. Denk nur dran, ein Kondom zu benutzen und dich regelmäßig testen zu lassen", sagte Hope, die ihrer Freundin das Knie tätschelte.

Gigi lachte leise, genoss den Austausch unter ihren Freundinnen. Zufriedenheit ließ sich um sie herum nieder, verschaffte ihr sowohl ein seltsames als auch ein glückliches Gefühl zur selben Zeit. Diese Dynamik war neu für sie. Sie hatte niemals eine Gruppe Freundinnen gehabt, auf die sie sich stützen konnte, und je mehr Zeit sie mit ihnen verbrachte, desto mehr hatte sie das Gefühl, etwas in ihr, das vor Jahren zerbrochen war, würde heilen. Der Gedanke ließ sie wieder an Sebastian denken, und versehentlich verzog sie das Gesicht.

„Huch. Was ist denn das?", fragte Hope, die sich streckte und Gigis Knie drückte. „Du siehst aus, als würdest du jemanden ermorden wollen."

Plötzlich brannten Tränen in Gigis Augen, während ihre Kehle sich zusammenzog. *Ach, ihr Götter*, betete sie vor sich hin. *Ich kann mich doch nicht so auflösen. Nicht jetzt.*

Joy schnappte heftig nach Luft, ihr Körper wurde starr.

Sie starrte die Frau an, beobachtete mit großen Augen, wie über Joys blasses Gesicht Entsetzen flackerte. Plötzlich griff sie vor, hielt die Luft an, und dann stieß sie ein ersticktes Geräusch aus, bevor sie rasch blinzelte.

„Was hast du gesehen, Joy?", fragte Grace sanft.

Tränen strömten unaufhaltsam Joys Gesicht herab, während sie sich zu Gigi wandte und ihre Hand fest in ihre beiden nahm. „Es tut mir so leid, Gigi. Ich habe nur … äh, habe den Augenblick gesehen, in dem deine Mom entführt wurde." Joy schaute sich im Zirkel um, bevor sie wieder Gigi in die Augen sah. „Hat man herausgefunden, was mit ihr passiert ist?"

In Gigis Kopf drehte sich alles, während ihr Herz schneller schlug, sodass sie das Gefühl bekam, als würde es ihr gleich aus der Brust springen. „Sie wurde entführt? Bist du sicher? Was hast du gesehen?", stieß sie schließlich hervor, hatte keinen Zweifel, dass ihre Freundin eine Vision über ihre Mutter gehabt hatte. Sie hatte die ganze Zeit gewusst, dass ihre Mutter von irgendjemanden mitgenommen worden sein musste. Sie hätte Gigi nie einfach so verlassen.

Aber das war das erste Mal, dass sie eine Bestätigung bekam. Hoffnung und Entsetzen rangen miteinander, sodass ihr das Herz noch schlimmer wehtat.

„Ich …" Joy schloss die Augen, als würde sie sich konzentrieren, und als sie sie wieder öffnete, wandte sie sich an Gigi, doch ihre Stimme hatte sie zu einem Flüstern gesenkt, als wolle sie die Worte nicht in die Welt entlassen. „Ich habe nur eine Person gesehen, die größer war als sie, in Maske und Handschuhen, die herankam und sie von hinten schnappte. Das nächste Bild war, wie die Polizei Sebastian festnahm."

Schmerz explodierte in Gigis Brust. Es war die erste Bestätigung dessen, was sie gewusst hatte, das ihrer Mutter widerfahren war. Das machte es allerdings nicht leichter zu verarbeiten. Es gab einen kleinen Teil von ihr, der immer nach den wunderschönen blonden Haaren ihrer Mutter Ausschau gehalten hatte, ihren freundlichen grünen Augen. Jetzt war ihr auch noch dieser winzige Hauch der Hoffnung entrissen worden.

„Gigi?", fragte Joy. „Alles in Ordnung?"

Sie kniff die Augen zu und schüttelte den Kopf. Dieser scharfe Schmerz war immer da, wenn Gigi an die Zeit dachte, in der ihr Leben sich so intensiv abgespielt hatte, und ihr Magen verkrampfte sich. Es waren einfach die zwei schlimmsten Wochen ihres Lebens gewesen. Ihre Mutter war verschwunden, und dann war ihr bester Freund wegen ihrer Mutter festgenommen worden. Letztlich hatte es nur Indizienbeweise gegen Sebastian gegeben, und er war freigelassen worden. Aber der Vermisstenfall war nie gelöst worden.

Nun, nach all den Jahren hatte sie nicht nur die Bestätigung, dass ihre Mutter entführt worden war, ein Geist hatte ihr außerdem mitgeteilt, dass Sebastian die Antworten besaß. Das bedeutete nicht unbedingt, dass er schuldig war, aber sehr wahrscheinlich hieß es, dass er Informationen hatte, die er ihr die ganzen Jahre vorenthalten hatte. Dieses Wissen brachte sie dazu, vor Frust schreien zu wollen.

„Gigi?", drängte Joy erneut. „Du musst nicht darüber reden, wenn du das nicht möchtest, aber wir sind für dich da, wenn du uns brauchst."

„Da hat sie recht", sagte Grace, während Hope zustimmend nickte.

Gigi schaute sich um. Obwohl sie eigentlich nie über ihre Mutter sprach, hatte sie zum ersten Mal in über zwanzig Jahren das Gefühl, ihre Seele davon reinigen zu wollen. „Es ist passiert, als ich achtzehn war", sagte sie und starrte auf ihre ineinander verschränkten Hände hinab. „Es waren nur ich und Mom. Mein Dad ging schon Jahre zuvor weg. Eines Tages war sie zu Hause, und dann ein paar Stunden später nicht mehr. Ich hab sie niemals wieder gesehen." Schmerz fuhr durch Gigi hindurch, und sie brauchte jedes Quäntchen Willenskraft, das sie besaß, um die nächsten Worte auszusprechen. „Sie wurde nie gefunden."

„Und Sebastian?", fragte Joy.

Gigi biss die Zähne zusammen. „Er ist am Haus vorbeigekommen, um mich zu treffen, aber ich war noch nicht zu Hause. Er war der letzte Mensch, der sie lebend gesehen hat. Automatisch haben die Behörden ihm die Schuld zugeschoben, aber sie hatten keine Beweise gegen ihn."

„Ach du liebe Zeit", sagte Grace, ihre Stimme leise. „Das ist … so ziemlich das Schrecklichste, was ich je gehört habe." Ihre Freundin kam näher und legte Gigi einen Arm um die Schultern, zog sie dicht an sich. „Das tut mir so leid, meine

Liebe. Niemand sollte so etwas mitmachen müssen. Weder du noch Sebastian."

„Sebastian", stieß sie vor. „Genau. Das habe ich mir auch gedacht, bis einer meiner Geister mir gesagt hat, dass er Antworten zu dem hat, was damals passiert ist."

„Das kannst du doch nicht ernst meinen?", fragte Hope mit aufgerissenen, wütenden Augen. Der Wind nahm zu, warf ihre schwarzen Haare zurück, sodass sie wie eine wilde Hexe wirkte, die gleich jemanden ausschalten würde. „Du meinst, du willst sagen, er hatte die ganze Zeit über Informationen und hat sie dir vorenthalten?"

Gigi zuckte mit den Schultern. „Ich schätze schon. Ich weiß nicht, wie ich die Nachricht sonst interpretieren soll. Als Skyler und ich heute Nachmittag im Speicher waren, hat ein unsichtbarer Geist das Hochzeitskleid meiner Mutter belebt und eine Nachricht für mich in den Staub geschrieben. Dort stand, jemand aus deiner Vergangenheit kennt die Antworten. Für mich wirkt das ziemlich direkt, denn er ist der Einzige aus meiner Vergangenheit."

„Vielleicht sind es neue Informationen?", fragte Joy, obwohl sie nicht überzeugt klang.

„Wenn das so wäre, weshalb sagt er dann nichts zu mir? Es ist ja nicht so, als würde er nicht wissen, wo ich wohne, oder? Oder dass ich über zwanzig Jahre damit verbracht habe, mich zu fragen, was mit ihr passiert ist." Jetzt war Gigis Zorn wieder da, und so weit es sie betraf, war das auch gut so. Es war sehr viel besser, rechtschaffene Empörung zu empfinden als verheerende Verzweiflung. Zumindest würde ihr Zorn sie zum Handeln treiben, anstatt dafür zu sorgen, dass sie sich fünf Tage lang im Bett zusammenrollen wollte. Und da sie genug Geld hatte, dass sie nicht arbeiten musste, war das wirklich eine Möglichkeit für sie.

Hope beugte sich vor, ihre Miene wurde entschlossen. „Du musst ihn zu dir einladen und ihm diese Informationen entlocken. Vielleicht gibst du eine Cocktailparty bei dir zu Hause. Wir drei sollten auch da sein. Ich kann versuchen, seine Gedanken zu belauschen. Vielleicht hat Joy noch eine Vision. Und Grace …" Sie brach ab, beäugte die dritte Hexe ihres Zirkels. „Na ja, sie kann vielleicht sehen, ob sie rauskriegt, welcher Geist sich oben im Speicher verkleidet hat."

Gigi verzog das Gesicht. „Ich glaube nicht, dass ich mit ihm über meine Mom reden will, wenn gerade Leute da sind."

„Das sind doch keine Leute", erklärte Hope. „Das sind wir." Sie wedelte mit der Hand im Kreis. „Und unsere Partner natürlich, damit es nicht wie so ein verrückter Überfall aussieht."

Und Skyler, dachte Gigi. Ihn konnte sie nicht weglassen. Wenn er die ganzen Autos in ihrer Zufahrt sah, würde er sich fragen, weshalb er nicht eingeladen war. Das konnte sie, oder? Er hatte bereits die verkürzte Version dessen, was passiert war, gehört. Sie hatte ihn nach dem Vorfall im Speicher aufgeklärt. Sie räusperte sich. „Also rufe ich ihn einfach an und lade ihn ein?"

Hope sah sie verwirrt an. „Äh, ja. Warum nicht?"

„Ich will nicht, dass es wie an Date wirkt", beharrte Gigi. Es hatte vor kurzem eine Zeit gegeben, in der sie mit dem Gedanken gespielt hatte, mit Sebastian auszugehen. Aber der Gedanke war lang fort, und sie wollte nicht, dass er falsche Annahmen traf.

„Es ist nur eine Cocktailparty, Gigi. Sag ihm, dass du Freunde einlädst. Das ist alles", sagte Hope.

„Ich weiß. Es ist nur …" Gigi schüttelte den Kopf. „Ach, egal. Ich kümmere mich darum. Geht Freitagabend für alle?"

Alle nickten sie zustimmend. Dann füllte Hope ihre Weingläser auf und sagte: „Wer will von der Bräutigamsmutter hören, die sich mit Sekt besoffen und sich dann auf der Braut übergeben hat, nur wenige Minuten, bevor sie zum Altar gehen musste?"

„Nein!", keuchte Grace. „Sag bitte, dass das nicht wirklich passiert ist."

„Ich wünschte, das könnte ich", erwiderte Hope, die den Kopf schüttelte. „Die Mutter des Bräutigams hat nur gelacht und gesagt, dass es jetzt eine Kinsington-Hochzeit wäre, und laut der Tradition die Braut innerhalb eines Monats schwanger werden würde. Das sagte sie alles, während sie sich ein weiteres Glas Sekt einschenkte, um damit dann vor der Hochzeit mit allen anzustoßen." Hope stieß ein Lachen aus. „Der beste Teil ist, die Braut hat später angekündigt, dass sie bereits schwanger ist, und wenn sie Zwillinge bekommt, würde sie es ihrer frischgebackenen Schwiegermutter zum Vorwurf machen."

„Aber was ist mit dem Kleid passiert?", fragte Joy, die eindeutig entsetzt war.

„Ach, das." Hope wedelte mit der Hand. „Na, natürlich habe ich alles gerettet. Mit Soda kriegt man tatsächlich alles sauber, zumindest, wenn man dazu noch einen Trank zur Fleckenentfernung benutzt."

„Du hast es sauber gemacht?", fragte Grace, ihre blauen Augen waren argwöhnisch zusammengekniffen. „Das klingt gar nicht nach dir."

„Nicht, oder?" Hope legte den Kopf in den Nacken und lachte. „Deshalb habe ich auch eine Zusatzgebühr für extreme Nervigkeit verlangt. Das Extraeinkommen hat gerade gereicht, um für die Sexschaukel zu bezahlen, die ich vor ein paar Wochen gekauft habe."

„Sexschaukel?", fragten die anderen drei Hexen alle gleichzeitig.

„Was ist denn mit Lucas' Mutter?", fragte Joy leise.

Lucas war Hopes Verlobter, und seine Mutter wohnte bei ihnen.

„Ach, sie liebt diese Schaukel. Benutzt sie die ganze Zeit."

„Was?" Grace lachte erstickt. „Jetzt weiß ich, dass du uns auf den Arm nimmst."

Hope grinste nur. „Wir nennen sie nur eine Sexschaukel, weil Bell sie so genannt hat, als wir sie heimgebracht haben. Sie sagte, Lucas wäre auf genau so einer gezeugt worden." Ihre Augen funkelten, während sie noch einmal lachte. „Das ist eine ganz normale Verandaschaukel, die wir hinten draußen aufgestellt haben, aber jetzt ist es eben die Sexschaukel."

„Hmm, vielleicht brauchen Owen und ich auch so eine", sagte Grace.

„Warum? Hast du vor, dich schwängern zu lassen?", scherzte Hope.

Grace fuhr zurück und blinzelte ihre Freundin an. „Beiß dir bloß auf die Zunge." Hope kicherte, und die übrigen scherzten weiter. Gigi nahm einen großen Schluck Wein und lächelte vor sich hin. Genau das liebte sie an ihrem neuen Kreis aus Freundinnen: Sie waren immer bereit, in jeder Situation zu helfen, und ganz gleich, wie schrecklich es war, sie fanden immer eine Möglichkeit, sie zum Lächeln zu bringen. Trotz ihrer Zurückhaltung, mit Sebastian zu reden, wusste sie, was immer für neue Informationen sie dabei herausfand, es würde alles gut laufen, wenn die anderen drei Hexen an ihrer Seite waren.

KAPITEL VIER

*V*ormittags um elf war es nicht zu früh für Wein, oder? Gigi stand auf ihrer Veranda und starrte hinaus auf den wogenden Pazifik, ein Glas Chardonnay in der Hand, und versuchte, den Mut aufzubringen, Sebastian anzurufen. Draußen auf der Klippe bei ihren Zirkelfreundinnen war sie überzeugt gewesen, dass sie das konnte. Aber bei Tageslicht war sie sicher, ihre Kehle würde ihr die Luft abdrücken, sodass sie am Schluss klang wie ein verendendes Hühnchen.

„Mach es einfach, Gigi", rügte sie sich. Was war denn das Schlimmste, was er tun konnte? Absagen? Sie schüttelte den Kopf, denn sie wusste, das Schlimmste wäre, wenn er zusagte. Dann müsste sie sich ihm stellen. Aber verdammt, sie war doch kein Feigling, und sie hatte Antworten verdient. Das Feuer in ihrem Bauch loderte auf, und bevor sie die Nerven verlor, zog sie ihr iPhone heraus und rief ihn an.

„Gigi", sagte er ins Handy, seine Stimme klang leicht rau, als wäre er gerade aufgewacht oder hätte eine leichte Erkältung. Das war teuflisch sexy und regte sie sofort auf. Er hatte doch nicht das Recht, ihr Interesse auf diese Art zu wecken. Nicht, wenn er Informationen über ihre Mutter hatte, die er sich nicht die Mühe gemacht hatte, mit ihr zu teilen. „Wie schön, von dir zu hören."

„Sebastian." Sie fuhr zusammen, als sie ihren eisigen Tonfall hörte. So konnte man keinen Mann überzeugen, auf eine spontane Party zu kommen.

„Stimmt was nicht?", fragte er.

Verdammt, weshalb klang er so besorgt? Sie war genervt von ihm, und sie mochte die Art überhaupt nicht, wie er ihre Entschlossenheit bereits untergrub.

Sie räusperte sich und sagte: „Tut mir leid. Kurz bevor du rangegangen bist, habe ich mir ziemlich fest die Zehe am Bein des Beistelltisches angestoßen. Ich habe versucht, nicht laut loszufluchen."

„Oh, autsch", sagte er mitfühlend. „Soll ich rüberkommen und mich darum kümmern? Ich kann das gut mit den Händen." Jetzt klang er, als würde er flirten, sodass sie mit den Zähnen mahlte.

„Das wird schon." Meine Güte, sie benahm sich wie eine Idiotin. Es war Zeit, sich zusammenzureißen. „Aber wie wäre es mit Freitagabend? Ich habe eine lockere Cocktailparty geplant und dachte, du möchtest vielleicht dazu kommen. Hope, Grace und Joy sind auch mit ihren Partnern da."

„Bittest du mich, dass ich dein Date bin, Gigi?", fragte er, in seiner Stimme lag ein Lächeln.

„Äh, nö?", stammelte sie.

„Es klingt aber, als würdest du mich fragen, ob ich dein Date bin. Ist sonst noch jemand da?"

„Sklyer und sein Mann."

„Gut. Dann ist es also ein Date. Um welche Uhrzeit?", fragte er und klang sehr zufrieden mit sich.

Sie wollte ins Handy brüllen, dass er sich etwas vormachte, dass sie niemals mit ihm zusammen sein würde. Jetzt erst recht nicht. Nicht nach allem, was sie erfahren hatte. Aber wenn sie das tat, würde sie nie herausfinden, was er wusste. Selbst wenn es gegen jede Faser in ihr ging, ihm nicht über den Mund zu fahren, zwang sie sich dazu, zu sagen: „Am Freitag um sieben."

„Toll. Was soll ich mitbringen?"

„Nur dich." *Und eine Wagenladung voller Geheimnisse und Ehrlichkeit,* dachte sie.

„Okay. Dann sehen wir uns da. Und, Gigi?"

„Ja?", sagte sie vorsichtig.

„Danke für die Einladung. Ich freue mich darauf." Die Leitung war tot, und Gigi stand da und starrte ihr Handy einen langen Augenblick an.

Ihre Hintertür öffnete sich zu ihrer Überraschung, und sie stieß ein leises Keuchen aus, während ihr das Handy aus der Hand glitt.

„Tut mir leid!", rief Skyler, der hinaus auf ihre Veranda trat. „Ich dachte, du hättest mich gehört. Ich habe an der Fliegenschutztür geklopft, und als du nichts gesagt hast, bin ich reingekommen. Das ist auch was Gutes, denn es sieht aus, als hätte ich sonst immer noch da draußen auf dich gewartet."

„Schon gut. Ich habe nur telefoniert." Sie waren gut genug befreundet, dass Skyler regelmäßig reinkam, wenn die Tür nicht verschlossen war. Gigi konzentrierte sich auf ihn, betrachtete seine löchrige Jeans und das alte, ausgeblichene George-Michael-T-Shirt. Sie sah ihn mit gerunzelter Stirn an. „Was zum Teufel trägst du da? Und wohin trägst du es?

33

Einen geheimen Rave in einer verlassenen Lagerhalle in der Innenstadt?"

Skyler lachte leise, während er an ihr vorbeifegte und sich an das Geländer lehnte, die leichte Brise verwuschelte ihm die Haare. „Nein, aber das klingt vielversprechend. Hast du irgendwo ein bisschen E, das wir mitnehmen können?"

„Klar. Ich muss es nur mal schnell aus meiner Tictac-Dose rauswühlen", sagte sie und verdrehte die Augen. Aber sie konnte das Lächeln nicht unterdrücken, das um ihre Lippen spielte. Skyler war der einzige Mensch, der ihre Laune innerhalb von Sekunden heben konnte, wenn er mit ihr in einem Raum war. „Weißt du, schade auch, dass du schwul bist. Du wärst ein toller Partner fürs Leben."

Sein Gesicht wurde sofort rot.

„Oh. Mein. Gott. Wirst du etwa rot? Das ist ja zum ersten Mal. Ich habe noch nie gesehen, wie du errötest", sagte sie und grinste ihn an.

„Hör auf", erwiderte er und wedelte ungeduldig mit der Hand. „Wir wissen doch beide, dass du innerhalb von achtundvierzig Stunden vor mir davonlaufen würdest. Du würdest dir vermutlich eine Überdosis *Real Housewives* holen und dann drohen, mich mit einem Löffel zu erwürgen oder so was."

Er hatte recht. Sie würde ihn erwürgen müssen, wenn er sie dazu zwang, zu viel Reality-TV zu schauen. „Ein *Project Runway*-Marathon wäre aber okay für mich."

„Den Göttern sei dafür gedankt. Ich müsste eine neue beste Freundin finden, wenn du dir nicht stundenlang Tim Gunn ansehen könntest." Er zwinkerte ihr zu. „Jetzt erzähl mal, warum du ausgesehen hast, als wolltest du gleich jemanden ermorden, als ich dich hier auf das Meer hinausstarren habe sehen."

„Sebastian. Ich habe ihn gerade eben zu der Cocktailparty eingeladen, die ich Freitagabend gebe. Er glaubt, es ist ein Date, aber ich will einfach nur die Information aus ihm herausbekommen."

„Cocktailparty? Was? Und weshalb ist das das erste Mal, dass ich davon höre?", wollte er wissen, die Hände in die Hüften gestemmt.

„Weil ich gerade erst gestern Abend entschieden habe, sie zu geben, und ich wollte dich als nächstes anrufen. Glaubst du, du und Pete könnt kommen?"

Er schürzte die Lippen und kniff die Augen zusammen. „Na, ich weiß nicht. Das ist so knapp. Ich muss erst auf meinem Kalender nachsehen."

„Bring mich nicht dazu, dir wehzutun", sagte Gigi, die bereits wusste, dass sie keine anderen Pläne hatten, denn Skyler hatte sich über den Mangel an Events in seinem Terminbuch beschwert, als sie zum letzten Mal geplaudert hatten.

Skyler holte sein Handy heraus, schickte eine Nachricht, dann steckte er es wieder in die Hosentasche. „Also gut. Wir sind dabei, wenn Pete dafür zu haben ist. Soll ich irgendwas mitbringen?"

„Dein wunderbares Wurst- und Käsebrett? Mit den kandierten Mandeln und den Ingwerscheiben?", fragte sie hoffnungsvoll.

„Du machst mir echt Arbeit, weißt du das?", sagte er und schüttelte den Kopf, noch während er sie angrinste.

„Deshalb magst du mich doch." Sie grinste zurück.

„Also gut", sagte er mit übertriebenem Seufzen. „Ich kriege es hin, aber du schuldest mir was."

„Das tue ich doch immer. Eines Tages zahle ich vielleicht sogar." Sie zog ihn in die Arme und flüsterte: „Dankeschön."

„Für dich doch alles, Kleine." Als er zurücktrat, fuhr er fort: „Jetzt reiß dich mal zusammen. Wir müssen los."

Gigi schaute hinab auf ihren langen Rock und das enge weiße T-Shirt. Dann beäugte sie ihn. „Wenn man bedenkt, dass du aussiehst, als hättest du dich gerade im Schrank deines Teenagers-Ichs bedient, schätze ich, wir gehen nirgendwohin, wo man sich förmlich kleiden muss?"

„Das hätte ich nie getragen." Er hob den Kopf und schnaubte, als hätte sie ihn beleidigt. „Wenn du es unbedingt wissen musst, damals war ich ganz schick gekleidet, und der Gedanke an Jeans mit Löchern wäre entsetzlich gewesen. Inzwischen habe ich das Licht gesehen. Und dank *Always in Fashion* habe ich dieses wunderbare Vintage-T-Shirt gefunden. Sag doch, dass das nicht fabelhaft ist." Er wedelte wild mit der Hand und bedeutete ihr, sie sollte sich noch einmal seinen Look genau ansehen.

„Ich dachte, du hättest gesagt, man würde dich nur über deine Leiche in diesen Laden bringen", sagte Gigi, die eine Augenbraue hob.

„Dann habe ich halt gelogen. Verklag mich doch." Er verdrehte spielerisch die Augen. „Ich bin eigentlich reingegangen, um mir klarzumachen, dass das nicht meine Konkurrenz ist, und dann habe ich dieses tolle Ding gefunden. Sie haben eine unfassbare Auswahl an alten T-Shirts. Ich bin fast ein wenig neidisch. Trotzdem ist das nicht die Art Mode, die ich verkaufen möchte, also schätze ich, das passt schon. Also, was hältst du jetzt wirklich von meinem Outfit?"

„Ich sage es dir, wären diese Jeans ein bisschen ausgebleichter, könnte man dich in ein Madonna-Video aus den Achtzigern schmuggeln."

„Echt?", fragte er und strahlte. „Das ist ja das Beste, was ich den ganzen Vormittag gehört habe."

„Du übertreibst." Gigi lachte. „Sag mir, ob mein Outfit okay ist, wo wir hingehen."

Er beugte sich kurz vor und nickte dann. „Hol dir nur dein Scheckbuch und deine Schlüssel, und dann gehen wir, oder wir versäumen es noch."

„Was versäumen wir?", fragte sie, während sie nach drinnen ging, um sich ihre Handtasche zu holen.

„Das siehst du schon." Er folgte ihr, und sobald sie bereit zum Aufbruch war, schob er einen Arm durch ihren und sagte: „Komm schon, Rapunzel, erobern wir dieses Schloss und haben ein bisschen Spaß, oder?"

Gigi ließ sich von ihm nur zu gern aus dem Haus führen und war dankbar, dass er gekommen war, um ihre Gedanken von Sebastian abzulenken. Sie schüttelte den Kopf. Keine Gedanken mehr an ihn. Sie war unterwegs zu einem Abenteuer mit ihrem neuen besten Freund. Und sie konnte es nicht erwarten, zu sehen, was er für sie geplant hatte.

KAPITEL FÜNF

„Wohin genau sind wir unterwegs?", fragte Gigi, während sie die kurvenreiche Straße vor ihnen aus zusammengekniffenen Augen betrachtete. Sie waren durch dichten Mammutbaumbestand unterwegs, weg von der Küste. „Du bringst mich aber nicht in den Wald und zwingst mich dazu, wieder sieben Kilometer zu wandern, oder?"

Skyler schnaubte. „Würde ich meine liebsten Gucci-Sneaker tragen, wenn ich im Wald herumlaufen will?"

Sie schaute hinab auf seine Füße, die in beige-braune Tennisschuhe gekleidet waren. Klar, sie sahen brandneu aus, aber wäre nicht das Gucci-Logo an der Seite gewesen, hätte sie nie erraten, dass sie fast so viel kosteten wie die Miete für eine kleine Wohnung. „Ich schätze also, nein. Das höre ich gern", sagte sie lachend. „Also? Wo ist unser Ziel?"

Skyler schnappte sich ein zusammengerolltes Blatt Papier von der Konsole seines Lexus-SUV und reichte es ihr. „Das, meine Freundin, ist der Ort, an dem wir fabelhafte Schätze finden werden."

Gigi faltete das Blatt Papier auf und musterte die Anzeige. Darauf war das Bild eines großen viktorianischen Hauses auf einem perfekt gepflegten Grundstück mit Anweisungen, wie man zu der Vermögensauflösung kam. In fünfzehn Minuten würden sich die Türen öffnen. „Ach, verstehe. Ist das dasjenige, von dem du mir vor ein paar Tagen erzählt hast? Ich dachte, wir sollten am Samstag in aller Früh losziehen."

„Nein. Das ist ein anderes, und ich erwarte immer noch, dass du mitkommst, sogar nach deiner Sause am Freitagabend."

Sie lachte. „Als ich das letzte Mal auf einer Sause war, bin ich um halb elf gegangen, nachdem James so viel getrunken hat, dass er mich nicht mal mehr erkannt hat. Ich hatte irgendwie gehofft, dass er umkippen und mir etwas Frieden verschaffen würde, aber irgendwie ist er in ein Taxi gekommen, und ich habe mich letztlich zwei Tage lang um ihn gekümmert. Seither hatte ich nicht mehr den Bedarf, an einer Sause teilzunehmen."

„Gigi", sagte Skyler, der den Kopf schüttelte. „Versteh das nicht falsch, aber dein Ex ist ein Scheißhaufen."

„Ach was", sagte sie und schüttelte traurig den Kopf. „Ich hätte ihn früher verlassen sollen, aber es war einfach nicht so leicht. Er war ein Meister der Manipulation."

„Mach dich deswegen nicht fertig", sagte Skyler. „Du bist nicht die Einzige, die schon mal in einer beschissenen Situation festgehangen ist. Manchmal dauert es eben, bis wir rauskriegen, wie wir das ändern können. Aber das hast du getan, und jetzt hast du ein fabelhaftes Leben. So fabelhaft, dass du mit mir hier bist, unterwegs zu einem Edelflohmarkt mit einer Tasche voller Geld und niemandem, dem du dafür Rede und Antwort stehen musst. Klingt toll, oder?"

„Das kannst du laut sagen", erwiderte sie und bemühte

sich sehr, um ihre Gedanken an ihren Ex hinter sich zu lassen. Nichts Gutes kam je dabei heraus, wenn sie an ihn dachte. Stattdessen konzentrierte sie sich auf die Aufgabe vor ihr. „Wie hast denn von diesem Verkauf erfahren? Ich dachte, der am Wochenende wäre der Einzige, der die nächsten paar Wochen lang stattfindet."

„Der hier ist heute Vormittag gleich in der Früh einfach in meiner Inbox aufgetaucht. In fünfzehn Minuten öffnen sich die Türen, und in der E-Mail stand was von Designerklamotten", sagte er mit einem ehrfürchtigen Seufzen. „Einige von Alexander McQueen."

„Ach du meine Güte", erwiderte Gigi, die ihn angrinste. „Jackpot."

„Ich hoffe, dass ich der Erste bin, der durch die Türen geht", sagte er, drückte aufs Gas und fuhr mit einer Geschwindigkeit um die Kurve, bei der Gigi ein wenig unwohl wurde. Sie packte den Rand des Sitzes und stieg aus Reflex auf eine imaginäre Bremse. Er schaute zu ihr herüber und lachte. „Entspann dich, Kleine. Ich bin Autorennen gefahren, als ich jünger war."

„Echt?" Gigis Augen wurden größer, und sie fragte sich, was sie sonst über ihren Nachbarn noch nicht wusste.

„Ja. Ich bin immer mit meinem Bruder und seinem besten Freund Jack zur Rennstrecke gefahren. Ich war gut genug, dass ich ein paar Rennen gewonnen habe, aber es war zu teuer. Außerdem war ich nur da, um Jack zu begaffen."

„Hat er in deinem Team gespielt?", fragte Gigi, die mit ihrem Freund lachte.

„Damals nicht, aber ein paar Jahre später sind wir einander begegnet, als mein gänzlich maskuliner Hetero-Bruder nicht dabei war, und er hat nicht gezögert, mein Angebot anzunehmen, mich zurück in meine Studentenbude zu begleiten." Er grinste Gigi verrucht an. „Ich schwöre, wäre er nicht noch mit meinem Bruder befreundet gewesen, hätten wir eine lüsterne Langzeitaffäre gestartet."

„Klingt, als hätte sich die Zeit an der Rennstrecke für dich doch rentiert." Gigi zwinkerte ihm zu. Sie genoss ihre Zeit mit Skyler wirklich. Seine Geschichten waren stets unterhaltsam, auch wenn sie vermutete, dass er gelegentlich übertrieb. Wen kümmerte es? Er war witzig, und er war gut darin, sie aus dem Haus zu kriegen, wo sie Gefahr lief, eine Einsiedlerin zu werden, wenn man sie sich selbst überließ. Sie hatte zu viel Zeit damit verbracht, sich vor der Welt zu verstecken. Nach dem Trauma, ihre Mutter verloren zu haben und dann ihren kontrollbesessenen Mann aushalten zu müssen, hat es lange gedauert, bis sie zu sich fand. Aber nachdem sie letztes Jahr ihrem Ex in den Hintern getreten und ihn verlassen hatte, spürte sie schließlich den süßen Hauch der Freiheit. Sie würde nicht zurückkehren. Niemals.

Zehn Minuten später bog Skyler in eine lange Zufahrt ab, die von Bäumen gesäumt war. Als die Zufahrt sich zu einer Lichtung öffnete, stieß Gigi ein Keuchen aus, als sie das Haus sah. Es war leibhaftig sogar noch großartiger. „Für wie alt hältst du denn dieses Haus?"

„Ich bin ziemlich sicher, in der Anzeige stand, die Familie hat es um 1850 herum bauen lassen." Er parkte auf dem Parkplatz und sprang raus. Bevor Gigi auch nur ihren Sicherheitsgurt gelöst hatte, hatte er für sie die Tür geöffnet.

„Danke." Die Aufmerksamkeit sorgte dafür, dass sich Wärme in ihr ausbreitete. Es war schön, wenn sich einmal jemand um sie kümmerte. Ihr Ex war nicht sonderlich ritterlich gewesen, nachdem sie geheiratet hatten. Tatsächlich war es gewesen, als wäre ein Schalter umgelegt worden und er hätte sich in jemand ganz anderen verwandelt, sobald er den Ring am Finger trug. Gigi seufzte und folgte ihrem Freund zu dem wunderbaren viktorianischen Haus.

„Was war denn da gerade los?", fragte Skyler neugierig.

„Ach, ich hab mich nur an all die Male erinnert, bei denen mein Mann mir niemals eine Tür geöffnet hat." Sie setzte sich ein Lächeln auf. „Ich sage nicht, das ist der Grund, weshalb ich ihm in den Hintern getreten und ihn vor die Tür gesetzt habe, aber es hat bestimmt nicht geholfen."

Skyler legte den Kopf in den Nacken und lachte. Als er wieder nüchtern wurde, schaute er ihr in die Augen und sagte: „Ich wünschte, ich wäre an diesem Tag dabei gewesen. Dieser Vollidiot hat es verdient, dass du ihm in die Eier trittst. Du bist alle Zeit und Mühe der Welt wert, Gigi. Denk daran, und gib dich niemals mit weniger zufrieden."

Auf ihrer Haut prickelte etwas, das sich wie Magie anfühlte. Es war nicht, dass er einen Zauber hinaus in die Welt entließ, es war schon eher, dass sie spüren könnte, dass Skyler irgendwie eine verwandte Seele war. „Es klingt, als hättest du durchaus Erfahrung mit gewalttätigen Partnern."

Er nickte. „Nur einmal. Das war der Mann, mit dem ich vor Pete zusammen war. Verflixt, ich war auch ein völliger Schlamassel. Ich bin aus dieser Beziehung rausgegangen, und ich dachte ehrlich, ich würde niemals wieder mit jemandem zusammenkommen. Es war nicht, dass ich glaubte, ich würde es nicht verdienen, ich vertraute nur einfach niemanden." Er lächelte ihr schüchtern zu, während er fortfuhr: „Aber Pete war einfach da, und so verflixt geduldig mit mir. Es ist, als hätte er meine Schutzwälle einen Stein nach dem anderen abgetragen, ohne dass es mir auch nur aufgefallen wäre. Eines Tages dann konnte ich nicht mehr zurück. Wir waren zusammen, und ich konnte mir nicht vorstellen, mein Leben nicht mit ihm zu verbringen." Skylers ernste Miene wurde schelmisch. „Armer Kerl. Stell dir vor, du müsstest dich die ganze Zeit mit meinem Unsinn herumschlagen."

Gigi ließ den Arm durch den von Skyler gleiten und hielt sich fest. „Ich kann mir nur vorstellen, dass es wunderbar wäre. Jetzt gehen wir rein und finden ein paar Schätze."

Skyler wandte den Blick zum Haus, nickte und führte Gigi dann die Stufen hinauf. Als sie gerade ankamen, öffnete sich die Tür von selbst und enthüllte eine großartige Eingangshalle mit Stufen rechts, die in den zweiten Stock hinaufführten.

„Wow", sagte Gigi, die die glänzenden Holzböden und die schmückenden Wandbehänge mit Gartenszenen an den Wänden betrachtete. „Das ist sogar noch beeindruckender, als ich es mir vorgestellt habe."

„Ich auch. Ich hatte erwartet ..." Skyler hielt mitten im Satz inne, als ein Schmetterling aus einem der Wandbehänge sich im echten Leben materialisierte und zu ihnen flatterte. Die elektrisierend blaue Schönheit schlug ein paar Mal mit den Flügeln, bevor sie den Gang entlang flog. Als weder Gigi noch Skyler sich regten, kam der Schmetterling zurück, flatterte erneut, und brach abermals den Gang entlang auf.

„Ich glaube, man ruft uns", sagte Gigi mit unterdrückter Stimme.

Skyler stand stocksteif da, konnte oder wollte sich offensichtlich nicht bewegen. Seine Augen waren aufgerissen, als er fragte: „Hältst du das für sicher? Ich will nicht in den Abendnachrichten auftauchen, während die Schlagzeile lautet: *Hexe und ihr bester schwuler Freund sterben auf der Jagd nach Erbstücken.*"

Gigi nahm sich einen Augenblick, um ihre Umgebung

wahrzunehmen, bevor sie antwortete. Seit sie in ihr Haus eingezogen war, hatte sie die Stimmung an anderen Orten spüren können. Das viktorianische Haus war da nicht anders. Im Eingangsbereich gab es ein leises Summen der Energie, aber es war nicht uneinladend. Nur etwas gewichtiger, als sie es gewöhnt war, vermutlich wegen des Alters des Hauses. Es gab mehr Geschichte, mehr Schichten aus menschlichen Gefühlen. Sie schaute den Gang entlang, wo der Schmetterling verschwunden war, und sah einen schwachen Umriss aus weißem Licht, fast ein Glühen. Sobald sie blinzelte, war es wieder weg.

„Ist schon gut, Sky", sagte Gigi, die einen Schritt vortrat und ihn weiter drängte. „Vertrau mir. Was immer oder wer immer auf uns wartet, fühlt sich an wie Glinda, die gute Hexe des Südens."

Er schnaubte. „Du meinst, wir werden eine Hexe finden, die uns anlächelt und freundlich ist, aber nicht unbedingt viel tut, um uns zu helfen, außer wir stehen nur Sekunden vor dem Tod?"

Gigi konnte ein Lachen nicht unterdrücken. Seine Einschätzung von Glinda aus *Der Zauberer von Oz* war nicht unbedingt daneben. „Das ist besser, als von fliegenden Affen entführt zu werden, oder?"

„Mir wäre es am liebsten, wenn wir keines dieser Szenarien durchstehen müssten, wenn es dir nichts ausmacht", sagte er hochnäsig.

„Abgemacht. Ich lasse dich wissen, wenn sich hier irgendwas gefährlich anfühlt, und falls ja, gehen wir sofort, bevor der Tornado loslegt."

„Abgemacht."

Vorsichtig gingen sie durch den Gang, bis sie an weit

offene Doppeltüren kamen, die zu einem eleganten Salon führten, der Gigi den Atem raubte. Die ganze westliche Wand bestand aus Fenstern von der Decke bis zum Boden, mit einer spektakulären Aussicht auf den Garten, den man nur königlich nennen konnte.

„Sieh dir dieses Sofa an", flüsterte Skyler ehrerbietig. „Königsblauer Samt im Louis-XV-Stil mit handgeschnitzten Beinen. Das wäre perfekt im Ankleideraum des Ladens. Einfach nur perfekt."

„Es steht zum Verkauf", sagte eine Frau, die aus dem Licht erschien. „Lassen Sie mich Ihnen die Preisliste holen."

Gigi schaute sich um, fragte sich, wo die feenartige Frau, die Anfang dreißig zu sein schien, sich versteckt hatte. Hinter der Tür? Unter dem Tisch? Im Wandschrank? Die ganzen Möglichkeiten schienen unwahrscheinlich, da sie nicht bemerkt hatte, wie jemand aus diesen drei Verstecken kam.

„Bei Prada und Gucci." Skyler drückte sich eine Hand an die Brust und betrachtete liebevoll einen Kleiderständer, der auf der anderen Seite des Raumes stand. „Siehst du das, Gigi? Dieser herrliche weiße Wollanzug? Sieht aus wie der, den Carly Preston in *My Favorite December* getragen hat. Auf dieser Silvesterparty, als sie endlich mit Archer Riveria zusammenkam." Er stieß ein Seufzen aus, als würde er in Ohnmacht fallen, und schwebte hinüber zu dem Kleiderständer, ohne auf ihre Antwort zu warten.

Gigi lächelte vor sich hin und konzentrierte sich wieder auf die zierliche Frau, die auf einem kleinen Schreibtisch Papiere durchging. Ihr Haar war in einem süßen Pagenschnitt frisiert wie in den 1950er-Jahren. Das Rockabilly-Kleid mit blaugrünen und schwarzen Polkadots,

46

das sie zu hochhackigen Mary-Jane-Schuhen trug, war das perfekte Outfit, um den Look komplett zu machen.

„Ich hab's", rief sie und holte mit großer Geste ein Blatt aus einem Ordner. „Huch. Kurz hatte ich Angst, dass es diesmal ganz weg war." Sie lächelte Gigi verlegen an. „Kennen Sie das, wenn man manchmal was wegräumt, damit man es nächstes Mal leicht wiederfindet?"

Gigi nickte, genoss die lebhafte Energie, die von der Frau ausging.

„Genau das habe ich getan, aber es scheint, jedes Mal, wenn ich etwas wegräume, ist es mit dem Finden nicht so einfach." Sie lachte. „Man möchte meinen, ich würde etwas daraus lernen und die wichtigen Dinge einfach draußen liegen lassen, wo man sie unmöglich übersehen kann."

„Vielleicht haben Sie einen Geist, der die Dinge immer wieder versteckt", sagte Gigi, ohne nachzudenken. „Das passiert bei mir zu Hause." Innerlich fuhr Gigi zusammen. Sie hatte ihre Geister nicht erwähnen wollen. Das war etwas, was sie normalerweise für sich behielt, und in dem kleinen Kreis ihrer Freunde, denn so viele Leute waren immer noch skeptisch. Aber obwohl sie kaum miteinander gesprochen hatten, fühlte Gigi eine natürliche Lockerheit gegenüber der Frau. Es war fast, als würde sie sie kennen, aber das war unmöglich. Gigi hätte sich erinnert, wenn sie sich schon einmal begegnet wären.

„Geister." Sie nickte nachdenklich. „Das ist schon möglich. Das wäre nicht das erste Mal, dass mir einer begegnet." Sie streckte eine Hand aus. „Hi, ich bin Autumn."

„Gigi." Ihre Hände berührten sich, und eine beruhigende Wärme breitete sich in ihr aus.

Autumns Hand schloss sich um die von Gigi und hielt sie einen Augenblick länger fest, als es normal gewesen wäre,

47

während sie sie verwundert anstarrte. Dann blinzelte sie, ließ Gigis Hand los und machte einen Schritt zurück, während sie sich räusperte. „Willkommen bei der Vermögensauflösung des Thorne-Anwesens. Suchen Sie nach etwas Bestimmtem, oder jagen Sie nur Schätzen nach?"

„Insbesondere Kleidungsstücken", rief Skyler von seinem Platz drüben am Kleiderständer. „Aber ich will mir alles sehen. Man weiß ja nie, was man findet."

Autumn starrte Gigi noch einen Augenblick an, bevor sie sich lächelnd an Skyler wandte. „Perfekt. Wenn Sie fertig sind, lassen Sie sich von mir nach oben bringen, und Sie können den Rest von Mrs. Thornes Garderobe sehen."

„Es gibt noch mehr?", hauchte Skyler, sein Gesicht leuchtete vor Aufregung.

Sie lachte leise. „Ja. Diese Kleidungsstücke, die Sie gerade sehen, sind nur eine kleine Kostprobe." Autumn ging zu ihm hinüber, stellte sich vor, und die beiden fingen ein Gespräch an, das alle von Mrs. Thornes Lieblingsdesignern abklapperte.

Gigi beobachtete sie ein paar Minuten, bevor sie aus dem Raum ging und den Pfeilen zu einem großen Wohnzimmer folgte, das weiter hinten im Haus war. Offensichtlich war es das formale Wohnzimmer gewesen, an das sich ein Speisesaal anschloss. Die Wände waren mit Holzpaneelen bedeckt, und es gab eine modernere weiße Couch und zwei passende Sessel, die einander gegenüberstanden. Aber die Beistelltische und ein Geschirrschrank waren im gleichen Louis-XV-Stil wie der Zweisitzer aus dem anderen Zimmer. Es war klar, dass die Besitzerin es schick und gemütlich haben wollte, während sie versuchte, den Rest der Einrichtung so original wie möglich zu erhalten.

„Ich wusste, dass du kommen würdest", rief eine ätherische Stimme hinter ihr.

Eine Gänsehaut erschien auf Gigis Armen. Sie erstarrte kurz, bevor sie sich in Richtung der Stimme wandte. Am Tischende im Speisesaal nebenan war der schimmernde Umriss einer Frau zu sehen, die ein elegantes Perlenkleid trug. Ihre lockigen Haare waren auf dem Kopf aufgetürmt, einzelne Strähnen rahmten ihr Gesicht, um die Diamantohrringe in Tropfenform zu betonen. Sie hielt eine Hand im Handschuh hoch und winkte, damit Gigi näherkam.

Wie in Trance bewegte sich Gigi, sowohl angezogen von der Frau, als auch entsetzt, denn sie kannte dieses Gesicht. Sie hatte es schon einmal auf einem Schwarz-Weiß-Foto bei den Dingen ihrer Mutter gesehen.

„Du kennst mich, oder?", fragte die Frau.

„Ja", sagte Gigi. „Du bist meine Großtante Celia." Gigi hatte sich daran gewöhnt, in ihrem eigenen Haus mit Geistern zu verkehren, aber dass sich eine Verwandte in einem Haus materialisierte, in dem sie noch niemals gewesen war, ließ sie ein bisschen ausflippen. „Was machst du hier?"

Der Geist stieß ein wenig erheitertes Lachen aus. „Ich genieße mein Haus, bevor dieser Nichtsnutz Garrison Thorne Junior es in Bares umwandelt, dass er nur in schlechte Geschäfte und sogar noch schlimmere Investitionen anlegen wird."

Gigi zermarterte sich das Gehirn, versuchte, sich daran zu erinnern, was sie über Celia musste. Nicht viel. „Du hast hier gewohnt?"

Celia nickte. „Mein ganzes Leben lang. Schade auch, dass Branson und ich niemals Kinder hatten. Wäre dem so gewesen, wäre das Haus niemals in die Hände meiner

Cousine Tillie gefallen. Das Einzige, in dem sie gut war, war Deko. Das hat sie immerhin an ihre Urenkelin weitergegeben. Vanessa Thorne hatte einen tollen Geschmack. Sie hat es angenehm gemacht, in den letzten paar Jahren an diesem alten Ort zu spuken."

„Wow. Ich glaube, ich weiß nicht viel über diese Seite der Familie", sagte Gigi, die am Tisch Platz nahm und gerne solange mit ihrer Vorfahrin plaudern wollte, wie sie konnte. In Wahrheit wusste Gigi über keinen ihrer Vorfahren sonderlich viel. Sie hatte ein paar Fotos aus den Sachen ihrer Mutter, aber überhaupt nichts von ihrem Vater. Er war gegangen, bevor sie alt genug gewesen war, um sich auch nur an ihn zu erinnern. „Hast du noch mehr Verwandte, die noch ich in dieser Gegend leben?"

Der Geist schüttelte den Kopf. „Garrison und seine schicke Frau, die nur auf sein Geld aus ist, sind angeheiratet. Keiner davon lohnt sich für dich."

„Oh. Wie schade. Aber schon in Ordnung. Du bist offensichtlich hier, um mir etwas zu sagen", fuhr Gigi fort, die Celia mit zusammengekniffenen Augen ansah. „Sonst würdest du doch nicht so viel Energie verbrauchen." Das Licht um sie herum trübte sich allmählich, und Gigi konnte erkennen, dass der Geist bald verblassen würde. Die meisten konnten sich nicht lange materialisieren. Es schien, als wäre Celia schon am Ende ihrer Energie angelangt.

„Das bin ich. Mir gefällt, dass du klug bist." Sie lächelte Gigi an und wurde dann nüchtern. „Das ist jetzt wichtig. Vertrauen bekommt man nicht leicht, aber wenn du es dir nicht verdienst, wird sich die Geschichte wiederholen."

Gigis Körper versteifte sich, während sie spürte, wie ihr Inneres bei der Warnung zu Eis wurde. Sie beugte sich vor, starrte das verblassende Licht des Geistes an und fragte ganz ernst: „Wessen Vertrauen verdienen?"

Der Geist öffnete den Mund, um etwas zu sagen, aber bevor Worte herauskamen, verschwand er.

Frustrierte Tränen brannten in Gigis Augen. Die Geschichte wird sich wiederholen? Was zum Teufel sollte das bedeuten? Gigi konnte nicht anders, als das Schlimmste anzunehmen. Ihre Mutter war verschwunden, und ihr Fall war nie gelöst worden. Bedeutete das, dass ihr Entführer wieder da war und sonst jemanden verletzt würde?

Sebastians Gesicht tauchte in ihren Gedanken auf, und ihr wurde schlecht. Hatten die Behörden vor all den Jahren richtig gelegen?

Nein.

Das Wort hallte laut in ihrem Verstand, und sie hatte keine Ahnung, woher es kam. Ihr Unterbewusstsein? Celia? Sie wusste nur mit ihrem Bauchgefühl, dass sie nicht glaubte, dass Sebastian etwas mit dem Verschwinden ihrer Mutter zu tun hatte. Und wenn es eines gab, was sie mit vierzig Jahren gelernt hatte, dann war es, wenn sie auf ihren Bauch hörte, lag sie immer richtig.

Sebastian. Er war der Schlüssel. Derjenige aus ihrer Vergangenheit, der die Antworten hatte. Der Freitag konnte gar nicht früh genug kommen.

KAPITEL SECHS

„Ich habe Autumn heute angeheuert", sagte Skyler, während er sein Wurst- und Käsebrett auf die Anrichte stellte.

Gigi stellte einen Stapel Servietten neben die Teller und schaute zu ihm auf. Sie waren in ihrer Küche und trafen die letzten Vorbereitungen für ihre Cocktailparty. „Echt? Wozu?"

„Er will, dass sie seine Assistentin in der Boutique wird", sagte Pete, der einen Arm um Skyler legte und ihn dicht an sich zog. Skyler schaute zu seinem Mann auf und warf ihm ein schwaches Lächeln zu, während Pete hinzufügte: „Das kommt auch keinen Augenblick zu früh. Ich habe ihn kaum gesehen, seit ich nach Hause gekommen bin. Er war so beschäftigt, dass er gestern Abend sogar das Abendessen verpasst hat."

„Sky!", rief Gigi. „Das Abendessen, an dem Pete den ganzen Tag lang für dich gearbeitet hat?"

„Ich habe einen Anruf von einer Privatkundin bekommen, die etwas brauchte, das sie auf einem Event tragen kann! Ich konnte doch nicht Nein sagen." Er drückte Pete. „Tut mir leid, Liebling. Aber ich habe es doch später wieder gut gemacht, oder?"

Petes Augen leuchteten, während er seinen Mann schelmisch anlächelte. „Das hast du, Baby. Wen kümmert schon das Essen?"

Skyler lachte. „Dachte ich es mir doch. Das Essen war immer noch exzellent, als wir es heute Vormittag als Brunch aufgewärmt haben."

Ein Stich reiner Eifersucht fuhr Gigi in die Brust, während sie sie beobachtete. Sie konnte sich nicht an einen einzigen Augenblick in ihrer Ehe erinnern, in dem sie und James auch nur halb so verliebt gewesen waren, wie es ihre beiden Freunde waren. Ihre Freude strahlte einfach von ihnen aus, und obwohl sie es liebte, das zu sehen, konnte sie auch nicht verhindern, dass sie sich selbst ein bisschen leidtat.

All die Jahre, die sie an James verschwendet hatte, und er hatte sich nicht nur als eine Enttäuschung erwiesen, sondern auch noch als gewalttätig zusätzlich zu allem anderen. Er hatte nur dieses eine Mal die Hand gegen sie erhoben, aber der emotionale Missbrauch war fast von Anfang an da gewesen; sie hatte nur nicht erkannt, was es war. Und das, mehr als alles andere, nervte sie. Er war so charmant gewesen, dass sie viel zu viel übersehen hatte. Jetzt, da sie frei war, wurde ihr beinahe schlecht bei der Erinnerung, wie viel Müll sie im Lauf der Jahre mitgemacht hatte, bevor sie sich endlich daraus verabschiedet hatte. Gigi hatte wegen des Angriffs Anzeige bei der Polizei erstattet, aber er hatte die Stadt verlassen, und seither hatte sie nichts mehr von ihm gehört. Soweit es sie betraf, reichte das auch. Wenn sie niemals wieder etwas von ihm hörte, wäre das das Beste.

„Jetzt kann die Party beginnen!", rief Hope, die in die Küche kam, eine Kiste Sekt dabei. „Wer will was Blubberndes?"

„Ich." Skylers Hand ging hoch.

Pete zuckte mit einer Schulter und sagte: „Klar."

„Hervorragend." Hope stellte die Kiste auf den Tresen, glättete ihr maßgeschneidertes Jackett und schaute sich um. „Wo sind in die Sektgläser?"

„Im Esszimmer", sagte Gigi. „Auf dem Tisch, wo du sie vorhin hingestellt hast." Hope hatte die Party geplant und sich um die meisten Einzelheiten heute gekümmert.

„Genau." Sie lachte. „Gehirne über vierzig. So nenne ich das, wenn ich mal geistig umnachtet bin. Es ist besser, als zu denken, dass man schon früh dement wird." Mit einem Blick zu Skyler sagte sie: „Kannst du die mal in den Kühlschrank stellen? Ich fülle dann diese Gläser."

„Bin dabei." Skyler kümmerte sich um die Aufgabe, während Gigi sich das Tablett mit dem Aufschnitt schnappte und Hope in den Raum nebenan folgte. Sie hatte gerade den Rest des Essens auf den Tisch gestellt, als es an der Tür klingelte. Beide schauten sie auf und starrten dann durch den Raum.

Hope hob eine Augenbraue. „Das ist bestimmt Sebastian. Alle anderen wären doch einfach reingekommen, meinst du nicht?"

Aufregung sorgte dafür, dass sich Gigis Kehle zusammenzog, sodass sie Hope nicht antworten konnte. Stattdessen nickte sie nur und zwang sich dazu, durch den Raum zu gehen. Sie war noch nie zuvor nervös gewesen, dass sie Sebastian traf, aber nun, da sie sicher war, dass er ihr Informationen vorenthielt, war sie sowohl wütend als auch voller Zurückhaltung. Falls er wirklich etwas für sich behalten hatte, das er über das Verschwinden ihrer Mutter wusste, gab es dafür auf jeden Fall einen Grund, und vermutlich einen, der sie am Boden zerstört zurücklassen würde.

Sie holte tief Luft, öffnete die Tür und schaute genauer hin, als sie Autumn sah, die Frau von der Vermögensauflösung, die zufällig auch Skylers neueste Mitarbeiterin war. „Ach, Autumn. Hi", stammelte Gigi, die sich wie eine Närrin vorkam. Weshalb konnte sie heute Abend nicht einfach ihre Fassung wahren?

Autumn spähte an Gigi vorbei, sie wirkte nervös. „Bin ich zu früh? Ich dachte, Skyler hätte mir gesagt, ich soll um sieben hier sein?"

„Nein! Du bist nicht zu früh", rief Skyler, der zu ihnen herübergeeilt kam. „Tatsächlich bist du genau pünktlich." Sanft stieß er Gigi zur Seite, dann zog er Autumn ins Haus. „Ich freue mich so, dass du es geschafft hast." Er wandte sich an Gigi. „Du erinnerst dich doch an Autumn, oder? Ich habe gesagt, sie soll vorbeischauen, damit sie Pete kennenlernen und ein paar Leute in der Stadt treffen kann, da sie in der Gegend ziemlich neu ist."

Gigi entging der leicht entschuldigende Blick nicht, den er ihr zuwarf, weil er jemanden auf ihre vorgespielte Party eingeladen hatte, den sie gar nicht kannte. Aber sie hatte jemand anderen, auf den sie sich konzentrieren musste, und Sorgen um Autumn waren gar nicht vorgesehen. „Natürlich erinnere mich an Autumn. Stell sie doch Pete vor und schnappt euch ein Glas Sekt, während ich …"

„Hi, Gigi", sagte Lucas, Hopes Verlobter, der hereinkam. Er nahm sie kurz in die Arme und küsste sie auf die Wange. „Danke für die Einladung. Hope hat die letzten drei Tage lang ständig von dieser Party geredet. Man möchte meinen, sie hätte ihre Mädels wochenlang nicht gesehen", fügte er mit einem leisen Lachen hinzu.

„Du weißt doch, wie aufgeregt wir sind", sagte Gigi mit einem nervösen Lachen.

Er hob eine Augenbraue, als ob er wusste, dass sie irgendwas vorhatten. Natürlich tat er das. Hope hatte es ihm doch sicherlich erzählt.

Gigi winkte ihn weiter zu Hope. „Deine bessere Hälfte ist diejenige, die den Sekt ausschenkt."

„Genau dort muss ich hin." Er zwinkerte ihr zu, dann durchquerte er das Zimmer dorthin, wo Skyler Autumn Hope vorstellte.

Stimmen erklangen hinter ihr, und sie wirbelte herum, um festzustellen, dass die restliche Mannschaft hereinkam, lachend und plaudernd. Sie begrüßte Grace, Owen, Joy und Troy. Sie waren alle locker und froh, auf eine kleine Party mit ihren engsten Freunden kommen zu können, und es dauerte nicht lang, bis sie sich entspannte und der Unterhaltung anschloss.

„Gigi, wusstest du, dass Carly Preston eine echt beeindruckende Kräuterkammer hat?", fragte sie Joy, bezog sich dabei auf die berühmte Schauspielerin, die Premonition Pointes neueste dauerhafte Bewohnerin war. Sie hielt ein kleines weißes, nicht beschriftetes Gefäß in einer Hand und ein Sektglas in der anderen.

„Nein, das wusste ich nicht", sagte Gigi. „Ist sie Sammlerin oder praktiziert sie?"

„Sie praktiziert auf jeden Fall." Sie hielt das Gefäß in der linken Hand hoch. „Ich habe ihr erzählt, dass du eine begabte Kräuterkundige bist, und sie wollte, dass ich dir das hier gebe, damit du mal sagst, was du davon hältst. Es soll helfen, Cellulite zu glätten."

Gigi verzog das Gesicht, während sie hinab auf ihre Beine schaute, die unter dem Saum eines recht lockeren Baumwollkleides hervorlugten. „Ist das ihre Art, mir zu sagen, dass ich ein bisschen was an meinen Oberschenkeln machen muss?"

„Ach du liebe Güte, nein!", sagte Joy, die entsetzt klang, dass sie vielleicht Gigi beleidigt haben könnte. „Deine Oberschenkel sind perfekt, so weit ich das sagen kann ... Ich meine, alles, was ich von ihnen sehe." Sie stieß ein nervöses Lachen aus, und Troy, der neben ihr stand, konnte sein eigenes Lachen nicht zurückhalten.

„Gut gemacht, meine Liebe", flüsterte er gespielt. „So verschaffst du deiner Freundin Komplexe."

„Hör auf." Spielerisch schlug sie ihm auf die Brust. „Geh und rede mit Skyler über dieses Fotoshooting, das ihr beiden nächste Woche auf die Beine stellen wollt. Ich brauche deine Hilfe hier nicht. Ich kann perfekt ganz allein in Fettnäpfchen treten."

Wieder lachte er, drückte ihr einen Kuss auf die Schläfe und zwinkerte Gigi zu, während er durchs Zimmer ging, um mit dem Designer zu plaudern.

„Tut mir leid", sagte Joy, die sie entschuldigend anlächelte. „Das war ja kein guter Anfang. Carly ist eine Amateurkräuterkundige. Sie arbeitet an Tränken und Kräutermedizin, um sich zu entspannen, wenn sie zu viel Zeit am Set verbracht hat. Diese Salbe aber glaubt sie, wäre was für den Markt, und sie will deine Meinung dazu, bevor sie irgendwas entscheidet."

„Etwa eine professionelle Meinung?", fragte Gigi schockiert.

„Ja."

„Aber ich bin doch gar kein Profi. Ich verkaufe nichts von

dem, was ich herstelle", beharrte Gigi. Es stimmte, dass sie eine begabte Kräuterkundige war. Seit sie jung gewesen war, hatte Gigi eine Verbindung zur Erde und den magischen Pflanzen gespürt, die sie herstellte. Und sie machte alles, von Lippenbalsam bis Augencreme und Tränke gegen Kopfschmerzen. Sie hatte mal gedacht, sie würde einen Laden eröffnen, aber die Hochzeit mit James hatte dieser Idee den Garaus gemacht. Er hatte gewollt, dass sie zur Verfügung stand, wenn er sie für seine eigenen geschäftlichen Anforderungen brauchte. Anfangs hatte sie zugestimmt, sich vorgestellt, dass sich irgendwann alles verlagern würde und sie mit der Karriere dran wäre. Aber als klar wurde, dass es ihm nur ums Geld ging, hatte Gigi ihre Träume zur Seite geschoben, weil sie wusste, wenn aus ihrem Geschäft jemals etwas wurde, würde er es ihr auf die eine oder andere Art sowieso wegnehmen.

„Das solltest du aber", sagte eine vertraute rauchige Stimme hinter ihr.

Vorfreude prickelte in Gigis Bauch. Sebastian. Sie drehte sich um und sah ihren alten Freund, verabscheute die Art, wie sie sich sofort zu ihm hingezogen fühlte. Er hatte Informationen, die er ihr vorenthalten hatte. Sie sollte vorsichtig mit ihm umgehen, und sich nicht wünschen, die Arme um ihn zu legen und in seine Umarmung zu sinken.

Verdammt.

„Hi, Sebastian. Wie schön, dass du kommen konntest." Sie hielt ihre Hand hin, wollte seine schütteln, aber er nahm sie nur und zog sie in die Umarmung, nach der sie sich gesehnt hatte. Seine beiden Arme legten sich um sie, zogen sie dicht an ihn. Es ließ sich nicht aufhalten. Sie drückte ihm die Wange an die Brust, atmete seinen Geruch nach Holz ein. Einen Augenblick lang glitt die Welt zur Seite, es waren nur sie und Sebastian, zurück in ihrem Baumhaus in den Wäldern, während sie einander sicher hielten.

„Sebastian!", rief Lucas. „Schön, dich zu sehen. Ich wusste gar nicht, dass du hier sein würdest."

Gigi schlüpfte aus Sebastians Armen und machte einen Schritt zurück, während Lucas eine schwielige Hand ausstreckte, um die von Sebastian zu schütteln. Diesmal wurde niemand umarmt, während die beiden Männer sich begrüßten und Small Talk betrieben.

„Ich höre, du wirst mindestens den Sommer über hier sein", sagte Lucas. „Hast du Zeit zum Wandern? Ich könnte echt mal einen Kumpel für unterwegs gebrauchen."

„Auf jeden Fall", sagte Sebastian nickend. „Da ich eine kleine Pause vom Gerichtssaal mache, habe ich jede Menge Zeit. Lass mich wissen, wann und wo. Ich bin dann dabei."

„Hervorragend. Machen wir was für nächste Woche aus."

Gigi beobachtete, wie die beiden Männer Pläne machten und fragte sich, ob sie Lucas warnen sollte. Aber wovor sollte sie ihn denn warnen? Dass Sebastian Informationen über das Verschwinden ihrer Mutter hatte, es ihr aber nicht gesagt hatte? Dass irgendwo in den weit entfernten dunklen Winkeln ihres Verstandes eine Angst hauste, dass Sebastian am Verschwinden ihrer Mutter irgendwie beteiligt gewesen war? Das konnte nicht stimmen. Sie musste ihn einfach zum Reden bringen. „Sebastian", sagte sie und schob ihren Arm durch seinen. „Ich störe nur ungern, aber ich will dir was zeigen."

„Natürlich." Er legte eine Hand über ihre und nickte Lucas zu. „Danke für die Einladung. Ich freue mich darauf."

Während Gigi Sebastian durch die Terrassentüren nach draußen führte, schaute sie über die Schulter zu Lucas. Er reckte den Daumen hoch, und sie fragte sich, was genau er vorhatte. Sicher hatte Hope ihm erzählt, worum es bei diesem Abend wirklich ging. Weshalb hatte er Sebastian gefragt, ob er mit ihm wandern ging? Das war nicht der richtige Zeitpunkt, um es herauszufinden. Sie musste selbst kundschaften.

Nachdem sie ihn hinaus auf die Veranda geführt hatte, stellte sie sich ans Geländer, schaute hinaus aufs Meer. Die Energie des Hauses war der Grund, weshalb sie es gekauft hatte, aber sie hätte gelogen, wenn sie verneint hätte, dass die Aussicht nicht gleich an zweiter Stelle stand. Die Zeit, die sie in der Nähe des Meeres verbrachte, füllte sie wieder auf und brachte sie zu ihrer Mitte. Sie schätzte, das war der Grund, weshalb sie Sebastian nach draußen gebracht hatte, um diese Unterhaltung zu führen.

„Schöne Party", sagte Sebastian, sein Blick war auf die aufgewühlte See unter ihnen gerichtet.

„Danke." Sie schaute zu ihm hinüber, musterte sein umwerfendes Profil. Sebastian hatte ein starkes Kinn und herrliche silbrige Augen. Normalerweise war er rasiert, aber heute Abend hatte er einen sexy Dreitagebart.

Seine Lippen wölbten sich zu einem verführerischen schiefen Lächeln, während er sich ihr zuwandte, sich eindeutig bewusst, dass sie ihn anstarrte.

Gigi wandte den Blick ab, versuchte so zu tun, als würde sie sich nicht vorstellen, wie es sich anfühlen würde, mit der Wange über seine zu reiben.

„Also, Gigi, worüber willst du mit mir reden?", fragte er.

Ihr Blick ging zurück zu ihm. „Wie kommst du auf den Gedanken, dass ich mit dir was bereden möchte?"

Er lachte und deutete zum Haus. „Vielleicht, weil du ein Haus voller Leute da hast, und in dem Augenblick, als ich angekommen bin, hast du mich nach draußen gezerrt, wo uns niemand sonst unterbrechen wird. Vergiss nicht, Clarity", sagte er und nutzte ihren eigentlichen Namen, „ich kenne dich. Wir haben inzwischen vielleicht ein paar Jahre mehr auf dem Buckel und ein paar Falten, aber keiner von uns hat sich so sehr verändert. Irgendwas geht dir durch den Kopf. Das erkenne ich an der Linie gleich hier." Leicht legte er einen Finger an ihre Stirn.

Gigi stieß ein frustriertes Seufzen aus, verabscheute es, dass er sie so gut kannte. Er ließ sie wirklich nicht um den heißen Brei reden. Er würde sie sofort durchschauen. „Du musst mir alles erzählen, was du über das Verschwinden meiner Mutter weißt."

KAPITEL SIEBEN

Sebastian blinzelte Gigi an, Überraschung blitzte in seinen grauen Augen. Er schaute hinüber zu den Verandatüren und dann zurück zu ihr. „Deshalb hast es dir anders überlegt, dass du mich doch noch treffen willst? Du glaubst, ich habe Informationen über deine Mom?"

Gigi kniff die Augen zusammen, fragte sich, ob etwas an seiner überraschten Reaktion vorgespielt war. Zu jedem anderen Zeitpunkt ihres Lebens hätte sie Nein gesagt. Aber jetzt ... Nach der Nachricht vom Geist in ihrem Speicher? Sie war nicht mehr wirklich sicher. „Hast du keine?"

Er schüttelte den Kopf und murmelte etwas Unverständliches, während er sich umdrehte, um zurück ins Haus zu gehen.

„Sebastian, warte", rief sie, konnte ihn nicht gehen lassen, bis sie darüber gesprochen hatten. „Bitte. Kannst du mir einfach erzählen, was an dem Tag passiert ist, als du am Haus vorbei gekommen bist?"

Er hielt inne, blieb ein paar Augenblicke reglos stehen, dann seufzte er, während er sich umdrehte und wieder zu ihr zurückkam. „Es gibt nichts Neues, das ich nicht bereits erzählt hätte."

„Okay", sagte sie mit einem Nicken. „Ich glaube dir, aber würdest du mir bitte den Gefallen tun? Ich ... na ja, ich habe einfach das Gefühl, dass mir was entgeht."

Er runzelte die Stirn. „Worum geht es denn dabei? Gibt es einen neuen Hinweis im Fall deiner Mutter?", fragte er.

Gigi schloss die Augen und schüttelte langsam den Kopf. „Nein. Das ist es nicht. Nicht wirklich. Ich hatte nur ... dieses Gefühl bekommen, dass ich mir das, was damals passiert ist, noch einmal neu ansehen muss. Ich kann nicht weiterhin alles begraben und so tun, als ginge es mir gut. Denn das tut es nicht."

„Ich verstehe", sagte er leise, griff vor und legte ihr einen Arm um die Schultern.

Einen Augenblick lang versteifte sich Gigi, doch als er sie in die Arme zog, ließ sie es zu, konnte dem körperlichen Trost nicht widerstehen. Es war ein seltsamer Gegensatz, da ihr Körper seine Zuneigung willkommen hieß, während ihr Kopf dagegen anschrie. Ein paar Sekunden später zog sie sich zurück und verschränkte die Arme vor der Brust.

Sebastian legte die Hände auf das Geländer und starrte hinaus zum Horizont. „Das war der Tag, an dem ich dich nach unserer letzten Unterrichtsstunde hätte mitnehmen sollen, aber ich wurde von Mr. White aufgehalten, der mit mir darüber reden wollte, dass ich in seiner Klasse im nächstens Semester als Assistent mitarbeite. Bis das Treffen vorbei war, war ich eine Stunde zu spät dran, um dich an meinem Auto zu treffen. Du hattest mir eine Nachricht hinterlassen, dass du den Bus nehmen würdest. Ich fuhr sofort zu dir nach Hause, um mich zu entschuldigen, aber du warst nicht da."

„Ich war beim Drogisten, versuchte, einen Job zu kriegen", sagte Gigi, die sich daran erinnerte, dass sie auf dem Weg zum Bus den Kräuterladen betreten und gesehen hatte, dass sie nach einer Aushilfe suchten. Sie hatte die nächsten beiden Stunden damit verbracht, mit dem Besitzer zu sprechen und zu beweisen, dass sie sich als Kräuterspezialistin auch lohnte.

„Genau. Deiner Mom war nicht mal klar gewesen, dass du noch nicht nach Hause gekommen warst. Sie hat mir sogar gesagt, du wärst in deinem Zimmer, aber als ich losging, um dich zu suchen, warst du offensichtlich an diesem Nachmittag noch nicht zu Hause. Als ich zurückging, um sie wissen zu lassen, dass du nicht da bist, ging sie in der Küche auf und ab und murmelte etwas über abgestandenen Kaffee und schlechte Flirtversuche."

Gigi lächelte traurig. Ihre Mutter war von Kaffee abhängig gewesen. Sie hatte wohl den neuen faulen Barista erwischt, dem es egal war, ob er stundenalten Kaffee ausschenkte, und der viel zu viel Zeit damit verbrachte, sie anzugraben.

„Als ich ihr gesagt habe, dass du nicht zu Hause bist", fuhr Sebastian fort, „zuckte sie zusammen, als hätte ich sie erschreckt. Nachdem sie sich wieder gefasst hatte, sagte sie mir, ich könne auf dich warten, aber ich lehnte ab und sagte ihr, sie solle dich wissen lassen, dass ich vorbeigekommen wäre und dass du mich später anrufen sollst. Ich musste noch einen Aufsatz schreiben. Dann bin ich gefahren. Das ist alles."

„Das ist alles?", fragte Gigi, die auch für ihre eigenen Ohren skeptisch klang, obwohl sie das gar nicht wollte. Es war nur so unüblich, dass Sebastian nicht auf sie wartete, besonders, nachdem er sie versetzt hatte. „Du bist einfach gegangen?"

„Ja", sagte er abwehrend. „Deine Mom war eindeutig aufgebracht. Ich dachte, es wäre besser, ihr etwas Raum zu lassen, und ich hatte was zu arbeiten. Was hätte ich denn tun sollen, einfach nur bis in alle Ewigkeiten warten? Nach allem, was ich wusste, warst du vielleicht mit James unterwegs und würdest erst Stunden später zu Hause sein."

Die Worte hingen zwischen ihnen der Luft. James war damals bei ihnen ein Reizthema gewesen. Sebastian hatte ihn nicht gemocht, und er hatte mit seinen Gefühlen nicht hinter den Berg gehalten. Damals hatte Gigi gedacht, er wäre genervt, weil sie nicht mehr so viel Zeit hatte, um sie mit ihm zu verbringen, aber inzwischen schien klar, dass mehr dran war. Sebastian war eifersüchtig gewesen. Wie war ihr das damals nicht aufgefallen? Bei den Göttern, manchmal war sie wirklich dumm.

Als Gigi nicht gleich antwortete, pulsierte ein Muskel in Sebastians Kinn, weil er so angespannt war. Er schaute hinab auf seine Hände und schien sie bewusst zu öffnen, um das Geländer loszulassen. „Ach, egal. Das war vor langer Zeit. Tatsache ist, ich wünschte, ich wäre geblieben. Hätte ich das getan, wer weiß schon, was passiert wäre? Vielleicht wären die Dinge anders gelaufen. Stattdessen bin ich gegangen und erst zurückgekehrt, als du am nächsten Vormittag angerufen hast, weil deine Mom nicht nach Hause kam."

„Bist du sicher, dass das alles ist?", fragte Gigi noch einmal. Er hatte nichts gesagt, was sie nicht bereits wusste, und das war ein Problem. Wegen der Nachricht des Geistes war sie sich sicher, dass es mehr gab. „Du bist hundertprozentig sicher, dass sie nichts sonst gesagt hat, oder du sonst nichts Ungewöhnliches gesehen hast?"

„Ich weiß nicht, was ich dir sagen soll, Gigi", erklärte er, seine Augen blickten traurig. „Du glaubst offensichtlich, dass ich mehr weiß, als ich wirklich weiß, ganz wie alle anderen in Bellside." Mit einem Kopfschütteln ging er zur Tür. „Du weißt, es gibt einen Grund, weshalb ich diese winzige Stadt damals verlassen habe. Ich dachte, der läge hinter mir. Ich dachte, zumindest du würdest mir glauben, sonst hätte ich nie beschlossen, dass ich hierbleibe. Tust du mir einen Gefallen, bitte?"

Gigi fühlte sich ganz klein, peinlich berührt von ihrem offensichtlichen Misstrauen gegenüber demjenigen, auf den sie sich damals am meisten gestützt hatte. Wie konnte sie jetzt an ihm zweifeln, nach all den Jahren? Die Worte des Geistes hallten wieder durch ihre Gedanken, sodass sie die Nachricht nicht ignorieren konnte. Es ließ sich nicht leugnen, dass Sebastian irgendein Wissen besaß, das sie zu dem führen würde, was ihrer Mutter passiert war. Und das würde sie nicht aufgeben, bis sie dieses fehlende Puzzlestück fand, selbst wenn es ihr dabei das Herz herausriss. „Was denn?"

„Lass die Leute da drin ihre eigene Meinung über mich bekommen." Er nickte zum Haus hin. „Ich habe nicht verdient, das durchzumachen, was ich zu Hause durchgemacht habe." Ohne auf ihre Antwort zu warten, marschierte er von ihr weg und zurück ins Haus.

Gigi sah ihm nach, in ihrem Bauch zog es, während sie sich fragte, ob sie ihm einfach von der Nachricht des Geistes hätte erzählen sollen. Obwohl sie nicht sicher war, wie das helfen sollte, wenn man seine Geschichte dessen bedachte, was an dem Tag passiert war, und dass sie niemals irgendwie abgewichen war. Weshalb sollte er plötzlich eine neue

Information ausspucken, nur weil der Geist die eine Nachricht hinterlassen hatte?

Frustriert sowohl von ihrem Austausch mit Sebastian als auch von der kryptischen Nachricht des Geistes, ging sie zurück nach drinnen, um zu versuchen, sich wieder mit Sebastian zu vertragen. Aber in dem Augenblick, in dem sie hineintrat, ging sofort alles schief. Die Tür flog durch einen Windstoß zu, klemmte ihren Zeigefinger zwischen der Tür und dem Rahmen ein.

Gigi stieß einen lauten, überraschten Schrei aus und wimmerte, als ihr klar wurde, dass ihr Finger festsaß.

„Verflixt, Gigi", sagte Sebastian, der zu ihr kam. Aber Owen kam als erster an, befreite rasch ihren Finger aus der Tür.

Während ihr Finger pochte, eilte Gigi zum Bad im Gang, weil sie sowohl das Becken brauchte, um die Verletzung zu reinigen, als auch den Erste-Hilfe-Kasten. Doch als sie nach dem Türknauf griff, fiel er in ihrer Hand ab, sodass sie das Bad unmöglich betreten konnte. „Verdammt."

„Alles in Ordnung?", fragte eine Frau hinter ihr.

Gigi hielt sowohl ihren Finger als auch den Türgriff fest und wirbelte herum, völlig außer sich und mit dem Gefühl, über nichts mehr die Kontrolle zu haben. Autumn stand da, ihre Miene war besorgt. In Gigis Augen brannten Tränen der völligen Frustration, und sie verabscheute sich dafür. Warum löste sie sich jetzt, nach all den Jahren, in denen sie sich zusammengerissen hatte, sich niemals von James hatte aus der Bahn bringen lassen, in ihrem eigenen Haus auf, nur weil sie und Sebastian sich gestritten hatten?

„Äh, ich habe mir den Finger in der Tür eingequetscht, jetzt bin ich aus dem Bad ausgesperrt, wo der Erste-Hilfe-

Kasten ist", sagte Gigi und hielt den Türgriff hoch, damit die Frau ihn sehen konnte.

Autumn griff nach dem Türknauf und hielt kurz inne, um zu fragen: „Darf ich es mal versuchen?"

Gigi stieß ein leises, hysterisches Lachen aus. „Klar. Nur zu."

Ihre kleine Hand schloss sich um den Griff. Autumn musterte das Ende des Knaufs einen Augenblick, dann richtete sie ihn aus und drehte ihn. Die Tür öffnete sich ohne Schwierigkeiten. Gigi schaute zwischen Autumn und dem Türknauf hin und her, bevor sie sich streckte, um ihn zu prüfen. Er drehte sich nach links und rechts, und als Gigi daran zog, blieb der Knauf an Ort und Stelle, wie es sein sollte. „Wie hast du das gemacht?", fragte sie Autumn ein wenig beeindruckt.

Autumn zuckte mit den Schultern. „Glück?"

„Was immer es war, ich nehme es." Gigi ging hinein, griff unter das Becken nach dem Erste-Hilfe-Kasten und stellte ihn auf die Ablage.

Während Gigi den Finger mit kaltem Wasser abspülte, öffnete Autumn den Erste-Hilfe-Kasten und holte ein Antiseptikum heraus.

„Hier", sagte Autumn, die Gigi ein Handtuch hinhielt.

Gigi tat, wie geheißen, und ließ die Frau ihren Finger behandeln, bis er gesäubert und bandagiert war. „Vielen Dank", sagte sie, erstaunt, wie behaglich es ihr mit dieser eigentlich Fremden war. „Warst du mal in einem anderen Leben Krankenschwester?"

Autumn lachte leise. „Nicht, dass ich wüsste." Sie schloss den Erste-Hilfe-Kasten und verstaute ihn wieder unter dem Waschbecken. „Als Teenager habe ich viel als Babysitterin gearbeitet, kleinere Verletzungen zu verarzten, ist also nicht gerade neu für mich."

Eine Vision, wie Autumn auf dem Sofa saß, die Arme um zwei kleine Mädchen gelegt, während sie aus einem Buch vorlas, blitzte in ihren Gedanken auf, und Gigi war sicher, dass die Vision so geschehen war. Es fühlte sich einfach so echt an. „Ich wette, du warst dabei auch echt fantastisch."

„War schon okay. Die zwei kleinen Mädchen, um die ich mich gekümmert habe, waren ganz süß, ich vermisse sie sehr, aber sie brauchen mich eigentlich nicht mehr wirklich."

Zwei Mädchen. Gigi hatte recht gehabt. Es war nicht das erste Mal, dass sie eine Vision hatte, die wahr gewesen war, aber normalerweise waren sie nicht so treffend oder wurden so schnell bestätigt. „Bekommst du sie noch manchmal zu sehen?"

„Nein. Sie wohnen ein paar Stunden südlich von hier. Aber ich bin noch in Kontakt mit ihrer Mom auf den sozialen Medien, also bekomme ich eine Menge Updates aus zweiter Hand. Ihnen geht's gut."

„Ich wette, das ist schwierig", sagte Gigi, während sie aus dem Bad gingen und zurück zur Party unterwegs waren. „Bist du deswegen hier rausgezogen?"

„Ja, und irgendwie schon? Ich bin eigentlich hergezogen, weil dort der Job war, bis Mrs. Thorne gestorben ist."

Gigis Augen wurden groß. „Du hast tatsächlich für Mrs. Thorne gearbeitet?"

Sie nickte. „Ich war etwa fünf Monate lang die Hausverwalterin. Aber jetzt, da die Vermögensauflösung durch ist, brauchen mich die Erben nicht mehr wirklich, also wurde ich entlassen. Du und Skyler seid genau rechtzeitig vorbeigekommen. Ich kann nicht erwarten, mich da reinzuarbeiten und in seinem Laden anzufangen."

„Damit hatte ich eigentlich gar nichts zu tun", sagte Gigi. „Ich arbeite nicht mit Skyler. Wir sind nur gut befreundet."

Autumn schaute hinüber zu ihrem neuen Chef. „Ach. Ich hatte irgendwie den deutlichen Eindruck, dass Skyler glaubt, du würdest ihm in der näheren Zukunft helfen."

„Ach, das. Klar", sagte Gigi mit einem Lächeln. „Ich denke, ich werde tun, worum immer er mich bittet. Ich habe keinen Job, wenn ich also mitmache, bekomme ich was zu tun."

Autumn schaute sich im Haus um, stieß einen leisen Pfiff aus, und dann nickte sie zustimmend zu Gigi. „Du bist mein Lebensziel."

„Was?" Gigi lachte nervös. „Was meinst du damit?"

Autumn zuckte mit den Schultern. „Ich meine, dass ich dein Leben bewundere. Eine Single-Frau, die in einem tollen Haus am Strand lebt, als besten Freund einen berühmten Designer hat und gut genug dasteht, dass sie nichts arbeiten muss. Was sollte man daran denn nicht mögen?"

Gigi lächelte sie dünn an. „Na, Autumn, dieser Mensch war ich nicht immer. Ein paar meiner Entscheidungen im Leben waren … fragwürdig. Ich stelle sie richtig, aber in Wahrheit wäre ich ohne die große Hilfe meiner Familienstiftung nicht in dieser Position. Das hat mir geholfen, aus einer schlimmen Ehe zu verschwinden, und mir auch Zeit gegeben, um zu genesen, damit ich beschließen konnte, das zu tun, was ich tun will."

„Siehst du? Lebensziele", sagte Autumn mit einem entschiedenen Nicken. „Ich hatte auch eine schlimme Beziehung, nur dass meine noch nicht verschwunden ist. Der kommt immer wieder wie so ein blöder Ausschlag."

Gigi legte Autumn eine Hand auf den Arm, bot ihr Unterstützung an. „Du musst dich mit ihm nicht befassen, das weißt du doch."

Autumn nickte. „Ich beantworte seine Anrufe nicht, aber manchmal taucht er einfach dort auf, wo ich bin. Das ist gruselig, aber er ist dabei so gerissen, dass ich nichts Konkretes habe, das ich benutzen kann, um ihn anzuzeigen. Von öffentlichen Orten kann ich ihn einfach nicht vertreiben."

Mit rasendem Herzen zog Gigi Autumn nach unten, um sich auf ein Sofa in der Nähe zu setzen, und sagte: „Autumn, ich hoffe, ich überschreite hier keine Grenze, aber meine Erfahrung im Leben lässt es aussehen, als könntest du das nicht ignorieren. Diese Art Verhalten ist sehr gefährlich, und ich will, dass du weißt, ganz gleich was, du kannst mich immer anrufen, um zu helfen. Es ist völlig egal, was oder wann. Wenn du jemanden brauchst, der kommt, um einfach bei dir zu sein, wenn du dich in der Öffentlichkeit bewegst, oder nur, wenn du jemanden zum Reden brauchst, bin ich da. Du kannst mich jederzeit anrufen. Drei Uhr früh. Was immer du willst."

„Das ist …" Autumns Stimme brach, und sie räusperte sich. „Vielen Dank."

„Gib mir mal dein Handy", sagte Gigi sanft. „Ich schreibe meine Nummer in deine Kontakte."

Autumn tat wie geheißen, und als Gigi ihr das Handy wieder zurückreichte, blinzelte sie ein paar Tränen weg.

Gigi drückte ihr die Hand und sagte: „Ich verstehe es. Das tue ich wirklich. Jetzt trinken wir noch etwas Sekt und vergessen eine Weile diesen Idioten. Hier wird er auf gar keinen Fall auftauchen."

„Danke noch mal", flüsterte Autumn, während sie durch das Zimmer gingen, um sich dem Rest der Gruppe anzuschließen.

„Hey", sagte Sebastian, der hinter ihr herantrat. „Wie geht's deinem Finger? Ist alles in Ordnung?"

Sie nickte. „Autumn hat sich um mich gekümmert." Sie griff nach einer der Sektflaschen, nur um festzustellen, dass man sie noch entkorken musste. Nachdem sie die Folie abgerissen hatte, bewegte sie den Metallkäfig und dann die Flasche, um den Korken zu lösen. Aber je mehr sie sich bemühte, desto weniger Erfolg hatte sie. Der Korken weigerte sich, sich zu bewegen, trotz ihrer großen Bemühungen, und allzu bald schwitzte sie schon wegen ihrer Versuche.

„Brauchst du Hilfe?", fragte Sebastian.

„Ja, bitte", sagte sie und reichte ihm die Flasche.

Er schaute sich ihre Arbeit mit dem Metallkäfig an, dann begann er, die Flasche zu drehen. Innerhalb von Sekunden knallte der Korken, und alle jubelten. Er zuckte mit einer Schulter. „Sieht so aus, als hättest du es sowieso gleich geschafft."

Nur dass dem nicht so war. Der Korken hatte sich überhaupt nicht gerührt. Sie beäugte seine Hände, fragte sich, ob er magische Finger hatte. „Na ja, vielleicht, aber ich weiß die Hilfe zu schätzen."

Den Rest des Abends über ging alles schief, was Gigi berührte. Sie zerbrach drei Gläser, schloss sich auf ihrer Veranda aus, rutschte in der Küche aus und stieß sich den Ellbogen an der Anrichte, und dann am Ende, als sie sich von ihren Gästen verabschiedete, verfingen sich ihre Haare in der Sicherheitskette an der Eingangstür.

„Echt jetzt? Ihr nehmt mich doch auf den Arm!", rief sie, während die Schmerzen in ihren Hals hinab ausstrahlten.

„Seit wann bist du so ungeschickt?", fragte Sebastian, der ihre Haare sanft löste.

Sie schaute zu ihm auf. „Nur heute Abend offensichtlich."

„Du hast wohl die Götter des Karmas geärgert oder so was."

„Wahrscheinlich."

Sebastian glättete ihre Haare und trat einen Schritt zurück. „Da. Du bist befreit."

Gigi schaute sich um, und ihr fiel auf, dass alle bis auf Sebastian gegangen waren. „Danke. Äh, ich schätze, man sieht sich?"

Seine Lippen wölbten sich zu einem Lächeln. „Du wirfst mich raus?"

„Nein, ich …" Sie stieß angehaltene Luft aus, aufgewühlt durch die Ereignisse des Abends. „Die Party ist vorbei. Ich dachte nur, du würdest gehen wie alle anderen auch."

„Ich helfe dir aufräumen", sagte er und marschierte zurück zu dem Tisch, wo ein Stapel leerer Gläser und benutzter Teller stand.

Gigi folgte ihm, und ganz im Stil des restlichen Abends stolperte sie, sobald sie nach ein paar leeren Sektgläsern griff, über nichts und warf ein halbes Dutzend um. Eines fiel vom Tisch und zerbrach zu ihren Füßen.

„Das war's jetzt!" Gigi warf die Hände in die Luft. „Ich gebe auf. Wurde ich verflucht oder was?"

Ihre Haut begann zu prickeln, als würde jemand hinter ihr stehen, und eine ganz leise Stimme flüsterte: „Sebastian hat nicht die Antworten, nach denen du suchst."

KAPITEL ACHT

„Was?" Gigi wirbelte herum, Adrenalin pumpte durch ihre Adern.

Niemand war da.

Gigi wandte sich an Sebastian. „Hast du das gehört?"

Er runzelte die Stirn und sah sich um. „Ich habe etwas gehört, aber ich konnte die Worte nicht verstehen."

Reine Erleichterung strömte über Gigi hinweg, während sie die Nachricht eines ihrer Geister verarbeitete. Die Nachricht im Speicher hatte sich nicht auf Sebastian bezogen. Ihr ganzer Argwohn und ihre Angst in den letzten paar Tagen waren fehlgeleitet gewesen. „Heilige Scheiße", flüsterte sie, während sie den Kopf schüttelte und eine seiner Hände mit ihren beiden umfasste. „Ich muss mich bei dir entschuldigen."

Seine Augenbrauen schossen hoch. „Wie kommt's?"

„Ich glaube, wir müssen uns setzen."

„Gehen wir." Sebastian nahm ihre Hand und führte sie zum Sofa in ihrem Wohnzimmer. Er setzte sich auf die Ecke und klopfte dann auf das Kissen.

Sie setzte sich bereitwillig hin, und als er ihr den Arm um ihre Schultern legte, lehnte sie sich an ihn, wie sie es vor all den Jahren getan hatte. Erleichterte Tränen brannten in ihren Augen. Das war der eine Ort, an dem sie sich immer sicher gefühlt hatte. Als sie gedacht hatte, er würde ihr Informationen vorenthalten, war sie an dem Gedanken, dass sie niemals jemanden gehabt hatte, der wirklich auf ihrer Seite stand, fast zerbrochen. Ihr Körper begann zu zittern, und sie legte die Arme um sich, versuchte die ganzen Gefühle zu beruhigen, die sie zu überwältigen drohten.

„Schon okay, Gigi", flüsterte er. „Ich verspreche es. Was immer passiert, ich bin für dich da. Ich war immer für dich da."

Die Tränen, die über ihre Wangen liefen, ließen sich nicht aufhalten. Sie hatte Jahre damit verbracht, von ihm entfremdet zu sein, hatte die Ausrede benutzt, dass sie sich von ihm fernhalten musste, wegen ihres Mannes. Und als sie dann James vor die Tür gesetzt hatte, hatte sie trotzdem noch Abstand gewahrt, denn die Vergangenheit war nichts, dem sie sich hatte stellen können. Sie schmerzte einfach zu sehr. Aber da war sie, durch einen wilden Geist dazu gezwungen, sich damit zu beschäftigen. Sie würde sich seinem Trost nicht länger verweigern. Das konnte sie nicht.

Gigi lehnte sich an ihn, vergrub das Gesicht an seiner Brust. „Tut mir leid."

„Dir muss doch nichts leidtun", sagte er, strich ihr sanft mit den Fingern über den Rücken.

„Doch, muss es", zwang sie heraus, während sie sich zurückschob, um ihn anzuschauen. „Hier im Haus habe ich eine Nachricht von einem Geist bekommen, und habe vorschnelle Schlüsse über dich gezogen, die sich gar nicht als wahr erwiesen. Ich habe dir nicht vertraut, das hattest du nicht verdient."

Seine Augenbrauen zogen sich zusammen, während er die Stirn runzelte. „Was für eine Nachricht?"

Sie setzte sich aufrechter hin, versuchte, sich zu sammeln, und erzählte ihm von der Nachricht aus dem Speicher.

„Also hat jemand die Antworten wegen des Verschwindens deiner Mutter, und du dachtest, derjenige wäre ich?", fragte er und klang überrascht.

Sie nickte und sah weg, zu verlegen, um ihm in die Augen zu schauen. „Die einzige Person in meinem Leben gerade jetzt aus der Vergangenheit bist du."

Sebastian griff vor und drehte sanft ihr Gesicht, sodass ihr keine Wahl mehr blieb, als ihn wieder anzusehen. „Ich verstehe schon, weshalb du zu diesem Schluss kommen könntest. Mach dich deswegen nicht fertig. Wie wäre es, wenn ich dir helfe, herauszufinden, von wem der Geist spricht?"

„Wie?", fragte sie.

Er zuckte mit den Schultern. „Ich weiß es nicht. Mach eine Liste von allen, die damals in deinem Leben waren, und wir sehen, ob wir sie aufspüren." Sebastian lächelte ihr beruhigend zu. „Für solche Sachen habe ich schon Ressourcen."

Da er Anwalt war, hatte sie daran keinen Zweifel. Weshalb hatte sie nicht erst mit ihm geredet?

Vertrauen.

Das war das Problem. Es war das große Problem und auch die entscheidende Zutat, um das Rätsel um das Verschwinden ihrer Mutter laut einem weiteren Geist zu lösen. Und ohne diese Zutat würde sich die Geschichte wiederholen. Ein Beben lief durch sie hindurch, und ganz gleich, wie sehr sie sich vergraben und vor allem verstecken wollte, wie sie es ihr ganzes Leben als Erwachsene lang getan hatte, war es Zeit, sich allem zu stellen. Sowohl für ihre Mutter als auch für sich selbst.

„Das macht dir nichts aus?", fragte sie. „Ich will keine Last sein."

Er schaute auf sie hinab, sein Blick fest auf ihren gerichtet. „Gigi, du warst doch niemals eine Last. Jetzt denk nicht so viel über alles nach und sag einfach Danke."

Ihre Lippen wölbten sich zu einem Hauch eines schiefen Lächelns. „Okay. Danke."

„Gern geschehen." Er zog sie an sich, gab ihr eine lange Umarmung.

Als sie sich schließlich löste, stand sie auf und verschwand in ihr Büro, um sich ein Notizbuch und einen Stift zu schnappen. Auf dem Weg ins Wohnzimmer blieb sie im Schminkzimmer stehen, um sich das Gesicht zu waschen und sich gut zuzureden. Mit einem Blick in den Spiegel sagte sie: „Nicht mehr weinen. Nicht mehr vor Sebastian völlig auflösen. Verstanden?"

Ihre Augen waren rot und leicht aufgequollen. Es war ein emotionaler Abend gewesen, der sie erschöpft hatte, aber sie würde das zu Ende bringen. Sebastian war ihr bester Versuch, um endlich dem Verschwinden ihrer Mutter auf den Grund zu gehen.

Nachdem sie ins Wohnzimmer zurückgekehrt war, setzte sie sich ein weiteres Mal neben Sebastian und öffnete das Notizbuch. „Okay. Es ist Zeit, alle aufzulisten, an die wir uns erinnern, die vielleicht etwas darüber wissen, was mit Mom passiert ist."

„Eure Nachbarin nebenan?", fragte Sebastian.

„Liza?" Gigis Augenbrauen gingen hoch. Sie war eine

ältere Nachbarin gewesen, die auf sie beide aufgepasst hatte. Gigi konnte sich nicht vorstellen, dass sie ihr oder der Polizei, die sie befragt hatte, etwas vorenthalten hatte, doch Gigi wollte niemanden ausschließen. Vielleicht hatte sie neue Informationen oder hatte einen Teil nicht für wichtig gehalten.

„Ja. Wie war ihr Nachname noch mal?"

„Liza Crane. Aber sie ist zwischen bestimmt über achtzig."

„Ich sehe nach", sagte Sebastian, der ihr das Notizbuch abnahm und den Namen aufschrieb.

„Der Boss meiner Mom. Irgendein Ricky. Er hat das Magazin auf die Beine gestellt, für das sie gearbeitet hat", sagte Gigi, die versuchte, sich an seinen Nachnamen zu erinnern. „Ricky Kemp? Kent? Irgendwie so was."

„Was für ein Magazin?"

Central Coast Secrets." Es war ein Reisemagazin gewesen, das kleine Touristenstädte an der kalifornischen Küste vorstellte. Gigi war nicht mal mehr sicher, ob es noch erschien.

„Habe ich", sagte er und schrieb sich noch etwas auf. Sie gingen durch etwa ein Dutzend weitere Namen von Leuten, die in Bellside gelebt hatten, die sowohl Gigi als auch ihre Mutter kannten, ganz gleich, wie unbedeutend sie waren. Wie die Yogalehrerin aus ihrem wöchentlichen Kurs, und den Betreiber des örtlichen Cafés, der ganz offensichtlich in Carolyn verliebt gewesen war.

„Wir haben eine Menge Leute ohne Nachnamen", sagte Sebastian, der sich das Kinn rieb.

„Werden sie dadurch unmöglich aufzuspüren sein?" Sie lehnte sich zurück an das Sofa.

„Nicht unbedingt. Die Kanzlei hat Zugang zu

Privatermittlern, die so ziemlich alles finden, aber das wird uns was kosten."

„Schon gut. Ich kann es mir leisten."

Sebastian schaute sich im Haus um und nickte. „Sieht aus, als wäre Geld kein Problem."

„Eine Familienstiftung", sagte sie mit einem wenig erheiterten Lachen. „Nachdem du wusstest, wie ich aufgewachsen bin, hättest du je erraten, dass es da draußen eine Stiftung gibt, die so viel Geld abwirft, dass ich mir ein Strandhaus kaufen kann und …"

„Einen Mann anlockst, der nur an deinen Konten interessiert war?", fragte Sebastian verbittert.

Gigi blinzelte zu ihm hoch, ihr stand der Mund offen, schockiert über seine Offenheit.

„Tut mir leid, ich …"

Sie wollte lachen und schnitt ihm damit das Wort ab. „Bitte. Bloß nicht. Du sagst doch nur die Wahrheit. Hätte ich das Geld nicht angefasst, hätte ich vielleicht nicht die ganzen Jahre an diesen Idioten des Jahrhunderts verschwendet."

Sebastian legte die Arme um ihre Schultern und zog sie wieder an seine Brust. Er küsste sie auf die Schläfe und sagte: „Mir tut es leid. Wäre ich geblieben, wären die Dinge vielleicht anders gelaufen."

„Wie denn das?", fragte sie, neugierig, was er meinte. Hätte er James durchschaut und sie gewarnt, oder bezog er sich auf die Anziehungskraft, die sie immer aufeinander ausgeübt hatten, und die einfach nur unter der Oberfläche gebrodelt hatte? Die Anziehungskraft, der damals keiner von ihnen mutig genug gewesen war, nachzugeben.

Seine grauen Augen blitzten fast silbern, während er sie mit einer Intensität anschaute, bei der ihr Blutdruck hochging. Einen Augenblick später verlagerte sich ihr Blick auf seine vollen Lippen, und sie konnte nur daran denken, wie oft sie Tagträume davon gehabt hatte, ihn zu schmecken.

Sebastians Hand hob sich, und zärtlich strich er ihr über die Wange, bevor er sich räusperte und sagte: „Du hast damals jemanden gebraucht. Hätte ich den Mut gehabt, zu bleiben, wäre das vielleicht ich gewesen."

Gigi legte ihre Hand sanft über seine. „Mach das nicht. Du weißt, dass ich dich gebraucht habe, aber du musstest dich auch um dich selbst kümmern. Diese Stadt … wärst du geblieben, hätten sie nie aufgehört, dich zu belästigen. Außerdem war ich bereits mit James zusammen. Ich hätte doch sowieso nicht zugehört, wenn du mir gesagt hättest, dass er mich nur benutzt und einen heftigen Tritt in die Eier verdient."

„Nein? Warum nicht?", fragte er. „Hast du denn meinen Einschätzungen nicht vertraut?"

Sie lachte schnaubend. „Das hätte ich tun sollen. Vertraue mir, wenn ich sage, ab jetzt werde ich das. Aber damals? Niemand hätte mir irgendwas vorschreiben können. James hatte so viel Charisma, und er ist echt gut darin, jemanden glauben zu lassen, er wäre der Mittelpunkt des Universums. Das ist berauschend. Bis es dann anders wird, und dann wird einem klar, dass er nur ein kontrollsüchtiges Arschloch ist, das alles sagen oder tun würde, um sich durchzusetzen. Ich war jung und unerfahren, und ich wusste es nicht besser."

Er schürzte die Lippen, dachte über etwas nach, das er nicht aussprach. Stattdessen strich er sanft mit dem Daumen über ihre Unterlippe und sagte: „Seit ich dich an dem Abend geküsst habe, als ich dich vor etwa einem Monat nach Hause gefahren habe, wollte ich das noch mal machen."

Ihr stockte der Atem, aber obwohl sie dieselben Gedanken gehabt hatte, sagte sie nichts. Sie hielt nur den

Blick auf seinen gerichtet und leckte sich gedankenlos über die Lippen.

Sebastian stöhnte ganz leise. „Wenn du das noch einmal machst, werde ich mich nicht davon abhalten können, dich zu küssen."

Sie spürte, wie ihre Lippen zu einem hauchfeinen Lächeln hochzuckten, während sie die Zunge vorschnellen ließ und sich damit über die Unterlippe leckte.

„Sag jetzt nicht, ich hätte dich nicht vorgewarnt." Er kam näher, streifte sanft mit seinen Lippen ihre. Aber in dem Moment, in dem sie sich berührten, wogte ein Hunger durch sie hindurch, und sie öffnete sich für ihn, verwandelte ihren süßen Kuss in etwas Forderndes und leicht Verzweifeltes.

„Gigi", flüsterte er.

„Ja?", sagte sie, strich mit den Fingern über seinen Nacken.

„Ich möchte dich nach oben bringen und endlich herausfinden, was mir die ganzen Jahre entgangen ist."

Seine offene Ansage schockierte sie. Diese Anziehungskraft war etwas, von dem sie sich immer vorsichtig abgewandt hatten. Aber verdammt sollte sie sein, wenn sie es nicht auch wollte. Und die Tatsache, dass sie einundvierzig Jahre alt war und keine ahnungslose Achtzehnjährige mehr, bedeutete, dass es keinen Grund gab, Nein zu sagen. Keinen Grund, ihn auf Abstand zu halten. Es war Zeit, dass zur Abwechslung endlich mal Gigi bekam, was sie wollte.

Ohne ein Wort erhob sich Gigi und hielt ihm ihre Hand hin.

Er schaute zu ihr auf, seine Augen glitzerten wieder, es stand aber auch eine Frage darin. War sie sicher? Sie wussten beide, dass das alles verändern würde. Es war nicht, als wären sie derzeit eng befreundet, aber einst hatten sie einander nahegestanden, und es wäre leicht, sich in ihn zu verlieben. Wollte sie das überhaupt?

Nein. Sie war nicht auf der Suche nach einer ernsten Beziehung.

Aber als sie zu ihm blickte und spürte, wie sich seine Hand um ihre anspannte, war es ihr egal, was in der Zukunft passieren könnte. Genau jetzt wollte sie nur Sebastian.

„Ich bin sicher, wenn du es bist", sagte sie und beantwortete damit seine unausgesprochene Frage.

„Ich war mir nie in meinem Leben mit etwas so sicher." Sebastian erhob sich vom Sofa, nahm sie in einer geschmeidigen Bewegung hoch und trug sie nach oben, während er sie mit allem küsste, was er hatte.

KAPITEL NEUN

*T*rotz der offensichtlichen Leidenschaft, die in Sebastian tobte, war Gigi überrascht, als er sie sanft an ihrer Bettkante abstellte und leicht zurückging, sodass seine Stirn an ihrer lag. Sein warmer Atem mischte sich mit ihrem, und die stille Vertrautheit der Bewegung ließ ihr Herz fliegen und fester an ihren Brustkorb hämmern.

„Sebastian?", fragte sie.

Er hob eine Hand, strich ihr sanft über die Wange. Seine Lippen wölbten sich zum Hauch eines Lächelns, während er sagte: „Ich brauche nur kurz, um diesen Augenblick zu genießen."

„Verdammt", hauchte sie, schloss die Augen, als ein Ansturm der Gefühle über sie weg rauschte. „Du willst mich zerstören, oder?"

„Auf allerbeste Art", erwiderte er, während er den Kopf senkte und wieder ihre Lippen für sich beanspruchte.

Gigi schmolz an ihm, ließ sich völlig von seiner zarten Berührung einnehmen. Als er ihr mit einer Hand über den Rücken strich und die andere in ihren Haaren vergrub, wusste sie, dass sie sich in etwas stürzen würde, das sie niemals ungeschoren davonkommen lassen würde. Und in diesem Augenblick war sie mehr als nur bereit, das Herz zu opfern, das sie viel zu viele Jahre versucht hatte, zu schützen.

Mit bebenden Händen griff Gigi nach den Knöpfen seines Hemdes. Sebastian wurde reglos und beobachtete, wie sie langsam sein Hemd öffnete und ihm die Handflächen auf die gut definierte Brust presste. Seine Muskeln zuckten unter ihrer Berührung, und seine Haut fühlte sich besser an als alles, was sie sich je vorgestellt hatte.

Sebastian schlüpfte aus seinem Hemd. Sie ließ den Blick über seinen Körper wandern, bewunderte unverhohlen, wie er einfach nur in seiner Hose dastand. Als sie ihm in die Augen schaute, sagte sie: „Du bist der schönste Mann, den ich je gesehen habe."

Er warf ihr ein sexy schiefes Lächeln zu, während er nach ihr griff, sie an der Taille nahm und dicht an sich zog. „Und wie viele nackte Männer hast du genau gesehen, Clarity?"

Ihr entging nicht, dass er ihren Geburtsnamen nutzte, aber diesmal hatte sie nicht das Bedürfnis, ihn verbessern zu müssen. Er war der Einzige, der sie wirklich kannte, wirklich *sie* kannte, und es fühlte sich in diesem Moment einfach richtig an. Und obwohl sie seine Frage verlegen machte, wusste sie, dass zwischen ihnen niemals Geheimnisse bestehen konnten. „Mit dir?"

Er lachte leise. „Ich bin noch nicht nackt."

„Noch nicht", sagte sie und lächelte zu ihm hoch. „Sobald ich dich aus deinen Kleidern kriege, lautet die Antwort zwei."

Er hob eine Augenbraue. „Echt?"

„James war mein erster, und seit wir geschieden sind, habe ich … Na ja, seither gab es niemanden."

„Himmel, Clarity", sagte er, seine Stimme rau. „Und du glaubst, ich bin derjenige, der dich vernichtet?"

Gigi wollte den Kopf schütteln, doch Sebastians Mund senkte sich wieder auf ihren, und er küsste sie mit solcher Leidenschaft, dass ihr ganzer Protest verblasste. Ihre Welt beschränkte sich auf ihn und das Verlangen, das zwischen ihnen brannte.

Sebastian nahm sich Zeit, erkundete langsam, aber entschlossen, jeden Quadratzentimeter ihrer Haut, ließ sie unter seiner Berührung lebendig werden. Seine starken, fähigen Hände stellten etwas mit ihr an, heilten sie, ließen sie vergessen, dass es je einen vor ihm gegeben hatte. Als sie letztlich zusammen unter der Bettdecke lagen, hatte Gigi das Gefühl, ihr ganzes Leben auf diesen Augenblick mit ihm gewartet zu haben.

Er war über ihr aufgerichtet, schaute mit halb geschlossenen Augen auf sie herab, reiner Trieb und Hitze, aber auch Zartheit und Gefühl. Und als sie sich endlich miteinander verbanden, wusste Gigi, dass er sie gerade zerschellen ließ: Sie war auf bestmögliche Art zerbrochen.

Stunden später, als Gigi in Sebastians Armen lag, ihr Kopf an seine Schulter gelegt, sagte sie: „Wow. Das war … unerwartet."

Er küsste sie auf den Kopf und lachte leise. „So habe ich auch nicht erwartet, dass der Abend endet, aber ich könnte nicht sagen, dass ich enttäuscht bin."

Sie hob sich leicht von ihm, damit sie ihm in die Augen schauen konnte. Alles in ihr brüllte danach, den Augenblick locker zu halten, nicht zu verraten, dass sie durch seine zarte Berührung, die mit reinem Verlangen und Gefühlen gepaart war, tief bis hinab in ihre Seele, von innen nach außen gestülpt worden war. Aber als sie hochgriff und ihm eine

Haarsträhne aus den Augen schob, ließ sich nicht aufhalten, was aus ihrem Mund kam. „Ist es immer so?"

Seine Augenbrauen wurden zusammengekniffen, während er fragte: „Was meinst du?"

Gigi stieß ein leises, humorloses Schnauben aus und legte sich wieder hin, damit sie ihn nicht mehr anschauen musste. Sie war sicher gewesen, dass sie eine seltene Verbindung geteilt hatten, etwas, das man nicht jeden Tag erlebte. Aber was wusste sie schon? Sie war nur mit einem anderen zusammen gewesen. Es war einfach nur Pech, dass er ihr nie das Gefühl gegeben hatte, als könne eine Berührung sie in Flammen aufgehen lassen. Aber es war nicht nur die Leidenschaft, die diese Nacht so unfassbar machte. Es war die Tatsache, dass er ihr das Gefühl gegeben hatte, die schönste und wertvollste Person auf der Erde zu sein. Als hätte er es genossen, sie zu befriedigen, als wäre ihre Lust die seine.

Sie schüttelte den Kopf, peinlich berührt, weil sie romantisiert hatte, was sie zusammen erlebt hatte. Sie hatten eine Nacht zusammen verbracht. Nichts mehr. Das war offensichtlich. „Falls du es nicht weißt, ist das wohl offensichtlich meine Antwort."

Sebastians Hand glitt über ihren nackten Rücken hinauf und leicht in ihre Haare hinein, während er ihr mit der anderen Hand über die Wange strich. Dann flüsterte er: „Nein. So ist es nie."

„Was?" Gigi wurde reglos, konnte kaum atmen, während sie darauf wartete, dass er es weiter erläuterte.

„Du hast gefragt, ob Sex immer so ist, oder?", fragte er, während er sich aufsetzte, sie mit sich zog, sodass sie keine Wahl hatte, als ihm in die Augen zu sehen.

Gigi nickte, brachte kein Wort hervor.

„Ist er nicht. Nicht mal annähernd." Sein Blick fiel auf ihren Mund, während seine Zunge vorschnellte und über seine Unterlippe leckte.

„Ist das gut oder schlecht?", fragte sie, inzwischen bebte sie.

Es war an ihm, ein wenig erheitertes Lachen auszustoßen. „Beides, Clarity. Beides."

„Warum?", hauchte sie, ihr Herz hämmerte.

„Weil, Baby, wenn diese Beziehung, die wir anfangen, schiefgeht, bist du nicht die einzige, die zerstört wurde."

Ein träges Lächeln spielte um Gigis Lippen, und ein Ansturm der Freude brach über sie herein. „Also bin es nicht nur ich. Wir haben eine Verbindung, oder?" Sie drückte ihm eine Hand auf die Brust und dann auf ihre, gleich über dem Herzen.

„Eine unfassbare", stimmte er zu, „Und in vierzig Jahren habe ich das bloß mit dir gespürt." Bevor Gigi etwas sagen konnte, nahm er wieder ihre Lippen, gab jedes Quäntchen seiner Gefühle in den Kuss, bis sie sich abermals in ihm verloren hatte.

„Na, na, na", sagte Skyler, der in Gigis Haus schwebte, zwei Papierbecher und eine Tüte vom *Pointe of View Café* in der Hand. „Sieh dich mal einer an. Du strahlst ja förmlich." Er reichte ihr einen der Kaffees, in seinen Augen funkelte es schelmisch.

„Ich strahle nicht", murmelte für sie vor sich hin, noch während ihre Wangen warm wurden. So wie Skyler sie mit wissendem Blick betrachtete, war sie sicher, dass ihm klar war, dass Sebastian über Nacht geblieben war. Aus der

Nummer kam sie nicht raus. Sobald er mal mit Nachforschungen anfing, würde er ihr ihre Geschichte innerhalb von zwei Minuten entrissen haben.

Skyler nahm einen großen Schluck Kaffee, bevor er vor ihr die Augen verdrehte. „Mädchen, wenn du noch ein bisschen heller strahlst, brauche ich Sonnenschutz."

Sein spielerischer Ton brachte sie zum Lachen, und sie beschloss, ihr Glück einfach nur für sich zu beanspruchen. „Schon gut. Es war eine gute Nacht. Das habe ich doch verdient, oder?"

„Nur gut?", fragte er mit gehobener Augenbraue. „Bitte sag, dass der Mann besser ist als nur gut."

Ihre Wangen wurden heißer, doch sie achtete nicht auf ihre Reaktion und nickte. „Ja. Besser als gut. Sehr viel besser sogar. Dreimal besser."

„Dreimal. Verdammt, du hast aber Glück." Er zwinkerte und ging in die Küche, wo er sich auf einen der Barhocker setzte. Nachdem er zwei Donuts herausgeholt hatte, reichte er ihr einen gefüllten Donut-Riegel.

Gigi biss ab und stöhnte, als die Süße auf ihre Zunge traf.

„Hör auf. Ich muss doch nicht erfahren, wie du klingst, wenn du die ganze Nacht mit Sebastian herumtobst", scherzte er.

„Ach, bitte. Du bist doch bestimmt kurz davor zu fragen, wie sein Penis aussieht. Mit Anstand hast du es eigentlich nicht so."

Skyler legte den Kopf zurück und lachte. „Da hast du schon recht. Aber ich versuche, mich ein bisschen zurückzuhalten." Er warf ihr ein Lächeln zu, während er fortfuhr: „Ich habe nur eine Frage."

„Bei den Göttern", sagte sie seufzend und fragte sich, wie sie geschmeidig aus dieser Unterhaltung entkommen konnte.

Aber sie wusste, dass das an dieser Stelle unmöglich war, also machte sie mit. „Nur noch eine weitere Frage."

„Wie war der Sex am Morgen? Bitte sag mir, dass du aufgewacht bist, mit seinem großen …"

„Skyler!" Sie legte ihm eine Hand über den Mund, um ihn aufzuhalten. „Solche Details bekommst du von mir nicht. Ein Mädchen hat ein Recht auf Geheimnisse." Dann schaute sie ihn aus zusammengekniffenen Augen an. „Woher hast du gewusst, dass Sebastian über Nacht geblieben ist? Du bist doch nie so früh auf."

„Da hast du recht. Bin ich nicht. Aber Pete schon. Er hat seine Blumen im Garten gegossen, bevor die Sonne aufging. Er hat mir die ganzen schmutzigen Details berichtet. Hat gesagt, ihr beiden habt ausgesehen, als würdet ihr gleich an Ort und Stelle am SUV deines Toy Boys loslegen wollen."

Diesmal wurde Gigis ganzer Körper vor Verlegenheit heiß. Sie war ihm hinaus gefolgt, um sich die Zeitung zu holen, die auf ihrer Zufahrt lag, und hatte nicht widerstehen können, ihn ein letztes Mal – okay, ein paar Male mehr – zu küssen, bevor sie ihn gehen ließ.

„Ach, meine Liebe", sagte Skyler, der ihr die Hand drückte. „Dir muss doch nichts peinlich sein. Tatsächlich glaube ich, wir sollten feiern. Mimosas und ein schicker Brunch, nachdem wir auf diesem Privatflohmarkt waren. Was meinst du?"

„Abgemacht."

„Perfekt. Iss deinen Donut auf, und wir fahren los, bevor die restlichen Geier dort sind."

Der samstägliche Privatverkauf fand gleich südlich der Stadt in einem großen Strandhaus von der Jahrhundertmitte statt, das dem ähnelte, in dem Skyler und Pete neben Gigi lebten.

„Weißt du, nach was du hier suchst?", fragte Gigi, während sie vor dem Haus standen, ihr Blick auf die Aussicht dahinter gerichtet. Das Haus stand auf einer Klippe, die über eine Bucht hinausblickte, die gefüllt war mit Felsformationen, gegen die das wogende Meer schmetterte.

„Kunstwerke und Schmuck", sagte er. „Vielleicht gibt es auch Klamotten, aber das klingt nicht vielversprechend."

„Geh vor." Gigi folgte ihm in das schicke Haus. Die Marmorböden glänzten unter makellosen weißen Sofas und natürlichen Holzmöbeln von der Jahrhundertmitte. Es war äußerst luxuriös, und Gigi zweifelte nicht daran, dass sie ein paar interessante Gegenstände finden würden.

Eine Frau in einem roten Hosenanzug, deren blonde Haare zu einem französischen Dutt hochgesteckt waren, kam zu ihnen, die schwarzen hochhackigen Schuhe klickten auf dem Boden. „Hallo", sagte sie, ließ einen missbilligenden Blick über Gigi wandern, konnte ihren Hohn nicht ganz verbergen.

Gigi lachte beinahe, während sie auf ihre graue Leinen-Dreiviertelhose hinabschaute, und die Flipflops. Sie war nicht gerade für die High Society gekleidet. Skyler war nicht besser mit seiner zerrissenen Skinny Jeans und einem ausgeblichenen Frankie-Goes-to-Hollywood-T-Shirt.

„Guten Morgen", sagte Skyler, seine Stimme etwas höher als üblich und mit einem Hauch Empörung. Ihm war aufgefallen, wie die Frau sie aburteilte, und er war nicht erheitert. „Wir sind hier, um uns den Schmuck aus dem Verkauf anzusehen. Können Sie uns sagen, wo es da langgeht?"

„Oh, da werden Sie warten müssen, bis ich Zeit habe, es Ihnen persönlich zu zeigen." Ihre Stimme war von gespielter

Süße erfüllt. „Wir können doch nicht eine Sammlung wie diese einfach rumliegen lassen. Sie wissen ja, wie es ist."

Skyler schürzte die Lippen, als hätte er gerade in eine Zitrone gebissen. Er schnappte nach Luft, und Gigi wusste, dass er sie gleich plattmachen würde.

„Ja, weiß ich", sagte Gigi, die sich zu einem gespielten Lächeln zwang, während sie eine Hand vorhielt, um ihren Zwei-Karat-Art-Deco-Ring mit Diamant und Saphir zu zeigen, den sie immer trug. Den hatte ihr ihre Oma vor Jahren vermacht, und obwohl Gigi nicht unbedingt gern teuren Schmuck trug, nahm sie ihn fast niemals ab, denn sie wusste, wie sehr ihre Großmutter ihn geliebt hatte. Mit dem Ring an ihrem Finger fühlte sie sich ihr einfach näher. „Ich war da dieses eine Mal auf einem Flohmarkt, wo ein Rubin-Halsband verloren ging, und es war ein großer Skandal, denn als die Ermittlung vorbei war, mussten wir alle feststellen, dass die Kuratorin es zusammen mit sechs anderen Stücken gestohlen hat, und sie hat alles den Leuten vorgeworfen, die dort shoppen waren."

„Was?" Automatisch ging die Hand der Frau hoch zu dem tropfenförmigen Rubinanhänger, den sie trug.

Gigi beäugte ihn und lächelte sie an. „Genau, wie ich es gesagt habe. Man wäre doch echt dumm, wenn man von seinem Auftraggeber stehlen würde, oder?"

Die Frau sah sie aus zusammengekniffenen Augen an und sagte: „Mir gefällt wirklich nicht, was Sie nahelegen wollen."

„Wie witzig", sagte Gigi schnippisch. „Denn mir hat wirklich nicht gefallen, wie schnell Sie zu einem Urteil gekommen sind, basierend auf dem, was wir anhaben. Hätten Sie sich die Mühe gemacht, uns Fragen zu stellen, bevor Sie sich auf Schnellschüsse verlegen, hätten Sie erfahren, dass Skyler ein berühmter Designer ist, der einen

Laden in Premonition Pointe eröffnet. Wir sind hier, weil eine Hälfte seines Ladens restaurierte Gegenstände von hochklassigen Designern ausstellen wird. Er hat einfach nach Gebrauchtware gesucht, um seinen Laden aufzufüllen. Was mich angeht, ich habe den Großteil des Zeugs in meinem Speicher gespendet und bin nur zur Unterhaltung da. Nur dass ich nicht gedacht habe, einem solchen Snob zu begegnen. Wenn Sie sich so große Sorgen machen, dass wir den Schmuck stehlen, ist es vielleicht das Beste, wenn Skyler und ich zum nächsten Flohmarkt weiterziehen."

Ohne auf die Antwort der Frau zu warten, schob Gigi einen Arm durch den von Skyler und wollte ihn schon zur Eingangstür zurückführen.

„Skyler Cole?", rief die Frau ihnen nach, ihre Stimme war leicht panisch.

Skyler stieß ein leises Lachen aus, bevor er sich umdrehte. „Wie er leibt und lebt. Es war … interessant, Sie zu treffen … Tut mir leid, Ihren Namen habe ich nicht mitbekommen, während Sie unsere lockeren Outfits verurteilt haben. Aber ich schätze, das spielt keine Rolle mehr, oder?"

Gigi machte sich nicht die Mühe, ihr Lachen zu verstecken, während sie ihn zur Veranda zog.

„Moment!", flehte die Frau, die ihnen nachlief. „Ich wollte niemanden beleidigen. Wirklich. Nur dass beim letzten Verkauf tatsächlich ein paar Dinge Beine bekamen, und seither macht mir mein Boss die Hölle heiß, damit ich bloß niemandem vertraue. Es war nichts Persönliches, das schwöre ich. Ich heiße Candy."

Candy? Gigi schüttelte den Kopf. Natürlich hieß sie Candy. Gigi verdrehte die Augen, doch als ihr klar wurde, dass die Frau gleich weinen würde, verschwand der Großteil ihrer Schadenfreude. Konflikt und Drama waren die zwei Dinge, von denen Gigi sich normalerweise fernhielt, denn sie fühlte sich danach immer schrecklich. Das Leben war zu kurz für so einen Unsinn. Diese Frau hatte sie heute Vormittag einfach auf dem falschen Fuß erwischt.

„Bitte, kommen Sie noch mal rein, und ich werde Ihnen die Schmucksammlung vorführen. Ich habe auch einen kleinen Schrank voller Designerkleidung, falls Sie sich die auch anschauen wollen."

Skyler schaute mit einer erhobenen Augenbraue zu Gigi und wirkte immer noch, als wäre er von ihrer Einstellung verärgert.

Gigi zuckte mit einer Schulter. „Schadet ja nicht, es sich mal anzusehen, oder?"

„Ich schätze schon." Er beäugte die Frau. „Seien Sie doch nächstes Mal keine so dauerempörte Snobzilla, verstanden?"

Candy schluckte und nickte einmal, bevor sie rasch auf dem Absatz kehrtmachte und sie zu einem Büro führte, das gleich neben dem großen Zimmer war, das über das Meer hinausblickte.

Gigi keuchte leise, sobald sie den Raum mit den weißen Holzpaneelen an den Wänden betraten. Bücher säumten eine Wand von der Decke bis zum Boden, während die drei anderen voller Kunstwerke waren. Es war ein extremer visueller Overkill, aber sie freute sich auch, als sie an einer Wand einen Original Jackson Pollock sah, und an einer anderen eine Georgia O'Keefe.

Die Vermögensverwalterin ging hinüber zu einer abgesperrten Kassette und öffnete sie für Skyler. Gigi warf kaum einen Blick auf den Schmuck. Stattdessen ging sie direkt zu den Gemälden, bewunderte die Einzelheiten, während sie sich fragte, über wessen Nachlass genau sie hier gestolpert waren. Als sie fragen wollte, klingelte Candys Handy, und sie entschuldigte sich.

„Sollte ich anfangen, mir Juwelen die Taschen zu stopfen?", schnaubte Skyler, bevor er in Gelächter ausbrach. „Meine Güte, Gigi. Du hast es dieser Wichtigtuerin echt gezeigt. Ehrlich, ich wusste gar nicht, dass du zu so was fähig bist. Was ist denn aus meiner süßen Nachbarin geworden, die nur ätzend wird, wenn es um ihren Ex geht?"

Gigi lächelte ihn reumütig an. „Das waren nur meine bescheidenen Wurzeln, die da durchkamen. Bevor ich von der Familienstiftung erfahren habe, wusste ich nie, dass wir Geld haben. Mom hat mir das niemals erzählt. Das war also eine Überraschung. Wir haben vom Lohn einer Fotografin gelebt, und das konnte manchmal ganz schön knapp werden. Ehrlich, ich hatte keine Ahnung, weshalb sie das Geld der Stiftung nie angerührt hat, um sich das Leben zu erleichtern, ich schätze, sie musste sich was beweisen."

Skyler beäugte sie neugierig. „Und was ist mit dir? Hat es sich komisch angefühlt, es zu nehmen, wo du doch wusstest, dass sie das nicht getan hat?"

Gigi schüttelte den Kopf. „Ich habe einen Brief mit dem Testament meiner Mom gefunden, nachdem sie vermisst wurde. Darin hat sie mir gesagt, ich sollte mich nicht schuldig fühlen, das Geld zu nutzen, um ein Leben zu führen, wie immer es mir passte. Ehrlich, Skyler, eine Weile habe ich es gar nicht angerührt, weil es ja nicht so war, als hätte ich gewusst, dass sie gestorben war. Das weiß niemand. Darum betrachte ich das Geld immer noch als ihres, und ich habe gewartet, dass sie nach Hause kommt. Dann haben James und ich geheiratet, und alles hat sich geändert. Die Stiftung ist in meinem Namen und dem meiner Mutter, und James hat es geschafft, mich zu überzeugen, mit einem Teil davon den Lebensstil zu finanzieren, den er unbedingt für uns beide wollte. Anfangs habe ich gezögert, und das war ein großer Quell des Streits. Aber als ich bereit war, ihn zu verlassen, hat mich dieses Geld gerettet. Ich versuche gerade jetzt, herauszufinden, was ich mit meinem Leben anfangen möchte, außer widerstrebend von meiner Stiftung zu leben."

Er streckte ihr eine Hand hin, und als sie sie nahm, zog er sie zu sich, umarmte sie rasch. „Du weißt doch, dass ich dich für so etwas nicht verurteile. Ich war nur neugierig. Wäre ich du gewesen, hätte ich einen Teil des Geldes genommen und ein fabelhaftes Geschäft aufgezogen. Etwas, für das du leidenschaftlich lebst, und das hätte ich einfach getan. Halt dich nicht zurück. Weißt du, was ich da sagen will?"

„Ein Geschäft aufziehen? Was denn?", fragte sie, erheitert, aber auch fasziniert von seinem Vorschlag.

„Was immer dich in Aufregung versetzt. Vielleicht etwas mit deinen Kräutern und Tränken. Oder komm zu mir ins Geschäft, und wir designen Strandklamotten, die von deiner Ästhetik leben." In seinen Augen funkelte Erheiterung. „Ich glaube, das würde ich gerne machen. Du musst nur es nur sagen, und ich bin ganz dabei."

„Weißt du, Skyler, beide Ideen wirken ziemlich faszinierend, aber ich weiß wirklich überhaupt nichts darüber, wie man ein Geschäft führt. Ich wüsste nicht mal, wo man anfängt."

Ihr mangelndes Wissen, ganz zu schweigen von dem überwältigenden Gedanken, ein eigenes Geschäft zu haben, war es, was sie davon abgehalten hatte, etwas mit ihren Kräutern und Tränken anzufangen. Es stimmte, sie war hervorragend darin, Hautpflege und Heiltränke zu entwerfen, aber einen Laden aufziehen? Das war mehr als einschüchternd.

„Fang mit mir an." Er klatschte in die Hände und sprang beinahe vor Aufregung auf und ab. „Ich weiß alles über das Geschäftliche. Ich bring es dir bei, oder du kannst einfach nur beim Designen helfen. Wir kriegen das hin."

„Meinst du das ernst?", fragte sie und sah ihn mit gerunzelter Stirn an. Niemand beschloss, mit jemandem ein Geschäft aufzuziehen, nur aus einer Laune heraus, oder?

„Natürlich." Er schaute sie finster an, wirkte beleidigt, dass sie die Frage überhaupt gestellt hatte. „Du bist meine beste Freundin. Warum sollte ich nicht mit dir arbeiten wollen? Das wird toll. Jetzt sag ja, damit wir uns diesen Schmuck anschauen und dann an unserem Geschäftsplan arbeiten können."

Gigi lachte, während sie ungläubig den Kopf schüttelte. „Ich kann nicht glauben, dass du mich gerade in einem Sekundenbruchteil dazu überredet hast, ein Klamottenlabel zu entwerfen. Warte nur, bis du mein Talent beim Designen siehst. Dann wird es dir leidtun."

„Nein. Niemals. Nach ein paar Lektionen mit meiner Designsoftware bist du Profi. Außerdem machen wir es zusammen." Er zog sie fest in die Arme, war von ihrer Entscheidung eindeutig hocherfreut.

„Ich weiß nicht, weshalb du mich dafür brauchst", sagte sie leise. „Du würdest doch ganz bestimmt ohne mich einen Spitzenjob abliefern, aber wenn du es immer noch ernst meinst, sobald wir zurück in der Stadt sind, bin ich dabei."

„Ach, ich werde es immer noch ernst meinen. Jetzt kaufen wir ein." Er trat hinter den Tisch, auf dem die Kassette mit dem Schmuck stand, und sagte: „Hilf mir, das hier durchzusehen."

Gigi stellte sich neben ihn und fing an, den Schmuck zu mustern. Es gab ein paar aufwendige Galastücke, die mit interessanten Perlen wie etwa Jade und Jaspis gefertigt waren, und nicht mit Edelsteinen. Sie half Skyler, ein paar auszusuchen, von denen sie dachte, die Damen vom Premonition Pointe würden sie schick finden. Dann gingen sie zu den teureren Stücken über. Gigi wühlte sich durch eine Anzahl von Tennisarmbändern, nahm eines mit rosa Diamanten und noch eines, bei dem sich Saphir und Diamanten abwechselten.

„Die sind toll", sagte Skyler, als sie ihm die Armbänder zeigte. „Hier ist ein Ring, der perfekt zu dem mit den Saphiren passt."

Gigi verlagerte den Blick auf den Ring, den er an seinen Ringfinger rechts geschoben hatte. Während sie sich auf den Art-Deco-Ring mit Diamant und Saphir konzentrierte, schlug ihr das Herz bis zur Kehle, und plötzlich fand sie es schwer, noch Luft zu bekommen.

„Der ist großartig, oder?", fragte er, interpretierte ihr Schweigen falsch. „Ich habe keine Ahnung, was er kostet, aber das spielt keine Rolle. Er komme mit nach Hause."

„Sky?", presste sie schließlich heraus, ihre Stimme brach, als sie seinen Namen sagte.

„Gigi? Was ist denn? Alles in Ordnung?" Er drückte ihr die Hand, Sorge glänzte in seinen grünen Augen.

Sie schüttelte den Kopf. Gigi war auf gar keinen Fall in Ordnung. Sie war sich nicht mal sicher, ob sie sich nicht gleich übergeben würde. „Dieser Ring." Sie nickte zu seiner Hand hin. „Kann ich den mal sehen?"

„Natürlich." Rasch nahm er ihn ab und legte ihn in ihre Handfläche.

Vorsichtig nahm Gigi ihn auf, musterte die Einlegearbeiten. Es war genau der, an den sie sich erinnerte, mit dem großen Diamanten in der Mitte, der von tiefblauen

Saphiren umgeben war. Diese Gestaltung war recht beliebt, aber durch die Fassungen wurde er einzigartig, mit einer zarten Platineinlegearbeit, die sie umgab. Soweit sie es wusste, war es ein Einzelstück gewesen, aber nur für den Fall drehte sie ihn um, schaute nach der Gravur.

Als das Licht genau richtig traf, keuchte sie, las das Datum: 02/14/80. Ihr Geburtstag.

„Gigi. Du machst mir Angst. Was ist denn los?", wollte Skyler wissen, sein besorgter Blick musterte ihren.

„Dieser Ring", krächzte sie, während sie ihn hochhielt. „Das ist der, den meine Mutter getragen hat, an dem Tag, an dem sie verschwand."

KAPITEL ZEHN

*S*kyler blinzelte Gigi an, Schock stand in seinem Gesicht. Als er schließlich wieder sprechen konnte, fragte er: „Wie ist das möglich? Bist du sicher?"

Gigi nickte, ihr ganzer Körper war wie betäubt. Sie zeigte ihm das eingravierte Datum. „Das ist mein Geburtstag. Sie hat ihn als Geschenk von ihrer Mutter erhalten, als ich zur Welt kam."

„Heilige Scheiße." Skyler schaute sich im Raum um, und als sein Blick auf Candy landete, die gerade zurück ins Zimmer kam, marschierte er zu ihr, die Fäuste geballt und das Kinn vorgereckt. „Wem gehört dieses Anwesen?"

„Tut mir leid?", fragte sie und schaute von ihrem Handy auf.

„Wem gehört dieses Anwesen?", blaffte er noch einmal.

Die Frau machte einen Schritt zurück, ihre Augen überrascht aufgerissen, während sie stammelte: „Die Erben halten das lieber unter Verschluss. Sie sind nicht an einem Aufruhr in den Medien interessiert."

Skyler gab ein genervtes Schnauben von sich und deutete

auf ihr Handy. „Sie geben das besser jetzt sofort preis, sonst werde ich in etwa fünf Minuten die Polizei auf diesen Laden hetzen. Stellen Sie sich nur vor, was für einen Aufruhr in den Medien das erzeugen würde."

Candy löste sich aus ihrer entsetzten Starre und sah ihn genervt mit zusammengekniffenen Augen an. „Worum genau geht es?"

„Einen Vermisstenfall", sagte Gigi rasch, die wusste, wenn sie irgendeine Information aus ihr herausbekommen wollten, wäre es sehr viel einfacher, wenn sie sie nicht bedrohten. Gigi hob den Ring. „Meine Mutter trug diesen Ring an dem Tag, als sie vor dreiundzwanzig Jahren verschwand. Das bedeutet, er ist ein Beweisstück in ihrem Fall."

Candy beäugte den Ring argwöhnisch. „Wie können Sie sicher sein, dass es Ihrer war – Sie wissen doch, dass hunderte Art-Deco-Ringe aus den Zwanziger- und Dreißiger-Jahren im Umlauf sind."

„Nicht welche, auf denen das Datum meiner Geburt eingraviert ist." Gigi hob vor ihr eine Augenbraue. „Glauben Sie jetzt, dass Sie uns helfen können, oder müssen wir die Behörden dazuholen?" Gigi wusste, dass sie vermutlich jemanden von der Polizei wegen des Ringes anrufen sollten, aber sie wusste auch aus Erfahrung, dass die nicht zu erfreut darüber sein würden, sich mit einem alten Fall zu befassen, wo der Ring doch inzwischen schon etliche Male weiterverkauft worden sein konnte.

Die Chancen standen hoch, dass der Besitzer ihn irgendwo auf einer Auktion erstanden und keine Ahnung hatte, wem er davor gehört hatte. Außerdem war es bei den Ermittlern, mit denen sie in der Vergangenheit zu tun gehabt hatte, immer ein Kampf gewesen, zu versuchen, herauszubringen, was sie wussten oder vermuteten. Je mehr Informationen sie von Candy bekommen konnten, desto besser würden sie dastehen. Mit Sebastians Hilfe könnten sie vielleicht ihre eigene Ermittlung durchführen.

„Ich kann mir nicht vorstellen, dass es einen Grund gibt, die Behörden dazuzuholen", sagte Candy, die rasch zurückruderte. „Lassen Sie mich nur schnell meinen Boss kontaktieren, und wir sehen, was wir tun können." Sie beäugte den Ring, der immer noch auf Gigis Hand lag. „Ich bin sicher, wenn Sie Beweise haben, dass der Ring Ihnen gehört, können wir da irgendwas machen."

„Ich habe Beweise", sagte Gigi, die den Ring auf ihren Ringfinger schob, wo ihn ihre Mutter vor all den Jahren getragen hatte. „Zur Genüge."

Candy starrte den Ring auf Gigis Hand einen Augenblick an, schien innerlich zerrissen, ob sie deswegen etwas sagen sollte. Aber sie überlegte es sich anders und entschuldigte sich, um ihren Anruf zu tätigen.

Sobald die Frau den Raum wieder verlassen hatte, fingen Gigis Knie an zu wackeln. Wie gut, dass sie neben einem Sessel stand, sonst wäre sie wahrscheinlich auf dem Boden gelandet.

„Heilige Scheiße, Gigi. Alles in Ordnung?", fragte Skyler, der sich vor sie kniete.

Sie schüttelte den Kopf. Den Ring zu finden, war mehr als nur ein Schock gewesen. Er hatte all die Gefühle des Entsetzens und Verlustes von vor Jahren zurückgeholt, und jetzt war Gigi tief erschüttert. Sie starrte den Ring auf ihrem Finger an, dann krümmte sie die Finger zu einer Faust. Auf gar keinen Fall würde sie ihn wieder abnehmen.

„Ich weiß, das wirft dich bestimmt zurück, aber vielleicht bedeutet das, dass du endlich ein paar Antworten zu dem

Thema bekommst, was mit deiner Mom passiert ist", sagte er leise.

Gigi schloss die Augen und holte scharf Luft. Viele Jahre war das alles gewesen, was sie je wirklich gewollt hatte. Und obwohl sie wusste, dass er recht hatte, durfte sie sich das auf keinen Fall hoffen lassen. Es wäre zu niederschmetternd, wenn sie letztlich herausfand, dass es keine Möglichkeit gab, den Ring zurück zu ihrer Mutter zu verfolgen. Vielleicht hatte Joy eine Vision, oder die Geister in Gigis Leben hatten etwas zu der Entwicklung zu sagen. Sie würde sich also zwar keine Hoffnungen auf Antworten machen, aber das bedeutete nicht, dass sie nicht nach ihnen suchen würde.

Absätze klapperten auf dem Marmorboden, kurz bevor Candy wieder erschien. Sie stand im Eingang, ihr Körper starr, als sie sagte: „Mein Boss sagt, wir werden Beweise brauchen, dass Sie die tatsächliche Besitzerin des Ringes sind, bevor wir ihn gehen lassen können. Ein Polizeibericht oder eine Versicherungsmeldung würden gehen."

„Ich habe Zugriff auf einen Polizeibericht, in dem steht, dass meine Mutter den Ring trug, als sie verschwand", sagte Gigi.

Candy presste die Lippen aufeinander und schüttelte den Kopf. „Woher wissen wir, dass Ihre Mom ihn nicht einfach verkauft hat, als sie abgehauen ist?"

Reine, ungefilterte Wut füllte Gigi von Kopf bis Fuß, und ihr Körper vibrierte. Obwohl ihre Mutter nie gefunden worden war, war Gigi tausendprozentig sicher, dass ihre Mutter sie nicht verlassen hatte, auf gar keinen Fall. „Das können Sie doch nicht ernst meinen", sagte Gigi.

„Tut mir leid, aber wie Sie wissen, ist dieses Stück sehr teuer. Wir können es nicht einfach aufgeben, ohne Beweis. Besonders, wenn man bedenkt, dass wir eine

Verkaufsbescheinigung von einem Auktionshaus mit gutem Ruf haben. Wenn Sie beweisen können, dass er gestohlen wurde, werden wir uns natürlich dem Gesetz beugen und ihn zurückzugeben. Aber bis dahin bleibt er im Besitz der Vermögensverwaltung."

„Sieht so aus, als würden wir doch Arbeit damit bekommen, die Behörden zu rufen", sagte Skyler, sein Tonfall ganz eisig, während er sein Handy herausholte.

In dem Wissen, dass dieser Weg nirgendwo schnell hinführen würde, legte Gigi eine Hand auf seinen Arm und wandte sich an Candy. „Wie viel würde es mich kosten, den Ring zu kaufen?"

Candys Augen wurden groß, dann kniff sie sie zusammen. „Weshalb sollten Sie einen Ring kaufen, von dem Sie behaupten, dass er Ihnen bereits gehört?"

„Weil, Candy", sagte Gigi kühl, „ich den Ring meiner Mutter zwanzig Jahre lang nicht gesehen habe, und auf gar keinen Fall werde ich diesen Raum ohne ihn verlassen. Wenn sich die Vermögensverwaltung dagegen wehrt, führt das zu einem ganzen Wald aus Absperrband, und ich werde mich mit all dem herumschlagen müssen, während der Ring in Ihrem Besitz bleibt. Diesen Weg möchte ich nicht einschlagen, wenn ich ihn einfach zurückkaufen und heute mit nach Hause nehmen kann."

„Wenn er wirklich Ihrer Mutter gehörte, dann wissen Sie, dass er eine Menge wert ist", sagte Candy hochnäsig, klang wieder ganz wie ein prätentiöser Snob.

„Sagen Sie mir einfach, was die Vermögensverwaltung dafür will", sagte Gigi, die es vermied, wieder die Augen zu verdrehen.

Candy ratterte eine lächerliche Zahl herunter, bei der Skyler schnaubte.

Gigi bot die Hälfte, und nach ein bisschen Verhandeln, bei dem es auch um die Stücke ging, die Skyler sich für seinen Laden ausgesucht hatte, kamen sie zu einer Übereinkunft. Candy zog glücklich sowohl Skylers als auch Gigis Kreditkarte durch und dankte ihnen, dass sie vorbeigekommen waren, bevor sie sie aus dem Haus begleitete.

Als sie zurück in Skylers SUV waren, wandte er sich an Gigi und sagte: „So, wie sie dich behandelt hat, wollte ich gar nichts kaufen. Aber du hast so toll den Preis runtergehandelt, da konnte ich nicht widerstehen."

„Ich wäre angepisst gewesen, hättest du nichts gekauft, wenn man bedenkt, dass diese Teile quasi geschenkt waren." Gigi zwang sich zu einem Lächeln, während sie auf ihre Hand hinab starrte, und auf den Ring, den sie gedacht hatte, nie wieder sehen zu dürfen.

„Ich glaube, du hast das Richtige getan mit dem Ring", sagte er sanft. „Hättest du dich gegen sie gewehrt, bestünde eine gute Chance, dass sie ihn ‚verloren' hätten, bevor du die Gelegenheit bekommen hättest, den Fall aufzurollen."

Gigi nickte. „Einen fünfstelligen Betrag geben Leute nicht leicht auf. Wenn sie vor der Möglichkeit gestanden hätten, ihn mir zurückzugeben oder ihn unter der Hand an jemand anderen zu verkaufen, weiß ich, was dabei wahrscheinlicher herausgekommen wäre."

„Aber jetzt hast du den Ring und die Auktionsrechnung, die belegt, wie und wann er in dieses Vermögen eingegangen ist", sagte Skyler, der zustimmend nickte. „Jetzt kannst du diesen sexy Anwalt auch dazu bringen, zu ermitteln."

„Darauf habe ich gehofft." Sie zog die entsprechenden Papiere aus der Tasche, die den Rest des Schmuckes enthielt, den Skyler gekauft hatte, und musterte sie. Dort stand, dass das Mid-Coast-Auktionshaus den Ring vor über zehn Jahren bei einem Haus in San Francisco gekauft hatte. Es gab keine Namen auf dem Formular, bis auf eine unleserliche Unterschrift vom Auktionshaus-Geschäftsführer in der unteren linken Ecke. „Sieht so aus, als hätte er eine Menge Arbeit vor sich."

Skyler griff herüber und drückte ihre Hand. „Ich kenne Sebastian nicht gut, aber er scheint mir ein anständiger Mann zu sein. Ich bin sicher, er wird alles in seiner Macht Stehende tun, um dir zu helfen."

Gigi nickte und wusste, dass das die reine Wahrheit war.

KAPITEL ELF

*W*ie erwartet war Sebastian mehr als nur bereit, sein Team an die Arbeit gehen zu lassen, um jegliche Informationen zu verfolgen, die die Auktionshäuser über den Ring hatten. Leider hatte er auch gesagt, dass das Geld, das sie ausgegeben hatte, sehr wahrscheinlich verloren war. Da sie bereit gewesen war, ihn zu kaufen, ging die Wahrscheinlichkeit, dass die Vermögensverwaltung ihr den Kaufpreis zurückerstatten würde, beinahe gegen null, selbst wenn sie den Polizeibericht vorbeibrachte, der bewies, dass er ihrer Mutter gehört hatte, und das rechtlich weiterzuverfolgen, würde sie vermutlich mehr kosten, als sie für den Ring ausgegeben hatte.

Das hatte Gigi auch erwartet, und sie bedauerte keinen Augenblick, dass sie das Geld dafür hingeblättert hatte. Sie wollte nur Informationen darüber, wen das Auktionshaus in San Francisco vertreten hatte, als sie den Ring an Mid-Coast verkauft hatten. Jeder Hinweis, um zu helfen, ihre Mutter aufzuspüren, war willkommen.

Natürlich bot Gigi Sebastian als Dankeschön für seine ganze harte Arbeit an, ihn zum Essen auszuführen. Die Einladung hatte dazu geführt, dass sie ihre derzeitige Garderobe betrachtete und zu entscheiden versuchte, was sie auf einem Date tragen könnte. Nachdem sie eine Stunde damit verbracht hatte, alles in ihrem Schrank anzuprobieren, hatte sie beschlossen, dass entweder alles im Trockner geschrumpft war, oder sie ein paar Pfunde zugelegt hatte.

„Der Trockner. Auf jeden Fall der Trockner", murmelte sie vor sich hin, während sie ihre Yogahose hochzog und sich in einen Sport-BH quetschte, den sie über ein Jahr nicht getragen hatte. Sobald sie in das Foltergerät gepresst war, zog sie ein Tanktop darüber und begab sich hinaus auf die hintere Veranda, mit ihrer Yogamatte in der Hand. Bestimmt würde etwas Yoga-Krafttraining ihr helfen, fünf Pfund zu verlieren, bevor das Abendessen nahte, oder?

Gigi war nicht so geistig umnachtet, dass sie erwartete, ihre Kleidung würde ihr nach einer Yogasession besser passen, aber sie würde sich besser mit dem fühlen, was sie zum Essen bestellte. Nachdem sie ein Video auf YouTube ausgesucht hatte, übte sie das tiefe Atmen und tat ihr Bestes, der Lehrerin zu folgen.

„Das ist gar nicht so schwer", sagte sie ins Nichts, während sie ihren herabschauenden Hund übte und ihre Unterschenkel einen nach dem anderen streckte. Tatsächlich fühlte es sich echt gut an, und sie schwor sich, Yoga zum täglichen Teil ihrer Routine zu machen.

Sehr zufrieden mit sich folgte sie dem Video weiter, während die Lehrerin sie in eine Tauben-Pose leitete. Der Stretch fühlte sich toll an, und sie war zuversichtlich, als die Lehrerin dazu aufrief, sich aufzurichten und nach hinten zu greifen, um eines der gebeugten Beine zu nehmen. Da ging alles schrecklich schief.

„Ach, beim Heiligen … Du meine Scheiße!" Ein Muskel in ihrem Rücken zog sich zusammen, ließ Schmerz durch ihren unteren Rücken und die Hüfte schießen, sodass sie zappelte, bis sie auf der Seite lag, während ihr Rücken sich weiterhin verkrampfte. Tränen stachen in ihren Augen, während sie durch den Schmerz atmete und darauf wartete, dass er nachließ. Nur tat er das nicht. Als sie versuchte, sich herumzurollen, um sich aufzurichten, schoss weiterer Schmerz von ihrem unteren Rücken ihren Oberschenkel hinab. Sie konnte weder den Kopf noch die Arme heben, ohne dass sich ihr ganzer Körper verkrampfte.

Gigi lag auf der Veranda, starrte in den Nebel hinauf, der hereinwogte, und fluchte auf ihr Pech. Wie lange würde sie da liegen, bis sie jemand fand? Vermutlich zweieinhalb Stunden, falls Sebastian rechtzeitig kam, um sie abzuholen. Außer … Sie griff nach dem Computer, biss die Zähne zusammen, weil der Schmerz wieder aufwallte. Bis sie den Laptop herangezogen hatte, keuchte sie und war nass vor Schweiß.

Himmel, sie musste völlig durch den Wind sein. Aber wenn sie Skyler oder eine ihrer Zirkelschwestern dazu bekommen konnte, hier rüber zu kommen und ihr aufzuhelfen, wäre sie zumindest nicht auf der Veranda in ihrer zu engen Yogakleidung gestrandet, bis Sebastian ankam.

Da ihr Handy im Haus war, hatte sie nur E-Mail. Wer war derjenige, der es sehr wahrscheinlich sofort sehen würde? Vermutlich Skyler, doch ihr fiel ein, dass er tatsächlich einen Tag nach L.A. runtergeflogen war, um ein paar Meetings zu absolvieren. Da blieben nur noch Hope, Joy oder Grace. Sie war nicht sicher, was Grace und Hope machten, aber sie wusste, dass Joy sich auf eines dieser Werbevideos vorbereitete, die ihr angeboten worden waren. Es war nicht unbedingt etwas, das sie begeisterte, aber es war so gut bezahlt, dass sie es nicht ausließ. Joy würde es bestimmt nichts ausmachen, mal mit dem Üben ihrer Texte für die Medikamente gegen hohen Blutdruck Pause zu machen, oder?

Nachdem sie auf ihre E-Mail getippt hatte, ging sie zur letzten E-Mail, die sie mit Joy ausgetauscht hatte, und tippte eine SOS-Nachricht, flehte sie an, ihr zu Hilfe zu kommen. Es dauerte keine Minute, bis eine neue E-Mail aufploppte, nur dass sie nicht von Joy kam, sondern von Sebastian, der sagte, er wäre unterwegs.

„Was zum Teufel?" Gigi musterte die Nachricht und merkte, dass sie überhaupt nicht Joy geantwortet hatte. Sie hatte Sebastian geantwortet, der sie bei einer Nachricht an seine Privatermittler auf CC gesetzt hatte, die er an die Arbeit geschickt hatte, um nach den Leuten aus ihrer Vergangenheit in Bellside zu suchen. „O nein. Heilige Göttermutter. Was stimmt nicht mit mir?"

Gigi tippte rasch zurück, sagte ihm, das wäre nicht nötig, und dass bereits Hilfe unterwegs war. Es war gelogen, aber das letzte, was sie wollte, war, dass ihr Date sie sah, wie sie in den Yogaklamotten vom letzten Jahr wie eine Pellwurst dalag. Okay, wem machte sie etwas vor? Das waren Klamotten von vor fünf Jahren, und die musste er auch nicht sehen.

Nachdem sie Joy gebeten hatte, so schnell wie möglich rüberzukommen, wartete sie auf eine weitere Antwort von Sebastian.

Nichts.

Von Joy kam eine, in der sie sich entschuldigte, dass sie mit dem Auto auf dem Weg zum Zahnarzt war, und dass sie Hope oder Grace anrufen könnte, damit sie ihr halfen.

Gigi stöhnte, dann fuhr sie zusammen, als ihr Rücken sich beschwerte, weil sie nur atmete.

„Ich werde niemals wieder Yoga machen", sagte sie, die Augen geschlossen und ihre Stirn auf das Handgelenk gestützt.

„Das kann ich dir wohl kaum vorwerfen." Sebastians neckender Tonfall drang durch ihr Selbstmitleid und sorgte dafür, dass sie die Augen öffnete, um zu sehen, wie er mit einem erheiterten Lächeln zu ihr herabschaute. „Alles in Ordnung?"

„Nein. Ich sterbe jetzt einfach hier. Nachdem ich weg bin, wirf mich einfach ins Meer und lass mich von den Wogen in den Ozean hinaus tragen", sagte sie und versuchte, nicht zusammenzuzucken.

Sebastian ging neben ihr in die Hocke und legte ihr leicht eine Hand auf den Oberschenkel. „Wie kann ich dir helfen?"

Bewegen konnte man sie nicht. Noch nicht. Sie wusste, dass das gar nicht zur Debatte stand. Sie brauchte erst einen Schmerztrank. „Kannst du in mein Büro gehen und einen Tank für mich suchen? Ist auf dem zweiten Regal von unten, ganz rechts, und es steht drauf Kirsch-Kamille."

„Klar. Ich bin gleich wieder da." Sie sah, wie er mühelos in ihr Haus ging und versuchte, ihn dafür nicht zu verabscheuen. Hier war sie, hatte versucht, für das Date, das sie mit ihm hatte, besser in Form zu kommen, und am Ende hatte sie nur wie eine gestrandete Schildkröte gezappelt.

Bei den Göttern, sie war schlimm im Daten.

Gigi lag da, blinzelte in die nachmittägliche Sonne hoch

und wünschte sich, die Erde möge sich auftun und sie verschlingen, als Sebastian mit dem Schmerztrank zurückkam. „Hab's. Aber wow. Dieser Raum ist ja proppevoll. Das machst du also an den meisten Tagen? An Tränken arbeiten?"

„Ja. Ich nutze die Kräuter aus meinem Garten." Sie griff nach dem Trank und knurrte, als wieder Schmerz ihr Bein hinabschoss.

„Lass mich dir helfen." Er öffnete die Kappe und kniete sich hin, um die Flasche schräg an ihre Lippen zu legen. Als der Trank über ihre Wange hinablief, war er derjenige, der das Gesicht verzog. „Verdammt. Das tut mir leid. Versuchen wir es noch einmal." Er legte ihr die Hand unter den Kopf und hob ihn leicht an, während er ein wenig von dem Trank in ihren Mund goss.

Gigi fühlte sich wie eine hoffnungslose Närrin, aber sie konnte nichts tun, als sich von ihm helfen zu lassen.

Es dauerte nicht lang, bis der Trank anfing zu wirken. Nicht lang, nachdem sie geschluckt hatte, begann ihr Körper zu prickeln, und obwohl der Schmerz in ihrem Rücken nicht ganz verschwand, konnte sie zumindest atmen, ohne dass sie sich fühlte, als würde jemand mit dem Eispickel auf sie einstechen.

Sebastian legte die Flasche schief, bot ihr mehr an, doch sie schüttelte den Kopf. „Das reicht vorerst. Kannst du mir aufhelfen? Ich glaube, eine heiße Dusche könnte helfen."

„Klar." Er verschloss den Trank wieder, aber anstatt ihr eine Hand hinzuhalten, bückte er sich und hob sie in seine Arme, wiegte sie an seiner Brust. „Nach oben? Oder ist unten eine Dusche, die du nutzen willst?"

„Oben", krächzte sie. „Die ist ebenerdig ... wenn du dich erinnerst."

„Natürlich."

Am Morgen nach ihrer gemeinsamen Nacht hatte er sich ihr in der Dusche angeschlossen. Die Erfahrung war etwas, das sie nicht so bald wieder vergessen würde.

Sobald sie im großen Schlafzimmer ankamen, stellte Sebastian Gigi auf die Füße und griff herum, um die Dusche anzuschalten. Er schaute einen Augenblick zu ihr, bevor er fragte: „Brauchst du Hilfe oder hast du lieber etwas Privatsphäre?"

„Äh, von hier an übernehme ich", sagte sie. Hätte sie sich auf irgendeine Art und Weise sexy gefühlt, hätte sie ihm eine andere Antwort gegeben. Aber sie litt immer noch unter ihren zu engen Yogaklamotten und hatte sich noch nicht rasiert. Auf gar keinen Fall würde sie ihn mit in die Dusche kommen lassen.

„Gut. Ich bin im anderen Zimmer, falls du mich brauchst." Er drückte ihr einen Kuss auf die Schläfe und ging hinaus, schloss leise die Tür hinter sich.

„Könnte dieser Tag noch etwas peinlicher werden?", fragte sie, während sie in den Spiegel schaute. Es dauerte aber nicht lang, bis diese Worte sie wieder heimsuchten. Obwohl es ihr gelang, das Tanktop und die Yogahose ohne allzu viele Schwierigkeiten auszuziehen, war der Sport-BH etwas ganz anderes. Die Arme zu heben und an dem Ding zu zerren, damit es über ihren Kopf ging, ließ sie vor Schmerz knurren. Sie bekam schon Angst, dass sie lernen musste, ihn auf alle Ewigkeit zu tragen, denn auf keinen Fall würde sie Sebastian bitten, ihr damit zu helfen.

Gigi schaffte es, den Sport-BH hoch und über ihre Brüste zu bekommen, und zum Teil über die Schultern, aber dann schlug das Foltergerät zu, sodass sie mit den Armen über dem Kopf dastand und sich nicht mehr bewegen konnte. Sie versuchte, sich zu drehen und zu winden, um den Griff des BHs zu lockern, aber es war zu schmerzhaft und funktionierte sowieso nicht. Sie fühlte sich, als würde sie aus einer Zwangsjacke entkommen wollen. Schwer atmend, ohne eine Möglichkeit, dass der Stoff nachgab, blieb ihr keine andere Wahl. Sie würde sich herausschneiden müssen.

Also gut. Man musste eben tun, was man tun musste.

Sie verzog das Gesicht, während sie versuchte, sich zu bücken, sodass sie an eine der Schubladen kam, um die Schere zu holen, mit der sie lose Fäden und Kleideretiketten abschnitt. Aber als sie einen Schritt näher an den Spiegel kam und sich bückte, um die Schere zu nehmen, rutschte der Fuß unter ihr weg, sodass sie direkt zu Boden ging. Gigi schrie, während sie mit den Armen immer noch über dem Kopf landete, ihr Rücken verzog sich vor Schmerz.

„Gigi!" Sebastian platzte durch die Tür, ein panischer Ausdruck auf dem Gesicht. Als er sie auf dem Boden sah, wurde seine Panik zu Schock, während er nach der Schere griff und sie entsetzt anstarrte. Sie war blutverschmiert und sah aus, als hätte man sie in einem schlechten Horrorfilm als Requisite benutzt. „Was ist los?"

Sie versuchte, nicht auf die Tatsache zu achten, dass ihre Arme immer noch über dem Kopf gefesselt waren, und schaute hinab auf ihre heraushängenden Brüste, um zu sagen: „Gute Göttin. Warum habe ich nicht einfach nur sterben können?"

„Gigi!" Er ging auf die Knie und schlang ein Handtuch um ihr Handgelenk. „Sag das nicht! Himmel, Gigi. Was hast du dir nur gedacht? Ich bin immer da. Du musst doch nur um Hilfe bitten. Ich mache alles, was du brauchst." Er holte sein Handy heraus und fing an zu scrollen, während er die ganze Zeit das Handtuch um ihren Arm festhielt.

„Äh, Sebastian?", fragte sie, völlig verloren. „Hilfe wofür? Meinen BH auszuziehen?"

„Spiel doch keine Spielchen mit mir", sagte Sebastian, Zorn blitzte in seinen grauen Augen. „Ich werde nicht zulassen, dass du dich selbst verletzt. Nicht, während ich aufpasse."

„Selbst verletzen? Was?" Gigi schaute endlich zu ihrem Arm und bemerkte, dass sie blutete, und dass er deshalb immer noch das Handtuch an ihr Handgelenk hielt. „O nein. Du hast das ganz falsch verstanden", stieß sie hervor. „Ich wollte meinen BH aufschneiden, und weil ich etwas näher an den Spiegel gegangen bin, bin ich auf dem Wasser aus der Dusche ausgerutscht." Sie warf einen Blick hinter sich und deutete auf die offene Tür. Er hatte sie angeschaltet, und ein bisschen von dem Sprühwasser war auf dem Boden gespritzt. „Die Schere hat mich wohl beim Hinfallen erwischt."

Er sah sie aus zusammengekniffenen Augen an. „Und was war mit dieser Bemerkung, dass du sterben möchtest?"

Sie konnte nicht verhindern, dass sie humorlos loslachte. „Das war doch nur so dahingesagt, du Freak. Sieh dir mich an. Meine Titten hängen raus. Sogar in meiner Unterwäsche quillt alles irgendwo raus, und da ich mich seit Freitag nicht rasiert habe, sehe ich allmählich aus wie Bigfoot. Und das passiert mir alles vor dir. Also ja, als ich mich gefragt habe, weshalb das Universum mich nicht einfach umbringt, habe ich Witze gemacht. Aber inzwischen bin ich so erniedrigt, es würde mir gar nichts ausmachen, wenn ein Blitz durch das Fenster fährt und mich erwischst."

Seine Lippen wölbten sich zu einem schwachen, amüsierten Lächeln. „Tut mir leid, dass ich dir das sagen muss, aber heute Abend zieht kein Sturm auf. Ich bezweifle, dass der Blitz auf dem Weg ist, um dir da rauszuhelfen."

„Da habe ich wohl einfach wieder Pech", sagte Gigi mit einem übertriebenen Seufzen.

Er lachte leise. „Wie wäre es, wenn du dir statt eines sofort eintretenden Todes von mir aus diesem Gerät helfen lässt, das du Sport-BH nennst. Und dann, nachdem wir dich unter die Dusche bugsiert haben, kann ich mich um den Schnitt in deinem Arm mit etwas Entzündungshemmendem und einem Verband kümmern."

„Da hatte ich schon schlimmere Angebote", sagte Gigi, die sich der Tatsache hingab, dass sie auf jeden Fall Hilfe brauchte und dass weder Hope noch Grace unterwegs waren.

Sebastian schüttelte den Kopf, offensichtlich amüsiert. „Wie willst du das machen? Dich hochsetzen, während ich diesen BH ausziehe?"

Gigi schüttelte den Kopf. „Ich glaube nicht, dass das funktioniert." Sie versuchte, sich leicht hochzustemmen, und fuhr zusammen. „Wir sollten ihn einfach kaputtschneiden. Er ist sowieso zu klein. Befreie mich einfach von diesem verdammten Ding, und ich werde in der näheren Zukunft BHs völlig abschwören."

Er schaute hinab auf ihre Brüste und grinste. „Versprichst du das?"

Sie stieß ein schnaubendes Lachen aus. „Können wir mal weitermachen? Es wird etwas kalt."

„Witzig. Mir wird etwas warm", scherzte er, während er sich die Schere schnappte und mit dem Schneiden begann.

Schritte erklangen auf dem Holzboden draußen vor dem Bad. „Gigi? Bist du da drin? Ich höre die Dusche."

„Jetzt ist sie da", sagte Gigi, die Hopes Stimme erkannte.

„Wie war das?", fragte Hope, doch bevor Gigi antworten konnte, schwang die Tür auf, sodass eine äußerst besorgt dreinblickende Hexe zum Vorschein kam. „Gigi? Was geht ... O." Ihr Blick fiel auf Sebastian und dann seine Hände und die Schere. „O!" Sie schlug sich die Hand vor den Mund, wurde ganz rot und ging dann rückwärts, schloss die Tür, um ihnen etwas Privatsphäre zu lassen. „Tut mir leid! Da war ich wohl falsch informiert. Ich dachte, du würdest auf der Veranda festsitzen, während dein Rücken wie wild zuckt. Stattdessen sieht es so aus, als würde dir dein Typ gleich ein paar ganz andere Zuckungen verpassen. Ich bin raus! Ruf mich an, falls du mich brauchst."

„Hope! Warte, es ist nicht, was du denkst", rief sie durch die geschlossene Tür.

„Es ist genau, was du denkst, Hope", fügte Sebastian an. „Sobald ich ihr diesen verdammten BH ausgezogen habe auf jeden Fall."

„Sport-BHs sollten verboten werden", bemerkte Hope. Ihr Lachen wurde leiser, während sie sich von Gigis Tür wegbewegte.

„O. Mein. Gott. Könnte dieser Tag noch etwas peinlicher werden?", fragte Gigi, die sich leicht schwindlig fühlte, als hätte sie zu viel Alkohol getrunken. Nur das sie gar nichts zu trinken gehabt hatte, außer Wasser und etwas von ihrem Trank.

Sebastian hob vor ihr die Augenbraue. „Du forderst das Schicksal gern heraus, oder?"

„Offensichtlich, aber ich habe mich ja bereits vor dir erniedrigt. Was könnte noch schlimmer sein?"

„Und schon wieder", sagte er, während er die ersten Schnitte an ihrem Sport-BH ansetzte. „Vielleicht hörst du mal auf, während du vorne liegst."

Plötzlich wurde es leichter zu atmen, sobald der Sport-BH weg war. Aber sie wusste nicht, ob es daran lag, dass sie nicht mehr in das Foltergerät verwickelt war, oder ob sie einfach nur erleichtert war, dass sie nicht mehr aussah wie eine Tragödie. So oder so war sie bereit für diese Dusche.

KAPITEL ZWÖLF

☪

Wie es sich erwies, verpasste Sebastian Gigi keine Zuckungen unter der Dusche. Er hatte sie fertig ausgezogen, seine eigenen Kleider weggelegt und sich ihr angeschlossen, wo er zwanzig Minuten damit verbrachte, ihre Haare und ihren Körper zu waschen. Als er fertig war, massierte er ihr sanft die Schultern und knetete ihren Rücken mit den Handknöcheln, bis ihre Knie nachgaben.

„Du bist echt gut drin, dich um Leute zu kümmern", sagte sie, während er sie abtrocknete, ihr das Handgelenk verband und sie dann ins Bett steckte. „Tut mir leid, dass unser Date im Eimer ist. Kein Yoga mehr für mich ... niemals mehr."

Er lachte leise und stieg mit ihr auf das Bett. Seine Haare waren nass, und er war nur in seine Jeans gekleidet, sodass er aussah wie Sex am Stiel. Hätte sie nicht leicht neben sich gestanden, weil sie nichts gegessen hatte, bevor sie ihren Trank zu sich genommen hatte, hätte sie den Abschnitt des Abends mit Gesprächen bereits beendet und wäre zu etwas Körperlichem übergegangen.

Oder sie hätte es getan, hätte ihr Rücken sie nicht hintergangen. Heiliges Hexengift. War es das, worauf sie sich von jetzt an freuen konnte? Dass ihr Körper zusammenbrach, während sie jemanden brauchte, der sie vom Badezimmerboden aufklaubte? Vielleicht musste sie sich mal eins von diesen Alarmarmbändern besorgen. Verkauften sie die überhaupt an Einundvierzigjährige? Oder gab es eine Altersgrenze, die sie erreichen musste? Sie hoffte nicht, denn in diesem Augenblick fühlte sie sich um Jahre älter, als sie eigentlich war.

„Irgendetwas sagt mir, du wirst es überleben und wieder Yoga machen", sagte Sebastian mit einem leisen Lachen. „Ich habe gehört, das tut echt gut, wenn man es schafft, eine Session durchzuhalten, ohne sich den Rücken zu verreißen."

„Witzig", sagte sie mit kühler Stimme. „Ein echter Schenkelklopfer."

Er zwinkerte ihr zu, küsste sie sanft auf die Lippen und richtete sich auf, lehnte sich an das Kopfteil ihres Bettes. „Ich habe ein paar vorläufige Berichte über die Menschen aus deiner Vergangenheit. Bist du bereit, dir anzuhören, was meine Leute gefunden haben?"

Gigi wurde aufmerksam, fühlte sich plötzlich völlig ernüchtert. „Ja. Alles."

Traurig schüttelte er den Kopf. „Es wird nicht lange dauern."

„Sind sie alle umgezogen?", fragte Gigi, bereit für eine absolute Enttäuschung.

„Nein, nicht alle." Er holte sein Handy heraus und las eine Liste von Namen vor. Ein paar von ihnen waren völlig verschwunden, und die Privatermittler spürten sie immer noch auf. Aber andere waren noch in der Stadt, und obwohl sie sich an Carolyn erinnerten, hatten sie nichts

Interessantes zu sagen gehabt. „Es gibt ein paar, von denen ich denke, wir sollten los und persönlich mit ihnen sprechen."

„Wir beide?", fragte Gigi.

„Ja. Wir könnten hinfahren und so tun, als wären wir zu Besuch hier, das macht es lockerer und nicht zu einem Verhör. Was meinst du?"

„Mit wem werden wir denn reden?", fragte sie, neugierig, von wem er glaubte, dass er oder sie Antworten haben würde.

„Liza Crane, deine alte Nachbarin, und Justin Bastille, der Betreiber des Cafés. Und vielleicht ihr alter Chef Ricky Kamp."

„Kamp!", rief Gigi. „Ganz genau. Ich habe ihn immer Kamper genannt, als ich jünger war. Glaubst du echt, er weiß was?"

Sebastian zuckte mit den Schultern. „Die Privatermittler sagten, es wirke, als würde er etwas zurückhalten. Keine echte Spur, nur so eine Ahnung. Justin erinnert sich gut an sie und war ziemlich gesprächig. Wenn wir ihm weitere Erinnerungen entlocken können, weiß er vielleicht was, ohne dass er es ahnt. Wie es sich erwies, sind sie auf ein paar Dates gegangen. Zumindest laut seiner Aussage."

„Und Liza? Wohnt sie noch nebenan?" Gigi lächelte, als sie an die Frau dachte. Sie war immer nett zu Gigi und ihrer Mutter gewesen.

Sebastians Lächeln verblasste, und er fuhr sich mit der Hand durch die Haare. „Sie wohnt noch nebenan, aber ihre Erinnerungen sind ein wenig unzuverlässig. In diesem Stadium wird alles, was wir von ihr bekommen, nicht ganz vertrauenserweckend sein, aber es lohnt sich vielleicht, sich das mal anzuhören. Sie hat eine Menge über deine Mutter zu sagen. Es schien, als hätten sich die beiden nahegestanden."

„Davon weiß ich nichts, aber Mom hat sich sehr auf sie verlassen." Gigi verzog das Gesicht. „Ich kann mir aber nicht vorstellen, dass Liza der Polizei etwas nicht gesagt hat. Sie hätte ihnen alles erzählt, wenn sie damals was gewusst hätte. Da bin ich mir sicher."

„Nicht, wenn sie versucht hat, deine Mutter zu schützen", sagte Sebastian sanft.

Ihr Blick hob sich zu seinem. „Legst du da nahe, was ich glaube? Dass meine Mutter weggelaufen ist und mich das Schlimmste annehmen ließ?"

„Huch!", sagte er und hob ergeben die Hände. „Ich lege da gar nichts nahe. Ich glaube nicht, dass sie dich verlassen hat. Aber wenn es eines gibt, was ich in den Jahren gelernt habe, in denen ich mit Privatermittlern gearbeitet habe, dann, dass man niemals etwas ausschließen sollte. Wir haben eine viel bessere Chance, die Wahrheit herauszukriegen, wenn wir alle Optionen auf dem Tisch lassen. Liza hat deine Mutter und dich eindeutig geliebt. Ich glaube, wir sollten mit ihr reden und sehen, was sie sagt. Es besteht eine gute Möglichkeit, dass sie sich nicht richtig an alles erinnert. Oder wenn sie Carolyn gedeckt hat, lässt sie vielleicht irgendwas raus, was uns hilft. Wir können es nur versuchen."

Gigi kaute auf der Unterlippe. Sie verabscheute den Gedanken, mit der Idee zu spielen, dass ihre Mutter sie absichtlich verlassen hatte. Solange sie lebte, würde Gigi niemals glauben, dass sie einfach so wie ihr Vater vor all den Jahren gegangen war. Doch Sebastian hatte recht. Sie mussten mit Liza reden, nur um zu sehen, was sie zu sagen hatte, selbst wenn sie die ganzen Einzelheiten durcheinanderbrachte. Außerdem liebte Gigi Liza. Es wäre toll, sie wiederzusehen. „In Ordnung. Ich mache es. Wann willst du los?"

„Ich habe die nächsten paar Wochen so ziemlich frei, also wann immer es deinem Rücken besser geht, können wir da runterfahren."

„Das dauert nur ein paar Tage", sagte Gigi zuversichtlich. „Meine Tränke stellen mich gleich wieder her."

„Echt?", fragte er und klang beeindruckt. „Wenn es so gut läuft, versorge mich doch mit einer Flasche, ja? Ich kann immer was brauchen, wenn ich mir einen Muskel zerre."

„Sicher." Sie lächelte ihn an, zufrieden, dass er Interesse zeigte. Ihre Tränke waren nichts, was sie schon mit einer Menge Leute geteilt hatte. Es wäre schön, sich seine Meinung zu holen. Da traf es sie, dass sie sicher war, Sebastian völlig zu vertrauen. Wenn sie bereit war, ihre Tränke mit ihm zu teilen, war sie doch bereits erledigt. Denn das war eines, an dem James niemals beteiligt gewesen war. Ihre Gärten und ihre Tränke. Die waren ihr zu wichtig gewesen. Sie war nie bereit gewesen, sich das von ihm mit einem bissigen Kommentar niedermachen zu lassen, oder schlimmer noch, dem Versuch, sie zu zwingen, alles massenweise zu produzieren. Er hätte einfach alles übernommen und in einen Zirkus verwandelt.

Aber Sebastian … der würde das nie tun. Es war offensichtlich, dass seine erste und einzige Sorge Gigi war. Nicht, wie viel Geld sie einbringen konnte. Zum Teufel, jedes Mal, wenn sie an James dachte, verabscheute sie ihn noch mehr. Es war gut, dass er nicht mehr da war. Sie wäre verführt, ihm einen Tritt in die Eier zu geben, und zwar bei der ersten Gelegenheit, die sie bekam.

„Worüber denkst du nach?", fragte Sebastian, während er ihr eine Haarsträhne hinters Ohr schob.

Sie rückte näher und legte den Kopf an seine Brust. „Ich habe mich nur gefragt, weshalb ich damals so dumm war, als ich dich aus meinem Leben verschwinden ließ."

Er neigte den Kopf und küsste sie auf die Stirn. „Ich habe keine Ahnung, Liebste. Aber versprichst du mir was?"

„Was denn?" Sie schaute ihm in die Augen, bereit, ihm die ganze Welt zu versprechen.

„Lass mich diesmal nicht weggehen." Seine Worte waren leise und sanft, und als sie zustimmend nickte, berührte er mit seinen Lippen ihre, besiegelte die Abmachung mit einem Kuss.

Auf Gigis Handy piepte eine Nachricht, sodass sie sich voneinander lösten. Sie schnappte sich das Handy vom Nachtkästchen und brach in Gelächter aus, als sie die Nachricht von Hope las.

Sieht aus, als hättest du eine wilde Nacht vor dir. Vergiss nicht die Schlagsahne. Falls du eine Erinnerung brauchst, wie man einen Schlagsahne-Bikini macht, lass es mich nur wissen. Lucas und ich machen ein Video. Moment, streich das. Wir haben keine Schlagsahne. Aber wir haben Karamellsoße. Das wäre doch heiß, oder? Vielleicht zu heiß auf meinen unteren Regionen, aber du kannst es dir vorstellen. Habt Spaß. Schützt euch. Und ruf mich in dem Augenblick an, in dem er geht. Ich will unbedingt wissen, was in diesem Bad los war. Das hat ausgesehen wie leichtes BDSM. Nur heißer. Bis später.

„Von wem ist es?", fragte Sebastian träge.

„Hope." Sie las ihm die Nachricht vor, konnte ihr Lachen kaum für sich behalten.

„Karamellsoße? Meint sie das ernst?"

Gigi nickte. „Auf jeden Fall. Sie ist die Verrückte in der Gruppe. Oder vielleicht nur die Abenteuerliche."

„Also gut. Wir können Hope nicht enttäuschen, oder? Ich

hole die Soße. Du denkst dir all die Stellen aus, an denen ich sie von dir ablenken soll."

Gigi lachte vor sich hin.

„Was?", fragte er.

„Nichts. Überhaupt nichts", sagte sie und grinste ihn an. Nur Sebastian würde sie verwickelt in einen Sport-BH erwischen, während sie auf dem Boden zappelte und einen Rückenkrampf hatte, und trotzdem noch beschließen, dass sie sexy genug war, um die Karamellsauce rauszuholen.

Ernsthaft, was hatte sie sich gedacht, als sie ihn vor all den Jahren hatte gehen lassen, als sie sich für James entschieden hatte?

Diese Frage ließ sich nicht beantworten. Sie konnte nur nach vorne blicken, und es wurde ihr allmählich sehr klar, dass sie in ihrer Zukunft Sebastian Knight wollte.

KAPITEL DREIZEHN

*D*as da", sagte Gigi zuversichtlich, während sie ein cremefarbenes Perlenkleid von einem von Skylers Regalen holte. Sie reichte es Joy und sagte: „Probier es mal an."

Joy beäugte das Kleid, ihre Stirn in Falten gelegt, während sie das eng anliegende, ärmellose Kleidungsstück mit dem tiefen Ausschnitt in der Mitte zeigte, der ohne Zweifel ihre ganzen Vorzüge zur Schau stellen würde. „Findest du das nicht zu sexy?"

„Willst du wirklich den Rest deines Lebens Menopausen- und Bluthochdruckswerbung drehen?", fragte Gigi. „Denn wenn du auf der Gala in etwas auftauchst, das jeden Quadratzentimeter deines Körpers bedeckt, dann werden sie dich so einordnen."

„Igitt. Nein. Wenn ich das niemals wieder mache, ist es noch zu früh." Sie nahm Gigi das Kleid ab und ging nach hinten in die Boutique, wo die Umkleiden waren.

„Darin wird sie heiß aussehen", sagte Skyler, der von einem Stapel Papier auf dem Tresen aufschaute.

„Es ist perfekt für sie", stimmte Autumn zu. Seine neue Assistentin richtete den Laden mit den verschiedenen Vintage-Stücken ein, die er in den letzten Wochen eingesammelt hatte, während er am allgemeinen Design arbeitete und bei seinen Handwerkern nach den neuen Möbelstücken fragte.

„Autumn hat einen echt guten Blick. Wir denken drüber nach, sie zur Stylistin für die Kunden zu machen, die ein bisschen zusätzliche Aufmerksamkeit benötigen", sagte Skyler, der sie anstrahlte. „Ich schwöre, sie hat mir das Leben schon tausendmal leichter gemacht."

Gigi lächelte sie an. Skyler schwebte wirklich auf einer Wolke, und Autumn summte durch den Laden, als hätte sie schon jahrelang für ihn gearbeitet. Es war verrückt, wie sie sich so schnell zusammengerauft hatten. Aber sie freute sich für ihren Freund. Er hatte ein Geschäft gewollt, bei dem er dicht an Premonition Pointe bleiben konnte, und es sah so aus, als wäre sein Laden bald ein Hit. Mindestens ein paar Wochen lang waren sie noch nicht für die allgemeine Öffentlichkeit zugänglich, und er hatte heute Vormittag bereits drei Kundinnen von seinen Beständen einkaufen lassen. Carly Preston, eine ihrer Freundinnen, und außerdem Joy. Skylers Laden war tatsächlich der einzige in der Stadt mit hochwertiger Kleidung, der jene bediente, die etwas Glamouröseres brauchten als lockere Strandkleidung. „Klingt, als wärt ihr füreinander gemacht."

„Vielleicht." Skyler zwinkerte Autumn zu, die vor sich hin lächelte, während sie eines der Regale umräumte, an denen sie arbeitete. „Ich glaube, wir brauchen noch eine Dritte, um das alles wirklich auf die Beine zu stellen."

„Eine dritte was?", fragte Gigi verwirrt. „Noch eine Stylistin oder Assistentin?"

„Hoffentlich beides früher oder später, aber nein. Davon rede ich nicht." Er schob eine Hand durch ihren Arm und zog sie hinüber zu einem freien Platz zwischen dem Schaufenster vorne und der Kasse. „Ich brauche meine Partnerin, damit sie diesen Raum mit ihrer luxuriösen Hautpflegemarke und Heiltränken füllt."

Gigi blinzelte ihn an. „Was?"

„Du hast mich doch gehört", sagte er und strahlte sie an. „Mein Zielpublikum für diese Boutique ist genau dasselbe, das perfekt für deine Schönheitsprodukte und deine hochwertigen Tränke ist. Wäre es nicht toll, hier draußen anzufangen, wo du dir um nichts Sorgen machen musst, außer uns was zu liefern?"

„Aber ich dachte, du wolltest diesen Platz mit Schmuck füllen", sagte sie, immer noch schockiert, dass er ernsthaft darüber sprach, ihre Produkte zu führen. Produkte, die er nicht mal benutzt hatte.

„Oh, das kommt auf die andere Seite vom Kassentresen." Er wedelte unbesorgt mit der Hand. „Dieser Platz ist für dich reserviert, wenn du ihn willst. Falls nicht, kann ich ein paar Produkte aus Los Angeles hochholen, aber ich würde viel lieber was Lokales verkaufen. Das gefällt den Leuten gut."

„Du hast doch meine Produkte noch gar nicht benutzt", sagte sie, konnte immer noch nicht gedanklich auf die Reihe kriegen, wie er auf diese Idee kam. „Du kannst mich doch nicht nur beim Wort nehmen, dass sie gut sind."

Er schnaubte. „Ach, Süße. Natürlich habe ich sie probiert. Erinnerst du dich noch an diese Gesichtscreme, die du mir vor einem Monat gegeben hast? Und den Lippenbalsam, den du mir an dem Tag in die Tasche geschoben hast, an dem meine Lippen von der Sonne so ausgetrocknet waren, dass ich wie ein Echsenmensch ausgesehen habe? Vergiss nicht den ganzen Kräutertee, den du uns immer auftischst, wenn wir bei dir sind. Erinnerst du dich noch an den für Virilität, den du uns mal gemacht hast? Mädchen, Pete schwärmt immer noch von dieser Nacht."

„Ich weiß. Er fragt mich immer nach mehr. Ich sage ihm, dass er warten muss, bis die Kräuter wieder Saison haben", sagte Gigi mit einem Lachen. „Er wird auf den Herbst warten müssen."

„Herbst!" Skyler riss die Augen auf. „Das kannst du nicht ernst meinen."

Gigi lachte leise. „Für genau den Tee. Ich arbeite an was anderem, wenn es wirklich unerträglich wird."

„Sag kein Wort mehr. Unser Liebesleben ist nicht unerträglich", beharrte er, wirkte angegriffen von ihrem Schluss. „Es ist nur normalerweise nicht so … intensiv."

„O." Sie legte sich eine Hand über den Mund und kicherte. „Ich verstehe. Na, in diesem Fall werde ich versuchen, an was anderem zu arbeiten, das den Dingen vielleicht bisschen Würze verleiht."

„Gut", sagte er und wirkte zufrieden. „Jetzt. Was ist mit alldem?" Er wedelte mit der Hand zu dem leeren Raum hin. „Musst du noch überlegen? Einen Vertrag machen? Mir sagen, ich soll mich um mein eigenes verdammtes Zeug kümmern? Ich bin zu allem bereit, sobald du dich entscheidest. Aber lass mich dir sagen, ich halte dich für großartig. Deine Produkte sind besser als irgendwas anderes da draußen, und ich wäre begeistert, mit dir zusammenzuarbeiten, wenn du dafür zu haben bist. Ich weiß, du hast gerade andere Dinge im Kopf, wenn du also nicht …"

„Ich mache es", sagte Gigi, die ihm das Wort abschnitt.

„Gib mir eine Kopie des Vertrags, damit ich ihn mir ansehen kann, aber ja, ich möchte es machen."

Skylers Augen leuchteten. „Echt?"

„Ja, echt." Ungefilterte Freude kam in Gigi auf bei dem Gedanken, dass sie ihre Tränke verkaufen würde. Dass Skyler ihr einen Verkaufsort anbot, ohne dass sie sich damit herumschlagen musste, wie sie ihren eigenen Laden auf die Beine stellte, war einfach das beste vorstellbare Szenario. Das war nichts, was sie sich schon einmal zu träumen gestattet hatte, aber nun, da es eine echte Möglichkeit war, hatte sie das Gefühl, sie würde vor Glück platzen. „Ich bin sehr aufgeregt deswegen."

„Aufgeregt weswegen?", fragte eine vertraute männliche Stimme hinter ihr.

Gigi drehte sich um, um Sebastian in Jeans und einem schwarzen T-Shirt zu sehen, das seine Schultern und seinen Bizeps spektakulär in Szene setzte. Seine dunklen Haare waren durcheinander, als hätte er im Wind gestanden, und Gigi dachte, er hätte noch nie so sexy ausgesehen. „Hey, du. Du bist früh dran."

„Nur ein paar Minuten", sagte er und schaute auf sein Handy. „Du hast Mittag gesagt, oder?"

„Ist es schon so spät?", rief Skyler. „Heilige Scheiße. Ich habe ein Zoom-Meeting, das in zwei Minuten losgeht. Ich muss weg." Er umarmte rasch Gigi und fügte an: „Ich schicke dir den Vertrag per E-Mail. Und scheue dich nicht, mich wissen zu lassen, wenn irgendwas daran nicht passt."

„Okay." Gigi umarmte ihn fest und flüsterte: „Vielen Dank."

„Kein Problem, Süße." Er zwinkerte und raste in sein Büro weiter hinten im Laden.

Gigi wandte sich an Sebastian. Es war ein paar Tage her, seit sie sich fast umgebracht hatte mit ihrem Yoga-Versuch, aber ihre Tränke und Salben hatten funktioniert, und sie fühlte sich so gut wie neu. Sebastian war da, um sie abzuholen, damit sie zurück in ihre Heimatstadt fahren und sehen konnten, ob sie irgendwelche Informationen von den Leuten bekamen, die dort noch wohnten. Gigi hatte sich so in ihre neue Geschäftsgelegenheit verwickeln lassen, dass sie fast vergessen hatte, dass jeden Moment Sebastian eintreffen würde. „Ich schätze, uns ist die Zeit davongelaufen."

Er lachte leise. „Ist es nicht immer so, wenn es um dich und Skyler geht? Bist du bereit loszufahren?"

„Nur noch ganz kurz. Joy suchte noch nach einem Kleid. Lass mich ihr sagen, dass ich gehe." Gigi ging zurück zu den Umkleiden, und Sebastian folgte ihr.

„Der Laden sieht echt toll aus", sagte er.

„Großartig, oder nicht?" Gigi schaute über die Schulter, lächelte ihn an. „Ich kann es gar nicht erwarten, Teil davon zu werden."

„Oh, wirst du für Skyler arbeiten?"

„Nicht für ihn, mit ihm. Tatsächlich habe ich einen Vertrag, den du dir für mich später ansehen musst, wenn es dir nichts ausmacht. Skyler will meine Tränke und meine Hautpflegeprodukte im Laden anbieten."

„Das mache ich gerne", sagte er. „Und Glückwunsch. Es klingt, als wärst du deswegen echt aufgeregt."

„Bin ich." Gigi blieb stehen, als ihr Blick auf Joy landete, die vor einem dreiteiligen Spiegel stand und in dem Perlenkleid wie eine Göttin aussah. „Heilige Scheiße, Joy. In diesem Fummel siehst du aus wie ein Filmstar. Du musst es dir holen."

„Das wollte ich, bis ich das gesehen habe." Sie beugte das

Bein, sodass es durch einen Schlitz zu sehen war, der etwa bis zur Hüfte ging.

„Das macht es doch nur besser. Sexy wie die Sünde. Oder, Sebastian?", fragte sie den Mann hinter ihr.

Er räusperte sich. „Die Dame hat nicht unrecht, Joy. Ich bin sicher, Troy würde dich in dem Kleid stolz zur Gala begleiten."

„Solange du nicht vorhast, durchsichtige Höschen zu tragen und dir dann ein Malheur passiert, sehe ich da kein Problem", sagte Gigi, die sie finster anschaute. Auf gar keinen Fall würde Gigi ihre Freundin ohne dieses Kleid gehen lassen. Es war einfach zu perfekt für sie.

„Sieh dir das an!" Sie schob den Rockteil zur Seite und deutete auf ihren Oberschenkel. „Ich kann doch diese Hollywoodtypen nicht meine Cellulite sehen lassen!"

Gigi sah sich das Bein mit zusammengekniffenen Augen an, versuchte, irgendwelche Grübchen in der Haut zu erkennen. „Ich sehe sie nicht. Bist du nicht diejenige, die sie als Unterwäschemodel nehmen wollten? Ich glaube nicht, dass sie sehen, was du siehst."

„Igitt." Sie zog den Rock zurück über das Bein. „Furchtbar ist es nicht, aber es ist mir gerade aufgefallen, als ich in den Spiegel gesehen habe. Falls ein Fotograf das mit der Kamera festhält, werde ich sterben vor Scham", sagte Joy, die leicht panisch klang.

„Kauf dir das Kleid. Ich kümmere mich um die Cellulite." Gigi wühlte durch ihre Handtasche, bis sie das kleine Gefäß mit Creme fand, das Joy ihr von Carly Preston gegeben hatte. „Nimm die. Sie funktioniert. Ich weiß es, weil ich sie ein paarmal probiert habe, und Carly ist ein Genie. Es wird alles gut laufen."

„Bist du dir sicher?", fragte Joy, ihr Gesicht leuchtete. „Das funktioniert echt?"

„Für mich schon. Meine Oberschenkel sind richtig glatt geworden. Da du fast keine Cellulite hast, wird das kleine bisschen alles für dich hinbiegen."

„Vielen Dank." Joy schob sich das kleine Gefäß in die Hand und kam vor, um Gigi zu umarmen. „Ich bin echt froh, dass du in die Stadt gekommen bist."

Gigi lachte leise. „Danke. Aber ich glaube, wem du wirklich danken musst, ist Carly. Sag ihr, ich halte das für toll, und wenn sie will, dass ich noch was ausprobiere, mache ich das gerne."

„Mache ich." Joy schaute zu Sebastian. „Ich schätze, ihr zwei seid bereit zum Aufbruch?"

Gigi nickte. „Ja. Wir werden ein paar Tage weg sein. Ich ruf an, wenn wir zurück sind, und wir können eine Zeit ausmachen, zu der sich der Zirkel trifft. Klingt das gut?"

Bevor Joy antworten konnte, gab Gigis Handy ein unbekanntes Piepen von sich. Gigi zog es heraus und runzelte die Stirn. „Ich weiß nicht, warum es das macht."

„Das ist eine Nachricht von der Dating-App", sagte Autumn, die aus einem der Schaufenster hochkam. „Das passiert, wenn einem jemand eine Nachricht schreibt."

Sebastian versteifte sich neben Gigi, und mit angespannter Stimme fragte er: „Dating-App?"

„O, verdammt. Das Ding habe ich ganz vergessen." Gigi wandte sich an Sebastian. „Skyler hat mich dazu überredet, die vor einer Weile einzurichten. Obwohl sie Exclusive heißt, waren die Matches so schlimm, dass ich mich ausgeloggt habe und niemals wieder zurückgegangen bin. Offensichtlich, denn ich hatte keine Ahnung, wie die

Nachrichten klingen." Sie tippte auf ihr Handy und löschte die App, ohne die Nachricht zu lesen. „Da. Alles weg."

„Ich sollte das auch machen", sagte Autumn. „Das ist schlimmer, als jemanden in einer Bar aufzugabeln. Wenn man sich von Angesicht zu Angesicht gegenübersteht, kann man zumindest sehen, ob es funkt, bevor man zusammen was trinkt, oder Gott behüte, ein Abendessen plant." Sie erschauerte sichtlich. „Auf dem letzten Date, auf dem ich war, hat mich der Typ zum Abendessen ins Haus seiner Mutter ausgeführt, denn da war das Essen umsonst."

„Nein!" Gigi legte sich eine Hand über den Mund, um zu verhindern, dass das Lachen aus ihr herausplatzte. „Bitte sag, dass du Witze machst."

„Nein. Und es wird noch schlimmer. Er und seine Mutter haben angefangen, über Hochzeitspläne zu reden. Ich sollte ein champagnerfarbenes Kleid tragen, da sie nicht sicher waren, ob ich Jungfrau war, und Weiß wäre doch nur für jungfräuliche Bräute. Aber vor der Hochzeit wollten sie noch, dass ich zu einer Fruchtbarkeitsberatung gehe, um sicherzugehen, dass alles bei mir gut eingerichtet ist, damit ich in den ersten paar Jahren gleich einen oder zwei Erben produziere. Enkelkinder waren nicht verhandelbar. Wenn das nicht schon genug Mist gewesen wäre, wollten sie auch noch, dass ich lerne, wie ich ihren Pudel trimme, denn sie hatte es satt, den Hundefriseur zu bezahlen, und ich musste mir ja irgendwie meinen Unterhalt verdienen. Ihr wisst schon, weil ich ja ihre Schwiegertochter wäre, und sie wollte mich ja nicht aus dem Testament ausschließen müssen."

Gigi starrte Autumn an, konnte keine Worte herausbringen.

„Ich hoffe, du bist mitten beim Essen aufgestanden, hast den beiden den Vogel gezeigt und das Dessert auf dem Weg zur Tür raus gestohlen", sagte Sebastian, sein Unterton völlig empört.

„Es war schon so was in der Art. Wie schade, dass das Dessert aus Kokoscreme war. Die kann ich überhaupt nicht leiden. Aber ich habe sie trotzdem genommen, nur um sie zu ärgern."

Sebastian stieß ein lautes Lachen aus.

„Du hast das alles durchgemacht und trotzdem die Dating-App noch nicht gelöscht?", fragte Gigi, die nicht verstehen konnte, weshalb man noch mit irgendjemandem auf ein Date ging, wenn man so was erlebt hatte.

„Ich bin eine ewige Optimistin", sagte Autumn dramatisch, legte sich eine Hand aufs Herz. „Eines Tages erwarte ich auf jeden Fall, meinen Mr. Right zu treffen."

„Das *ist* optimistisch. Trotz meiner Zurückhaltung hoffe ich, dass es eines Tages für dich funktioniert. Oder vielleicht versuch es doch mal mit der Bar."

„Vielleicht mache ich das", sagte sie, während sie sich zu einem weiteren Regal bewegte, das eingeräumt werden musste. Nachdem sie leise gelacht hatte, schaute sie auf und sagte: „Habt eine schöne Fahrt nach Süden."

„Danke, Autumn", sagte Gigi, die ihr zuwinkte, während sie Sebastian zur Tür zog. Wenn sie nicht loskamen, während alle beschäftigt waren, würden sie niemals fahren.

Sobald sie draußen standen, legte Sebastian einen Arm um ihre Schultern, küsste sie auf die Schläfe und sagte: „Ich hoffe, du hast ein paar gute Geschichten, denn dir ist schon klar, dass ich alles über den Dating-App-Ausschuss hören möchte, während wir nach Bellside fahren. Das sollte uns eine Weile unterhalten."

Gigi schüttelte den Kopf und lachte. „Du weißt nicht, worum du da bittest."

„Klar weiß ich das. Ich will das Gute hören, das Schlechte, und das Hässliche."

Gigi hielt inne, kurz bevor sie in den SUV stieg, und sagte: „Toll. Also dann, Dick Pics. Ich hoffe, du magst hässliche Schwänze, denn davon habe ich jetzt eine Menge in meiner Mailbox."

„Ernsthaft?", fragte und wirkte wieder entsetzt.

Sie zuckte mit den Schultern. „Ich schätze, das findest du gleich raus."

„Worauf habe ich mich da nur eingelassen?", fragte er, bevor er auf den Fahrersitz stieg.

Gigi lachte vor sich hin, setzte sich auf ihren Platz und sagte: „Aber ernsthaft jetzt, selbst wenn nicht alle von ihnen gruselig oder unangemessen waren, glaube ich nicht, dass ich tatsächlich mit einem von denen auf ein Date gegangen wäre."

Er schaute sie sich an, bevor er rückwärts aus dem Parkplatz fuhr. „Warum?"

„Weil du wieder zurück in der Stadt warst, und ganz gleich, wie viel ich mir vorgemacht habe, in Wahrheit warst du der Einzige, an den ich denken konnte."

Ein träges Lächeln trat auf seine Lippen. „Das ist gut, denn ich habe über zwanzig Jahre lang an dich gedacht. Und jetzt, da ich dich habe, wird es mir echt schwerfallen, dich aufzugeben."

Schmetterlinge flatterten in ihrem Bauch. „Lass mich nur nicht zu einer Fruchtbarkeitsberatung gehen und erwarten, dass ich ein paar Kinder rausquetsche, und ich glaube, das geht schon gut."

„Abgemacht. Kann ich dich zu meiner Mutter mitnehmen, damit wir umsonst essen können?", fragte er und grinste sie an.

„Darauf setze ich sogar." Gigi grinste ihn an. „Denn ich kann es nicht erwarten, Shannon zu sehen. Das ist zu lange her."

„Das hat sie auch gesagt. Ich werde dafür sorgen, dass sie die Kommentare zum Hochzeitskleid bis nächstes Mal für sich behält."

Gigi schnaubte. „Damit wünsche ich dir viel Glück."

KAPITEL VIERZEHN

„Seht euch diesen Ring an", sagte Shannon Knight, die mehr oder weniger über dem Ring mit Saphir und Diamanten sabberte, der Gigis Mutter gehört hatte. Sie waren in Sebastians altem Haus bei seiner Mom, einem Ort, an dem sich Gigi als Kind immer sicher gefühlt hatte. Ihr Haus war eine Zuflucht für sie gewesen. Plötzlich freute sie sich, dass Sebastian als erstes hier hatte Halt machen wollen. Sie hatte seine Mom auch schrecklich vermisst.

Nach ein paar Augenblicken hob Shannon den Kopf, und sie konzentrierte sich auf Gigi. „Hat mein Sohn endlich die Nerven zusammengekratzt, um dich zu bitten, dass du ihn heiratest?"

Wie Gigi erwartet hatte, dauerte es nur zweiundzwanzig Minuten, bis Shannon Knight eine Möglichkeit gefunden hatte, zu fragen, ob sie und Sebastian planten, vor den Altar zu treten. Die arme Frau hatte Jahre damit verbracht, vorauszusagen, dass Gigi und ihr Sohn am Strand bei Sonnenuntergang heiraten und vier Kinder innerhalb von vier Jahren haben würden. Gigi verdrehte die Augen und zog ihre Hand aus der von Shannon, um zu sagen: „Nein. Dieser Ring hat meiner Mutter gehört."

Shannon legte sich eine Hand aufs Herz und sagte: „Es tut mir so leid, Clarity. Ich weiß, dass du sie schrecklich vermisst."

„Sie heißt jetzt Gigi, Mom", sagte Sebastian sanft, während er seine Mutter auf die Wange küsste.

„Stimmt ja. Alte Gewohnheiten legt man nur schwer ab", sagte Shannon mit einem sarkastischen Lächeln.

„Schon gut. Aber ja, ich vermisse sie", sagte Gigi. „Doch darum geht es ja in den nächsten paar Tagen. Wir werden versuchen, Informationen über den Tag zusammenzutragen, an dem sie verschwunden ist, damit ich endlich einen Abschluss finden kann. Wenn wir nichts entdecken, ist das auch in Ordnung. Ich werde einfach nur eine Möglichkeit finden müssen, sie zu meinen Bedingungen gehen zu lassen. Aber heute suche ich nach Antworten."

Shannon drückte Gigi die Hand und sagte: „Lass mich wissen, wenn etwas gibt, das ich tun kann. Wenn möglich, werde ich es herbeiführen."

„Vielen Dank, Shannon. Du bist die Beste. Ich kann dir gar nicht sagen, wie viel es mir bedeutet, dass du damals für mich da warst. Jetzt wünsche ich mir, ich hätte den Kontakt gehalten", sagte Gigi, die sich schämte, wie sie damals allen den Rücken zugekehrt hatte. Weshalb hatte sie jede Beziehung ins Leere laufen lassen, die sie jemals gehabt hatte? „Es tut mir leid, dass ich deine Anrufe nicht mehr erwidert habe. Ich war einfach ..." Gigi schüttelte den Kopf. „Ich war durch den Wind."

„Ach, meine Liebe. Das war eine so schwierige Zeit", sagte Shannon, die sie in die Arme nahm. „Ich mache dir das gar nicht zum Vorwurf. Du hast nur versucht, das alles zu überstehen. Jeder geht anders mit einem Trauma um. Ich wünschte einfach, James hätte dich nicht so sehr isoliert."

„Ich auch." Gigi hatte sehr lange gebraucht, um zu merken, dass James sie dazu manipuliert hatte, sich von Shannon und Sebastian zu distanzieren. Er hatte sie eindeutig als Bedrohung gesehen. Und er hatte natürlich recht gehabt. Hätten sie gesehen, was Gigi nicht sehen konnte, hätten sie alles in ihrer Macht Stehende getan, um sie zu warnen. „Aber er ist jetzt aus meinem Leben weg, darum ist es Zeit, weiterzuziehen. Danke für alles, was du damals gemacht hast."

„Du musst mir nicht danken", sagte sie, zog sich zurück und wischte sich über die feuchten Augen. „Sei einfach glücklich. Mehr will ich nicht."

Gigi warf einen Blick hinüber zu Sebastian, ein schwaches Lächeln spielte um ihre Lippen. Sie hatte ihr Glück bereits gefunden, als sie James aufs Abstellgleis gestellt hatte und in ihr Haus gezogen war, aber Sebastian zurück in ihrem Leben und an ihrer Seite zu haben, war mehr, als sie sich je erhofft hatte. „Das bin ich."

„Das sehe ich." Sie strahlte sie beide an. „Kommt schon. Bringen wir eure Sachen ins Gästezimmer."

„Äh, Mom, was für ein Gästezimmer?", fragte Sebastian. „Falls du von meinem alten Zimmer redest, mit dem alten Doppelbett, glaube ich, Gigi hätte es bequemer in einem Hotel in der Stadt."

„Kommt gar nicht infrage", beharrte Shannon. „Es ist dein altes Zimmer, aber inzwischen ist ein großes Doppelbett drin. Ich habe vor sechs Monaten neue Möbel gekauft. Würdest du öfter auf Besuch kommen, wüsstest du das auch. Hier entlang." Sie deutete hinter sich, damit sie ihr folgten.

Gigi wechselte einen Blick mit Sebastian und flüsterte dann: „Sie bringt uns im gleichen Zimmer unter?"

Sebastian stieß ein lautes Lachen aus und sagte: „Ich bin zweiundvierzig Jahre alt, Gigi. Ich glaube, meiner Mutter ist schon klar, dass ich keine Jungfrau mehr bin."

„Das möchte ich doch hoffen", rief Shannon über die Schulter. „Sex ist toll für die allgemeine geistige und körperliche Gesundheit. Solange ihr beiden nicht zu viel Lärm macht, ist alles in Ordnung."

Sebastian lachte leise, während Gigi peinlich berührt die Augen schloss.

„Ich schlafe nicht mit dir im Haus deiner Mutter", flüsterte Gigi.

„Vergiss es, Mom. Wir können nicht hierbleiben. Gigi spielt nicht mit, wenn es eine Chance gibt, dass du uns hörst", rief ihr Sebastian nach.

Shannon öffnete die Schlafzimmertür und blieb stehen, warf einen Blick zu ihnen zurück. „Kein Problem. Ich habe Gehörschutz. Ich werde nichts mitkriegen."

Gigi vergrub das Gesicht in den Händen und murmelte: „O mein Gott. Ich kann nicht glauben, dass das passiert."

Sebastian drückte ihr eine Hand auf den Rücken und sagte: „Komm schon. Sehen wir uns mal die Sexhöhle an."

Gigi stöhnte. „Du weißt schon, dass du bei mir null Chancen hast, während wir hier sind, ja?"

Er lachte leise. „Das sehen wir dann."

„Ich hasse dich", log sie. Doch als er die Hand hoch zu ihrem Nacken schob und ihr sanft den Nackenansatz massierte, spürte sie das vertraute Prickeln, dass nur er ihr entlocken konnte, und wusste, sobald sie in seinen Armen war, würde ihre Zurückhaltung schneller verschwinden als eine Schachtel Kekse auf einem Zirkeltreffen.

Mit einem weiteren leisen Lachen drückte ihr Sebastian einen Kuss auf die Schläfe und sagte: „Nein, tust du nicht. Jetzt sehen wir uns doch mal an, wo wir vorübergehend unterkommen."

Das Zimmer war völlig anders, als Gigi es in Erinnerung hatte. Das alte Doppelbett war durch ein großartiges Boxspringbett ersetzt worden, dass ein graues, gepolstertes Kopfteil hatte, über dem eine flauschige weiße Decke lag, und dazu passende Kissen. Am Ende lag eine weiche graue Tagesdecke. Die antik-weiße Kommode und die Nachtkästchen verliehen dem Raum einen interessanten Küstenlook.

„Shannon, das ist echt herrlich. Und es riecht auch gar nicht nach Teenager", sagte Gigi und zwinkerte Sebastian zu.

Seine Mutter lachte. „Du hast ja keine Ahnung, wie viel Raumduft ich verbrauchen musste, nachdem er ausgezogen ist, damit ich mir dieses Zimmer zurückholen konnte."

Sebastian stöhnte, während er ihre Reisetaschen oben auf die Kommode stellte. „Können wir bitte nicht über mein jüngeres Ich herfallen?"

„Aber das ist doch der halbe Spaß, wenn du deine Mutter besuchen kommst", scherzte Gigi.

Er verdrehte die Augen. „Ach, egal. Das überlasse ich euch beiden. Ich hole mir ein Bier und sehe mal, was für Snacks ich auftreibe."

„Je mehr sich die Dinge verändern, desto mehr bleiben sie auch gleich", sagte Shannon mit einem übertriebenen Seufzen. „Die Chips sind in der Speisekammer und der Zwiebeldip im Kühlschrank."

„Du bist die beste Mom der ganzen Welt", sagte er und verschwand im Flur.

„Er ist noch immer siebzehn, oder?", fragte Gigi lachend.

„An manchen Tagen", sagte Shannon mit einem erheiterten Lächeln. „Aber ernsthaft jetzt, ich könnte gar nicht stolzer auf den Mann sein, der er geworden ist."

„Er ist auf jeden Fall der beste Mann, den ich kenne", sagte Gigi.

Shannons Miene wurde ernst, während sie Gigis Hände nahm und festhielt. „Ich weiß, dass du wegen Antworten im Fall deiner Mutter hier bist, und ich hoffe echt, du findest sie. Aber versuch nicht, den Blick dafür zu verlieren, wer genau vor dir steht, ja?"

Gigi warf einen Blick zur offenen Tür und räusperte sich. „Mir ist dein Sohn echt wichtig, Shannon. Wenn du mich bittest, dass ich ihm nicht wehtue, dann musst du nichts befürchten. Das wäre das letzte, was ich tun würde."

Shannon warf ihr ein schwaches, wissendes Lächeln zu. „Ach, Liebling. Ich mache mir keine Sorgen um Sebastian. Es stimmt schon, ich will nicht, dass er verletzt wird, aber er kommt schon mit allem klar, was ihm über den Weg läuft. Aber um dich mache ich mir Sorgen. Die Dinge sind für dich ja nicht gerade glatt gelaufen, seit deine Mutter verschwunden ist, und es gibt nichts, was ich lieber sehen würde, als dein wahres Glück. Es ist ja kein Geheimnis, dass ich hoffe, du landest am Ende bei Sebastian, aber wenn er nicht derjenige ist, dann ist er es eben nicht. Ich will nur, dass du erkennst, dass es jemanden gibt, der dich bedingungslos liebt und nichts als das Beste für dich will. Er ist es, und wenn du es zulässt, wird er den Rest deines Lebens für dich da sein."

In Gigis Augen brannten Tränen, und in diesem Augenblick machte sie sich nicht mal die Mühe, sie wegzublinzeln. Sie wusste, dass Shannon recht hatte. So ein Mann war Sebastian eben. Gigi hoffte nur, dass sie seiner würdig war. „Vielen Dank", flüsterte sie Shannon zu. „Das musste ich wirklich hören."

Shannon öffnete die Arme weit, und Gigi zögerte nicht, in die Umarmung zu treten. Während Shannon sie drückte, legte Gigi den Kopf an die Schulter der anderen Frau und spürte, wie etwas in ihr sich veränderte. Zum ersten Mal, seit ihre Mutter verschwunden war, schien Gigis Angespanntheit sich aufzulösen. Vielleicht war es, weil Shannon eine Mutterfigur war, der sie vertraute. Aber noch wahrscheinlicher lag es daran, dass sie endlich so weit genesen war, um Sebastians Liebe und alles, was er zu bieten hatte, anzunehmen.

„Ich hab dich lieb, Gigi", sagte Shannon. „Du hast die ganze Welt verdient."

Gigi schluckte den Kloß in ihrer Kehle und zwang sich, zu sagen: „Ich hab dich auch lieb. Vielen Dank für ... einfach danke."

KAPITEL FÜNFZEHN

*D*ie Hauptstraße sieht noch genauso aus", sagte „Gigi, während Sebastian direkt vor *Beach Beanies* parkte, dem Café vom Ort. „Ist schon seltsam, wieder hier zu sein."

„Das Gefühl hatte ich auch, als ich nach dem College zum ersten Mal wieder hierherkam", sagte Sebastian. „Es war über drei Jahre her, und es wirkte einfach nur völlig surreal. Dass ich ständig dachte, dass Neuigkeiten die Runde machen, war auch keine Hilfe, aber zum Glück ist das nie passiert."

Gigi nahm seine Hand. In ihrem Herzen zog es um seinetwillen. Sie war nicht die Einzige, die ein Trauma erlebt hatte, was das Verschwinden ihrer Mutter anging. Die ganze Stadt hatte ihm das Verbrechen angelastet, da er der letzte Mensch gewesen war, der sie gesehen hatte. Es war nicht gerecht, und die Vorwürfe hatten ihn aus seiner Heimatstadt flüchten lassen, vor seiner Mutter und Gigi. „Es tut mir leid."

Er drückte ihr die Hand. „Es war nicht deine Schuld.

Gehen wir rein und sehen wir, ob wir endlich für uns beide einen Abschluss finden."

Gigi beugte sich herüber und küsste ihn langsam, bevor sie sich schließlich von ihm löste und aus dem SUV stieg. Als er sich ihr auf dem Bürgersteig anschloss, fragte sie: „Glaubst du, Justin arbeitet heute Abend?"

„Das sollte er. Die Notizen des Privatermittlers besagen, dass er am Abend immer abschließt." Sebastian ließ die Hand um die von Gigi gleiten, und zusammen betraten sie das Café. In der Nähe des Fensters saß eine einzige Kundin. Der Mann hinter dem Tresen war älter, als Gigi ihn in Erinnerung hatte, aber er hatte die gleichen welligen Haare, die gleichen weit auseinanderstehenden Augen und einen robusten Körperbau. Es bestand kein Zweifel, dass es Justin war, obwohl er ein bisschen mehr wog und seine Haare weiß geworden waren.

Sie gingen zum Tresen vor und warteten geduldig, bis er seinen Lappen ablegte und sich ihnen zuwandte.

„Hey. Was kann ich euch bringen?", fragte Justin, während er sich in die Kasse einwählte.

„Zwei Iced Lattes", sagte Gigi.

„Verstanden", sagte er und tippte auf die Tasten. Als er aufschaute, um sie bezahlen zu lassen, musste er zweimal hinschauen und fragte: „Clarity Martin? Bist du das?"

„Ich bin es", erwiderte sie. „Wenn du dich an mich erinnerst, bin ich sicher, du erinnerst dich auch an Sebastian."

Justins Blick huschte zu Sebastian, und der Cafébetreiber schien ein wenig zurückzuweichen, während er ihn betrachtete. Er erholte sich aber bald und nickte. „Natürlich." Er schaute Sebastian in die Augen und sagte: „Deine Mutter kommt regelmäßig vorbei."

„Sie mag den Kuchen." Sebastian deutete auf die Vitrine. „Weshalb packst du nicht einen zu der Bestellung, und wir nehmen ihn ihr mit?"

„Aber klar." Justin arbeitete an ihrer Bestellung. Während er ihre Lattes machte, stand die andere Kundin im Laden auf und ging, sodass nur noch sie drei blieben.

Gigi beobachtete Justin, fragte sich, wie sie das Thema ihrer Mutter aufbringen sollte. Es gab keine einfache Möglichkeit zu fragen: ‚Hey Justin, was weißt du vom Verschwinden meiner Mutter, das du niemals jemandem erzählt hast in den ganzen zwanzig Jahren, seit sie verschwunden ist?' Sie räusperte sich und öffnete den Mund, um ihn zu fragen, ob er sich an das letzte Mal erinnerte, als er ihre Mutter gesehen hatte, aber er fing an zu reden, bevor sie die Gelegenheit bekam.

„Es ist schön, euch beide wieder zusammen zu sehen", sagte Justin, der ihnen ein aufrichtiges Lächeln zuwarf. „Ich war nie der Meinung, dass dieser James gut genug für dich ist, Clarity."

„Da sind wir schon zwei", murmelte Sebastian.

„Weshalb sagst du so was?", fragte Gigi. Sie war zwar nicht anderer Meinung, aber sie war heftig neugierig auf das, was er zu sagen hatte.

„Du hast früher immer einen Soja-Karamell-Latte mit zwei Shots Espresso bestellt. Jedes Mal, wenn du reinkamst, oder?" Die Selbstsicherheit, mit der er seine Augenbraue hob, sagte Gigi, er wusste, dass er recht hatte.

„Ja. Jeden Tag auf dem Weg zur Schule, manchmal auch auf dem Heimweg", sagte sie mit einem leisen Lachen. „Ich kann gar nicht glauben, dass du das noch weißt."

Er zuckte mit den Schultern. „Ich kenne alle Bestellungen meiner Stammkunden." Seine Laune ging in den Keller, und die Traurigkeit, die über ihn hinwegströmte, ließ sich nicht leugnen. „Außerdem waren Carolyn und ich befreundet, also habe ich ein bisschen besser aufgepasst. Auf jeden Fall kam James immer rein und hat für euch beide bestellt, aber die Hälfte der Zeit hat er dir einen Soja-Vanille-Latte bestellt, und keinen zusätzlichen Shot. Ein paarmal habe ich versucht, ihm zu sagen, dass es falsch war, aber er hat mir das Wort abgeschnitten. Wenn du also gedacht hast, wir haben vergessen, wie man dein Getränk macht, dann war das immer James."

Gigi runzelte die Stirn. „James hat mir nie was anderes gebracht als einen doppelten Soja-Karamell-Latte. Nicht, dass er mir oft was mitgebracht hat, aber wenn er es getan hat, war es das Richtige. Vielleicht haben deine Baristas ja einfach das Richtige gemacht?", fragte sie hoffnungsvoll.

Justin presste die Lippen fest aufeinander. „Ich weiß, dass ich ein paar von denen gemacht habe. Und jetzt glaube ich, dass diese Lattes vielleicht nicht mal für dich waren. In diesem Fall war er schlimmer, als ich dachte."

Gigi fühlte sich, als hätte sie einen Schlag in die Magengrube erhalten. Er hatte bestimmt recht. Das Einzige, in dem James am Anfang ihrer Beziehung gut gewesen war, war seine Aufmerksamkeit. Er hatte ihr das Gefühl gegeben, wahrgenommen und geschätzt zu werden. Aber wenn er einer anderen Latte bestellt und deswegen Justin angelogen hatte, dann bestand in ihrer Vorstellung kein Zweifel mehr daran, dass er sich mit anderen getroffen hatte, während er mit ihr zusammen gewesen war. Sie wusste nicht, weshalb sie das überraschte. Er war immer schon ein egoistischer Arsch gewesen. Er war in den frühen Tagen nur besser darin gewesen, es zu verstecken.

„Na, dann auf Nimmerwiedersehen", sagte Gigi.

„Genau." Justin reichte ihnen ihre Getränke und den Kuchen. „Tut mir leid. Ich dachte wirklich, er wäre einfach nur gedankenlos gewesen. Selbst wenn es vorbei ist, will doch niemand jemals so was hören."

„Schon gut", sagte Gigi. „Vertrau mir, diese Beziehung ist längst vorbei. Es gibt nichts über ihn, was mich an dieser Stelle noch überraschen würde."

Sebastian nahm einen Schluck von seinem Latte, ehe er fragte: „Kann ich dir ein paar Fragen über den Tag stellen, an dem Carolyn verschwunden ist?"

Justin runzelte die Stirn. „Warum?"

„Clarity hat Grund zur Annahme, dass jemand aus ihrer Vergangenheit Informationen hat, die vielleicht aufklären, was an diesem Tag passiert ist. Darum schauen wir einfach bei allen vorbei, die sie kannten, um zu sehen, ob jemand sich an ein Detail erinnert, das uns damals durch die Lappen gegangen ist."

„Ich hatte nichts mit Carolyns Verschwinden zu tun", sagte er heftig. „Carolyn war eine Freundin, und ich war am Boden zerstört, als sie verschwunden ist."

„Ich weiß", sagte Gigi, die ihm zunickte. „Darum sind wir auch nicht hier. Ich habe nur gedacht, dass jede kleine Einzelheit helfen könnte, zusammenzusetzen, was an diesem Tag passiert ist. Wirklich, ich will nur wissen, ob du sie an diesem Tag gesehen hast, und wenn ja, ob du dich an irgendwas aus dem Treffen erinnerst?"

Seine Miene wurde weicher, und er schloss die Augen und nickte. „Ich habe das im Kopf eine Million Mal durchgespielt. Sie ist an diesem Vormittag reingekommen und hat ein Croissant mit Frischkäse bestellt. Daran erinnere ich mich genau, denn normalerweise hatte sie immer einen Scone mit Heidelbeeren. Aber nicht an diesem Tag. Sie hatte es auch eilig. Sie sagte, sie müsste ein Shooting erledigen, aber nicht, wo es war. Wir planten gerade, später in der Woche zusammen essen zu gehen, als James reinkam und dein falsches Getränk bestellt hat … schon wieder. Als ich damit fertig war, James zu fragen, ob er wirklich den Vanille-Latte wollte, war Carolyn schon weg. Später habe ich eine Nachricht im Trinkgeldglas gefunden, auf der stand, ich solle sie anrufen. Das war auf die Rückseite einer Visitenkarte irgendeines Geschäftsberaters in New York geschrieben. Ich habe der Polizei davon erzählt, aber sie haben gesagt, der wäre in dieser Woche nicht in der Nähe von Bellside gewesen. Ich dachte, sie hätte sie einfach nur aus ihrer Tasche gefischt. Und das ist alles. Das ist vielleicht auch der Grund, weshalb ich James gegenüber nicht so großzügig bin. Er hat meine letzte Unterhaltung mit deiner Mutter gestört."

Justin wirkte so traurig, und Gigi streckte die Arme aus, lud ihn zu einer Umarmung ein. Der alte Mann zögerte nicht. Er trat hinter dem Tresen hervor und legte die Arme um sie, drückte sie fest. „Es tut mir so, so leid. Ich wünschte, ich hätte hilfreiche Informationen."

„Schon in Ordnung." Sie tätschelte ihm den Rücken. „Danke, dass du mit uns geredet hast. Falls es hilft, ich weiß, meine Mom mochte dich wirklich. Sie ist nur einfach nicht mehr auf Dates gegangen, mit niemandem."

Er nickte und zog sich zurück, wischte sich die feuchten Augen ab. „Tut mir leid. Es ist so lange her, dass ich über sie geredet habe, mit jemandem, der sie kannte und liebte. Es ist fast, als wäre ihre Anwesenheit hier spürbar."

Gigi musste sich davon abhalten, sich umzusehen. Denn sie wusste, sie würde einfach nur enttäuscht werden. An keiner Stelle, seit ihre Mutter verschwunden war, hatte Gigi ihre Anwesenheit gespürt. Es war vermutlich der Grund, weshalb sie immer noch ein winziges bisschen Hoffnung hatte, dass man ihre Mutter noch lebend finden würde.

Sebastian legte ihr seine freie Hand auf die Schulter und sagte: „Justin, danke, dass du dir Zeit genommen hast. Du warst sehr nett und hilfreich. Ich muss Clarity nach Hause bringen, aber lass es dir gut gehen, ja?"

„Das mache ich, und ihr tut das auch", sagte Justin, der versuchte, fröhlich zu klingen, aber sein Blick war zu traurig. „Danke, dass ihr vorbeigekommen seid. Es war schön, euch beide zu sehen."

Gigi winkte und ließ sich von Sebastian aus dem Café führen. Als sie zurück im SUV waren, legte sie den Kopf an den Sitz und sagte: „Das war sinnlos."

Sebastian sagte nichts, während er den Motor anschaltete und auf die Straße hinausfuhr.

Gigi wartete ein paar Augenblicke, doch als er nicht antwortete, fragte sie: „Du siehst das anders?"

Er zuckte mit einer Schulter. „An der Oberfläche wirkt es, als wäre hier nichts vorgefallen, aber ich würde echt gern wissen, für wen diese Getränke waren, die James bestellt hat."

„Vermutlich hat er mich betrogen", sagte Gigi, die unbeteiligt mit der Hand wedelte. „Das war bestimmt nicht das einzige Mal."

Sebastian drehte sich um, um sie anzustarren. „Du machst keine Witze, oder?"

Sie schüttelte den Kopf. „Ich habe von ein paar Freundinnen erfahren, als wir den Scheidungsprozess hinter uns gebracht haben. Das ist der Grund, weshalb er dabei kein Geld erhalten hat. Mein Anwalt hat womöglich nahegelegt, dass ihre Identität möglicherweise an die Öffentlichkeit geraten würde, falls er vor Gericht gehen würde. Eine seiner

Freundinnen ist die Frau eines seiner Arbeitgeber. Sie ist auch eine bekannte Prominente, also wäre diese Geschichte monatelang in den Schlagzeilen gewesen. Wenn das herauskäme, hätten die Partner von James' Werbefirma ihn rausgeworfen. Da das seine schlimmste Angst war, konnte ich die Scheidung rasch durchziehen und sehr viel billiger davonkommen, als ich erwartet habe. Er hätte mich vor Gericht zerren und es sehr viel schmerzhafter gestalten können, aber ich schätze, sein Ruf bedeutet ihm mehr als mein Bankkonto."

„Himmel, Gigi", knurrte Sebastian. „Je mehr ich über diesen Arsch erfahre, desto mehr will ich ihm wirklich in den Hintern treten."

„Dann ist es ja gut, dass ich das bereits erledigt habe, was?" Sie lächelte ihn an, fühlte sich im Inneren ganz warm, weil er wieder auf ihrer Seite stand.

Er griff nach ihrer Hand und hob sie, um sie auf die Knöchel zu küssen. „Das ist was verdammt Gutes, und ich bin so stolz darauf, dass du diesen Loser in den Staub getreten hast."

„Ich auch. Jetzt gehen wir zurück zu dir nach Hause und probieren dieses neue Bett aus", sagte sie lachend.

„Glaub bloß nicht, dass ich nicht versuchen werde, dich auszuziehen", sagte er mit einem verschlagenen Lächeln. „Wir tun einfach so, als wären wir Teenager, und lassen unsere Vernunft von unseren Hormonen überrumpeln."

Erheitert sagte Gigi: „Da wir das damals nie wirklich gemacht haben, haben wir offensichtlich eine Menge nachzuholen."

„Abgemacht." Sebastian trat aufs Gas und beeilte sich, sie nach Hause zu bringen.

KAPITEL SECHZEHN

*G*uten Morgen!", rief Shannon, während Gigi am nächsten Vormittag in die Küche kam. „Setz dich. Das Frühstück steht bereits auf dem Tisch."

„Riecht lecker, Mom", sagte Sebastian hinter Gigi. „Aber du weißt, du hättest dir für uns nicht die ganze Arbeit machen müssen. Ich hätte uns doch was gemacht."

„Nach diesem Workout, das du letzte Nacht bekommen hast?", fragte Shannon. „Auf gar keinen Fall. Du musst deine Kräfte schonen."

Gigis Gesicht wurde so heiß, dass sie sicher war, sie würde in Flammen aufgehen. Sie hatte echt versucht, in der letzten Nacht so leise wie möglich zu sein, denn obwohl sie nicht beabsichtigt hatte, sich im Haus seiner Mutter an Sebastian ranzumachen, hatte sie einfach nicht die innere Stärke dazu gehabt. Dass sie ein Bett mit ihm teilte, bedeutete, sie hatte ihre Hände nicht bei sich behalten können.

Sebastian lachte. „Ach, komm schon, Mom. Du hast nichts gehört. Du angelst doch nur nach Informationen."

„Ach? Bist du da sicher?" Shannon drehte sich um, hielt die Kaffeekanne in einer Hand und die Sahne in der anderen. „Willst du wetten?"

„Hört auf", sagte Gigi, die ein verlegenes Lachen von sich gab. „Vielleicht sollten wir über was anderes reden."

Shannon lachte und begann die Kaffeetassen auf dem Tisch zu füllen.

„Mom macht nur Witze. Oder nicht, Mom?" Sebastian warf seine Mutter einen betonten Blick zu.

„Ja, ich mache Witze. Das Zimmer hat doch Lärmschutz. Ihr beiden hättet die ganze Nacht Swing tanzen können, und ich hätte nichts mitgekriegt."

„Swing tanzen?", wiederholte Gigi.

Sebastian verdrehte die Augen und nahm sich das Tablett mit den Waffeln. „Gigi? Möchtest du eine?"

„Ja." Sie hob den Teller zu ihm hin. Nachdem sie ihre Waffeln und den Kaffee angerichtet hatte, war sie dankbar, etwas anderes zu haben, außer Sebastians Mutter, auf das sie sich konzentrieren konnte.

Shannon setzte sich neben sie und tätschelte ihre Hand. „Ich mache nur Witze. Der Raum hat nicht wirklich Lärmschutz."

Gigi erstickte am ersten Bissen ihrer Waffel. Als sie wieder atmen konnte, sagte sie: „Ich glaube, wenn wir nächstes Mal zu Besuch kommen, werden wir in einem Hotel übernachten."

„Es gibt ein nächstes Mal?", fragte Shannon, in ihren Augen funkelte das Glück.

„Äh, vielleicht?", fragte Gigi, die Sebastian anschaute, weil sie wollte, dass er die Unterhaltung übernahm.

„Mutter, du vermasselst mir das noch. Wie wäre es, wenn

du meine Freundin nicht mehr ärgerst, bis sie mich sitzen lässt, bevor wir auch nur anfangen."

Freundin?, dachte Gigi. Das war sie also? Sie hatten nicht darüber gesprochen, aber wenn sie ehrlich zu sich war, musste sie zugeben, dass ihr der Gedanke gefiel. Sie wäre ziemlich angepisst gewesen, wenn Sebastian mit einer anderen etwas anfing.

Shannons Lächeln wurde breiter, etwas, das Gigi nicht wirklich für möglich gehalten hätte. „Es tut mir leid, Gigi. Ich wollte es dir nicht unbehaglich machen. Vielleicht hatte ich da nur etwas mit meinem Sohn zu regeln."

„Ach, das schon wieder?", fragte Sebastian, der lachte. „Ist doch nicht meine Schuld, dass du und Blake euch benehmen, als würdet ihr im Schlafzimmer für Olympia trainieren. Ich habe doch nur gesagt, dass ihr vielleicht etwas leiser machen solltet, wenn dein Sohn zu Hause ist."

Gigi aß schweigend, während sie dem lockeren Plaudern zwischen Sebastian und Shannon lauschte. Obwohl Shannons Scherze unbehaglich gewesen waren, genoss sie es, die beiden zusammen zu beobachten. Klar, sie waren Mutter und Sohn, aber sie waren auch echt gut befreundet. Es war eine besondere Verbindung, die sie wirklich beneidete. Sie stellte sich vor, dass das die Art Beziehung war, die sie auch mit ihrer Mutter gehabt hätte, hätte sie die Gelegenheit dazu bekommen.

„Kommt ihr heute Abend zum Essen wieder?", fragte Shannon.

„Ja, aber darum kümmern wir uns heute Abend", sagte Gigi. „Sebastian sagt, dein Lieblingsgericht ist Lasagne, darum dachte ich, ich mache uns welche als Dankeschön für deine Gastfreundschaft."

„Das musst du wirklich nicht, Gigi. Mir macht es nichts aus …"

„Ich will es", sagte sie und drückte Shannon die Hand. „Vielleicht nur keine Gespräche mehr über Schlafzimmerakrobatik? Mir gefällt es hier, also würde ich es wirklich verabscheuen, bei unserem nächsten Besuch auf ein Hotelzimmer bestehen zu müssen."

„Hörst du das, Sebastian?", fragte sie ihren Sohn ehrfürchtig. „Sie hat *nächstes Mal* gesagt. Ich verspreche, ich werde keine Scherze mehr über Zeug machen, das ich nicht mal gehört habe." Sie hob die Finger zu einem Pfadfinderehrenwort. „Aber ich werde euch beide an dieses Versprechen erinnern. Sonst könnt ihr erwarten, mich eher früher als später mal in Premonition Pointe zu sehen."

Gigi lachte. „Keine Sorge. Wir legen ein Datum fest, bevor wir gehen", sagte Gigi, die Sebastian zum Stöhnen brachte.

Shannon schlug ihn auf den Arm, und dann wandte sie Gigi ihre ungeteilte Aufmerksamkeit zu, während sie sie fragte, was sie arbeitete. Und Gigi war nur zu froh, ihr von dem kommenden Geschäft mit Skyler zu erzählen.

Es war der beste Brunch, an dem Gigi je teilgenommen hatte.

LIZA CRANES HAUS sah genauso aus wie vor über zwanzig Jahren, als Gigi die Stadt mit James verlassen hatte. Das Einzige, was sich verändert hatte, war das Geländer auf der vorderen Veranda, das nicht mehr kaputt war, und jemand hatte die Eingangstür rot gestrichen, Lizas Lieblingsfarbe.

„Wer, glaubst du, hat das getan?", fragte Gigi.

„Hat sie denn Kinder?", fragte Sebastian, der sich umschaute.

„Ich glaube schon. Eine Tochter und einen Sohn, aber die wohnen nicht hier. Oder haben das zumindest damals nicht getan." Sie bemerkte, wie Sebastian das Haus nebenan anstarrte, und fuhr zusammen. Gigi hatte absichtlich gar nicht darauf geachtet, denn es war zu schmerzhaft, diese Erinnerungen wieder aufzusuchen.

„Gigi, schau." Er nickte zum Haus hin.

„Kann ich nicht", sagte sie, konnte kaum atmen.

„Verdammt", flüsterte er und zog sie in die Arme. „Tut mir leid, Kleine. Das hätte ich wissen sollen. Ich wollte nur, dass du die Blumen siehst, die an der Vorderseite des Hauses wachsen. Sehen genau wie die aus, die deine Mutter dort hatte."

Gigi konnte nicht anders. Ihr Blick huschte zum Garten, und sie keuchte leise. Es waren dieselben Blumen. Die Lieblinge ihrer Mutter. Sonnenblumen, Lavendel, Margeriten und eine Vielzahl anderer, die sie zusammen angepflanzt hatten. Aber sicher waren das neue Pflanzen. Das mussten sie doch sein, oder?

Die Eingangstür zu Lizas Haus ging auf, und Liza kam heraus auf die Veranda. Ihre Schultern waren leicht gekrümmt, und ihre Haare waren ein Wirrwarr aus drahtigem Grau, aber abgesehen davon sah sie genauso aus wie damals, als Gigi die Stadt verlassen hatte.

„Clarity Martin? Bist du das?", fragte Liza, während sie sie aus zusammengekniffenen Augen betrachtete.

„So ist es, Liza. Sebastian und ich sind nur zu Besuch hier. Passt es gerade?", fragte Gigi sie.

„Ob es gerade passt?", rief die ältere Frau. „Wann passt es denn nicht? Kommt rein." Sie streckte eine faltige Hand aus und nahm die von Gigi, um sie zu sich zu ziehen. Dann nahm sie sie in eine schwache Umarmung und hängte sich an sie, als ginge es um Leben und Tod. „Ich dachte, ich würde dich niemals wiedersehen, meine Liebe. Danke, dass du zurückgekommen bist."

Gigi stand schockiert da, während die Frau sich an ihr festklammerte. Sie und ihre Mutter waren mit Liza befreundet gewesen, und als Kind hatte Gigi sie geliebt, aber sie hatte keine Ahnung gehabt, dass die Frau sie so sehr vermisst hatte. Hätte sie das gewusst, hätte sie sich bemüht, früher vorbeizukommen.

„Es ist echt schön, dich zu sehen, Liza", sagte Gigi in ihre lockigen grauen Haare, während sie die Umarmung erwiderte. „Ich habe dich vermisst."

Liza stieß ein Geräusch aus, das einem unterdrückten Schluchzen ähnelte, aber als sie Gigi endlich losließ, waren ihre Augen klar, und keine Träne war in Sicht. In ihrem dunklen Blick stand Freude, und ein Lächeln trat auf ihre dünnen Lippen. „Kommt rein. Wir trinken Tee."

Sebastian folgte ihnen in das aufgeräumte Haus, und als Liza sie anwies, sich auf das kleine Sofa in ihrem Wohnzimmer zu setzen, taten sie, wie geheißen.

„Ich bin gleich wieder da", sagte sie und ging langsam in die Küche. Als sie ein paar Minuten später wiederkam, hatte sie eine Karaffe mit Limonade auf einem Tablett dabei, und drei Untersetzer, aber keine Tassen oder Gläser. Sie sah mit gerunzelter Stirn auf das Tablett hinab und verzog dann das Gesicht. „Wie sollen wir Scones essen, wenn ich sie nicht mal mitgebracht habe?"

Gigi stand auf. „Lass mich sie holen. Setz dich doch mal hin und rede ein paar Augenblicke mit Sebastian. Lernt einander wieder kennen."

Als Liza sich ihm zuwandte und sich ein zweites Mal vorstellte, wurde Gigis Herz schwer. Die Frau hatte gewusst, wer sie war, aber es gab eine Menge Hinweise, dass sie bereits Dinge vergaß. Für ihre Ermittlung war das eine Enttäuschung, aber noch mehr machte sich Gigi Sorgen um sie. Sie musste herausfinden, ob jemand auf sie aufpasste.

Nachdem sie sich drei Gläser genommen und eine sinnlose Suche nach Scones durchgeführt hatte, verlegte sie sich auf eine Packung Kekse und kehrte zurück ins Wohnzimmer, wo Sebastian ihr alles von Gigis Haus in Premonition Pointe erzählte.

Gigi grinste sie an, füllte die Gläser mit Limonade und reichte dann die Kekse herum. „Ach, das sind meine Lieblinge", sagte Liza. „Woher wusstest du das?"

„Gut geraten", sagte Gigi und setzte sich neben sie. Es dauerte nicht lang, bis Liza anfing, über Carolyn zu reden. Sie wiederholte ein paar der Geschichten von Fotoshootings, die Carolyn ihr wohl vor Jahren erzählt hatte, als wären sie vor kurzem passiert. Gigi hatte sie alle schon hundertmal gehört. Es machte sie irgendwie nervös, dass Liza dachte, ihre Mutter wäre nur auf einem Auftrag, aber sie machte sich nicht die Mühe, sie zu berichtigen. Weshalb sollte sie das tun? Liza musste den Schmerz nicht noch einmal durchmachen, dass ihre Mutter verschwunden war.

Sebastian spielte gut mit und stellte alle möglichen Fragen, damit Liza weiter sprach. Das wirkte wie ein guter Plan, bis Liza schließlich plötzlich anfing, über Gigis Vater zu reden.

Gigi versteifte sich, eine Reaktion, die sie immer hatte, wenn jemand ihren Erzeuger erwähnte.

„Weißt du, ich glaube wirklich, dein Daddy ist vielleicht diesmal für immer zurück", sagte Liza, die sie anstrahlte.

„Für immer zurück?", zwang Gigi durch die Enge in ihrer Brust heraus. „Was meinst du damit?" Soweit Gigi es wusste, hatte ihr Vater nie in der Nähe von Bellside gelebt, und er war auch nie zu Besuch gekommen.

„Er war hier, um mit ihr zu reden. Schien echtes Interesse daran zu haben, sich zu versöhnen, aber du kennst ja Carolyn. Sie hat ihn rausgeworfen. Ich nehme an, sie will, dass er sich darum bemüht." Liza schaute sich im Raum um. „Hast du meine Zigaretten gesehen?"

„Du rauchst wieder?", fragte Gigi, nur damit sie nicht verarbeiten musste, was Liza über ihren Vater gesagt hatte.

„Ich habe nie aufgehört", erwiderte Liza, die in die große Tasche ihres Pullis griff und eine Packung leichte Mentholzigaretten herausholte.

Gigi wusste, dass auch das nicht stimmte. Sie hatte nebenan gelebt, als Liza plötzlich aufgehört hatte, und als Gigi die Stadt verlassen hatte, war Lizas letzte Zigarette sechs Monate her gewesen.

Liza zündete sich eine ihre Zigaretten an, dann saß sie da und rauchte, als wäre es das herrlichste, was sie je geschmeckt hatte. Vielleicht war es das auch. Gigi wusste so etwas nicht, denn sie hatte nie mit dem Rauchen angefangen.

„Liza", sagte Gigi.

„Ja, meine Liebe?" Sie zog noch einmal lange an der Zigarette und fing an zu husten, bevor sie den Rauch ausstieß.

„Langsam", beruhigte sie Gigi. „Es ist vermutlich besser, wenn du die eine Weile genießt."

„Da hast du recht", stimmte Liza zu. „Ich wünschte, ich hätte so einen Zigarettenhalter, wie es sie in Filmen gibt. Dann würde ich nicht nur heiß aussehen, sondern meine Gewohnheiten wären auch noch das Stadtgespräch."

„Auf jeden Fall", sagte Gigi. „Aber während wir gerade hier sind, kannst du mir sagen, ob du dich daran erinnerst, meine Mutter gesehen oder mit ihr gesprochen zu haben, an dem Tag, an dem sie verschwunden ist?"

Lizas Blick ging zurück zu Gigi, und zum ersten Mal seit ihrer Ankunft schien sie unfassbar aufmerksam zu sein. „Ich habe sie gesehen. Sie kam sogar rüber und hat mit mir gesprochen, über ... irgendwas. Ich habe jetzt keine Ahnung, was es war. Wir haben auch darüber gesprochen, was passieren würde, wenn du ans College gehst. Sie war so stolz auf dich."

„Danke, dass du das sagst", sagte Gigi, ihr Herz wurde leicht, weil sie ohne Zweifel wusste, dass Liza in diesem Augenblick bei sich war.

„Genauso dein Vater, weißt du", fuhr Liza fort.

Gigi wurde reglos und sah sie mit gerunzelter Stirn an. „Mein Vater?"

„Ja. Dein Dad. Er war an diesem Tag auch da. Er wollte dich sehen." Liza nahm das Glas vor ihr und trank einen großen Schluck.

„Wie könnte mein Vater hier gewesen sein? Und weshalb sollte er mich an diesem Tag endlich treffen wollen?", wollte Gigi wissen, in ihrem Kopf drehte sich alles wegen dieser Information. Ihr Vater hatte nach ihr gesucht? Warum?

„Er wollte dich nach Osten mitnehmen, damit du deine Schwester treffen kannst", sagte Liza, die strahlend lächelte.

„Schwester?", fragte Gigi, ihre Stimme war jetzt schwach.

„Wer hat eine Schwester?", fragte Liza, die sich umschaute, bis ihr Blick wieder auf Gigi landete. „Bist du die Schwester?"

„Nein, ich bin nicht die Schwester", sagte Gigi, enttäuscht und nervös. War irgendwas von dem, was Liza sagte, wahr, oder waren es nur die wilden Geschichten einer älteren Frau, die die Wirklichkeit hin und wieder hinter sich ließ?

Ein Klopfen erklang an der Tür, und ein junger Mann kam herein, ohne auf eine Antwort zu warten. Er schaute zweimal hin, als er Gigi und Sebastian sah. „Wer sind Sie?", wollte er wissen.

Gigi stand auf und hob ergeben die Arme. „Nur alte Freunde. Ich bin Clarity, und ich habe nebenan gewohnt, als ich aufwuchs. Wir wollten nur Liza begrüßen, während wir in der Stadt sind. Es ist sehr lange her, seit wir einander gesehen haben."

„Lass sie in Frieden", tadelte Liza. „Das sind alte Freunde."

„Ach, gut", sagte er und wirkte erleichtert, während er Liza leicht die Schulter drückte. „In letzter Zeit gab es ziemlich viel Ärger mit Betrügern, die alte Leute abzocken. Ich bin froh, dass ihr keine seid."

„Bei den Göttern, nein", sagte Gigi, die sich angegriffen fühlte. „Ich wollte wirklich nur einfach Hallo sagen. Aber wir sollten jetzt gehen." Sie umarmte Liza noch einmal und versprach, sie zu besuchen, wenn sie wieder in der Stadt waren. Dann folgte sie dem jungen Mann hinaus auf die Veranda. „Tut mir leid, dass wir einfach reingegangen sind", sagte sie zu ihm. „Mir war nicht klar, dass sie …" Gigi konnte den Satz nicht beenden, wollte die Worte nicht aussprechen. „Tut mir leid", wiederholte sie. „Liza war für mich wie eine Großmutter, als ich aufgewachsen bin."

„Schon in Ordnung", sagte er. „Es ist schön, dass sie Besuch hat. Ich war nebenan und habe am Boden gearbeitet. Ich erledige für den Mieter Arbeiten am Haus, sonst wäre ich da gewesen, um zu helfen, diese Unterhaltung zu führen."

„Das war nicht nötig", sagte sie und lächelte ihn an. Er war ein netter Junge, und sie war froh, dass Liza jemanden hatte, der für sie sorgte. „Sind Sie derjenige, der sich ums Haus kümmert?"

Er nickte. „Und das nebenan. Liza hat es vor ein paar Jahren gekauft. Mein Vater wohnt jetzt da." Er streckte eine Hand aus, dann fügte er an: „Ich bin Heath, Lizas Enkel und Pfleger."

Gigi schüttelte ihm die Hand. „Ich weiß, ich habe nicht das Recht, das zu sagen, aber danke, dass Sie sich um sie kümmern. Als Kind habe ich sie wirklich geliebt. Sie bringt einfach nur das Beste in allen hervor."

Heath lachte leise. „Das stimmt, außer, wenn es um meinen Vater geht vielleicht. Sie verstehen sich nicht wirklich, obwohl sie inzwischen nebeneinander wohnen." Er schüttelte genervt den Kopf. „Es ist eine seltsame Situation, aber er ist einfach eines Tages aus dem Nichts aufgetaucht, entschlossen, wieder in meinem Leben zu sein. Anfangs war das etwas holprig, aber ich bin froh, dass ich ihn kennengelernt habe." Er stieß ein bebendes Lachen aus. „Ich weiß nicht, warum ich Ihnen all das erzählt habe. Ich schätze, das musste ich einfach mal loswerden."

Gigi nickte. „Das kann ich verstehen. Keine Sorge deswegen. Hin und wieder brauchen wir alle mal jemanden, der zuhört. Ich hoffe, es hat geholfen."

„Sie scheinen ein netter Mensch zu sein. Danke, dass Sie ihren Tag verschönert haben", sagte er. „Kommen Sie jederzeit wieder."

Gigi nickte und verabschiedete sich, und als sie und Sebastian sicher zurück im SUV waren, stieß sie einen Fluch aus. „Ich verabscheue, was ihr widerfährt. Hast du gehört, wie sie von meinem Vater sprach? Ich habe schon angefangen, zu glauben, dass das etwas war, dem man nachgehen kann, aber wie es sich gezeigt hat, hat sie mich einfach nur mit Heath verwechselt", sagte sie Sebastian. „Andererseits will ich niemals meinen Vater sehen oder mit ihm sprechen, daher ist es eine Erleichterung, aber ich verabscheue es, dass sie so verwirrt ist."

„Ich weiß." Er legte eine Hand auf ihre. „Tut mir leid. Ich weiß, dass du sie geliebt hast."

„Das habe ich." Gigi nickte, eine Träne lief ihre Wange hinab, während sie zum letzten Mal den Ort verließ, wo sie als Kind gewohnt hatte. Hierher würde sie nicht zurückkehren. Es war einfach zu schmerzhaft.

KAPITEL SIEBZEHN

☪

Nachdem sie am nächsten Vormittag einen Strandspaziergang unternommen hatten, machten Gigi und Sebastian am *Beach Beanies* Halt, um sich Lattes zu holen, und gingen dann kurz um den Block zum Büro von *Central Coast Secrets*. Die rothaarige Empfangsdame war ein völliges Klischee, wie sie sich die Nägel feilte und Kaugummi kaute, während sie offensichtlich gelangweilt aus dem Fenster starrte.

„Äh, Hallo", sagte Gigi, die ihre Tagträume unterbrach. „Ich suche nach Ricky Kamp. Er erwartet mich."

Die Empfangsdame löste den Blick vom Fenster und schaute sich Gigi von oben bis unten an. Sie rümpfte die Nase, während sie sagte: „Zumindest sind Sie älter als die letzte."

„Entschuldigen Sie bitte?", fragte Gigi gleichzeitig, während Sebastian ihr die Hand auf den Rücken legte.

Der Blick der Frau huschte zu Sebastian, und plötzlich setzte sie sich aufrecht hin und schob die Brüste nach vorn.

„Na, Hallo auch, mein Hübscher. Womit kann ich heute behilflich sein?"

Ernsthaft?, dachte Gigi. Die Frau hatte Sebastian nicht bemerkt, bis zu diesem Augenblick? Wenn das wirklich so war, war sie eine schreckliche Empfangsdame.

„Ich begleite Gigi", sagte Sebastian, der sie kühl anschaute.

Sie schien seine subtilen Hinweise nicht zu verstehen, oder vielleicht war es ihr einfach egal, denn ohne zu zögern nahm sie eine Visitenkarte, schrieb ihre Telefonnummer hinten drauf und reichte sie ihm. „Sie sind ein echter Pfundskerl. Wenn Sie mit der da fertig sind, rufen Sie mich an. Ich zeige Ihnen, was Sie verpassen."

Sebastian schaute auf die Karte, legte sie zurück auf den Schreibtisch und sagte: „Danke, aber kein Interesse."

Die Empfangsdame zuckte mit einer Schulter. „Ein Versuch kostet ja nichts."

„Bobby!", brüllte ein Mann im Büro hinter ihr. „Hör auf, die zwei zu quälen. Schick sie rein."

Bobby verdrehte die blassblauen Augen und winkte zum Büro hin. „Ich hoffe, ihr haltet eure Kreditkarten parat. Er ist unnachgiebig."

Gigi ignorierte die Anmerkung, weil sie annahm, sie glaubte, sie wollten Werbeanzeigen kaufen. Als sie in das Büro ging, war sie überrascht, einen Mann zu sehen, den sie kaum wiedererkannte. Ricky war ein solider Geschäftsmann gewesen, der immer Anzug trug. Der Mann hinter dem Schreibtisch hatte ein kurzärmliges Hemd und Cargoshorts an. Aber der echte Schock war sein schulterlanges Haar, das ihn aussehen ließ wie einen alternden Hippie.

„Ricky?", sagte Gigi, die nicht sicher war, ob sie überhaupt den Richtigen vor sich hatte.

„Clarity!" Er stand auf und hielt ihr eine Hand hin.

„Hi." Sie schüttelte ihm die Hand und fuhr fort: „Das ist Sebastian Knight. Er ist ursprünglich auch aus Bellside."

Ein Hauch Erkennen blitzte in Rickys Augen auf, während er Sebastian die Hand schüttelte und Hallo sagte, aber zu Gigis Erleichterung erwähnte er die Vorwürfe von vor all den Jahren gegen ihn nicht. „Es ist echt lange her. Wie geht es dir?"

„Mir geht's gut. Wie sieht es bei dir aus?"

„Wunderbar. Das Magazin ist nicht mehr das alte, aber ich habe als Berater bei *All About Hair Tonics* angefangen, und jetzt habe ich mehr Zeit, mehr Geld und eine Wohnung am Strand. Ich weiß nicht, was du derzeit für deinen Lebensunterhalt machst, aber ich weiß, jeder kann mehr Geld brauchen." Er schob ihr einen Ordner rüber. „Gib mir fünf Minuten, und du bist unterwegs zu finanzieller Freiheit."

Gigi blinzelte ihn an, vor den Kopf gestoßen, dass er plötzlich etwas anpries, das so ziemlich nach einem Schneeballsystem aussah. „Äh, ich glaube nicht, dass ich daran Interesse habe."

„Es ist die perfekte Nebentätigkeit für einfach jeden", pflügte er weiter. „In zwei Jahren habe ich schon einen sechsstelligen Betrag verdient, und als Bonus hat mein Haar noch nie so gut ausgesehen."

Das stand zur Debatte, doch Gigi behielt ihre Gedanken für sich.

„Hier, Sebastian, du wirkst doch wie ein Mann, der einen klugen Kopf hat. Du brauchst ja vielleicht noch kein Haar-Tonikum, aber mit dieser Haarpracht auf dem Kopf wärst du eine wandelnde Werbeanzeige für unser Kernprodukt. Dir sollte der Einstieg besonders leicht fallen. Du würdest richtig gut absahnen."

„Nicht wirklich", sagte Sebastian.

„Du wärst noch besser, wenn du …"

„Ricky, wir sind eigentlich da, um über meine Mutter zu reden. Ich weiß, es ist lange her, aber ich würde echt gern erfahren, woran du dich an dem Tag erinnerst, als sie verschwunden ist."

Er runzelte die Stirn. „Deine Mutter? Ich dachte, der Fall wäre schon lange tot."

„Tot nicht, nur zu den Akten gelegt. Der Fall wird nicht mehr weiterverfolgt, doch Sebastian und ich hoffen, ihn wieder aufrollen zu können. Ich brauche nur ein bisschen Information. Hast du an dem Tag mit ihr geredet?"

Rickys Miene wurde ausdruckslos, während er sagte: „Das ist lange her, Clarity. Ich bin sicher, ich habe jegliche Interaktionen mit deiner Mutter der Polizei mitgeteilt."

„Ich weiß, ich habe nur …"

„Du solltest wirklich den ganz natürlichen Haarentferner von *All About Hair Tonics* probieren. Das würde echt helfen, diese dunklen Stoppeln auf deinen Beinen zu entfernen", sagte Ricky. Er wandte seine Aufmerksamkeit Sebastian zu. „Ich schwöre, manche Leute haben einfach Yeti-Gene. Ist er nicht ihre Schuld, dass sie eine hyperaktive Genetik geerbt hat."

Sebastian hüstelte und murmelte tonlos etwas über Idioten vor sich hin.

Yeti? Was zum Teufel stimmte nicht mit diesem Mann? Gigi schaute nach unten. Sie trug einen Rock, der knapp über dem Knie endete, und ihre Beine waren so glatt, wie sie nur sein konnten, da sie ihre eigene Mischung als

Haarentfernungscreme nutzte. „Ich glaube, ich verzichte, aber danke für den Tipp."

„Selbst schuld." Ricky stand auf, um sich neben das Fenster zu stellen. „Deine Mutter war eine gute Fotografin. Es hat mir leidgetan, was mit ihr passiert ist, aber ich kann dir nicht helfen. An diesen Tag hatte sie keinen Auftrag. Ich glaube, sie hat vielleicht am Tag davor ein paar Fotos hier abgeliefert, aber mehr habe ich nicht für dich."

„Sie hatte keinen Auftrag?", fragte Gigi. „Bist du sicher?"

Ricky starrte aus dem Fenster und strich sich mit der Hand durch die Haare, als würde er über etwas nachdenken. Schließlich drehte er sich um und sagte: „Ich hatte für sie an diesem Tag nichts."

„Aber ...", setzte Gigi an.

„Du kannst dir den Polizeibericht anschauen, wenn du mir nicht glaubst. Ich habe ihnen alles erzählt, was ich wusste, als sie mich befragt haben."

Gigi warf einen Blick zu Sebastian. Er schüttelte den Kopf, und sie nahm an, er glaubte nicht, dass sie mit Ricky irgendwie weiterkommen würden. Sie stieß ein Seufzen aus und sagte: „Danke, dass du dir Zeit genommen hast. Wir sollten jetzt los. Es ist eine lange Fahrt zurück nach Premonition Pointe."

„Premonition Pointe?", fragte er, sein Interesse nahm zu. *All About Hair Tonics* könnte wirklich Berater in dieser Gegend brauchen. Mit der hochwertigen Kundschaft dort könntet ihr beiden echt rasch auf der Beraterleiter nach oben klettern. Besonders, wenn ihr eure Freunde anzapft. Dort kommt das echte Geld her, wenn man anfängt, ein Team aufzubauen."

Der Mann sabberte mehr oder weniger, und sie brauchte

ihre ganze Energie, um ihn zum bestimmt fünften Mal höflich abzuweisen. Kein Wunder, dass er einen sechsstelligen Betrag mit seinem Haar-Tonikum für Verzweifelte machte. Der Mann war unnachgiebig. Die Leute sagten wohl nur ja, damit er den Mund hielt.

Als sie draußen waren, sagte Gigi: „Was hältst du davon, dass er erwähnt hat, dass meine Mom keinen Auftrag hatte? Justin sagte, sie wäre unterwegs zu einem Shooting gewesen. Glaubst du, er hat gelogen?"

Sebastian presste die Lippen aufeinander. „Das ist schwer zu sagen. Ich hatte den Eindruck, dass er irgendwas zurückhält, aber das lässt sich auf keinen Fall beweisen. Ist es vielleicht möglich, dass sie was unabhängig von der Zeitschrift gemacht hat?"

„Vielleicht. Hin und wieder hat sie mal Privatkunden angenommen, aber darauf gibt es keinen Hinweis. Im Kalender stand nichts." Gigi stieß ein Seufzen aus. „Vielleicht hat Justin sich einfach nicht richtig erinnert."

„Schon möglich. Es ist lange her." Sebastian zog sie in eine seitliche Umarmung. Als er losließ, fragte er: „War Ricky immer schon so ein Schleimbatzen? Ich kann mir nicht vorstellen, dass deine Mom für so jemanden gearbeitet hat."

„Nein", sagte Gigi. „Er war ein richtiger Herausgeber und völlig professionell, nach allem, was ich noch weiß. Jetzt ist er eine wandelnde Werbeanzeige. Das ist echt verstörend."

Sebastian lachte. „Du hast recht. Genau das ist er. Das wird doch bestimmt anstrengend."

„Kannst du dir vorstellen, wie ich ständig Grace, Hope und Joy unter Druck setze, damit sie Beraterinnen werden? Oder sage, dass sie Yeti-Gene haben?" Sie erschauerte. „Sie würden mich vermutlich in eine andere Dimension verfluchen."

Sebastian lachte, und während sie zurück zu seinem SUV gingen, sprachen sie über die ganzen Jobs, die sie lieber erledigen würden, als ein Berater für *All About Hair Tonics* zu werden. Sebastian dachte einen Moment lang nach. „Müllabfuhr."

„Weißt du, du wärst toll bei der Müllabfuhr. Und denk an das Training, das du da bekommst. Vielleicht könnte Troy dich als Nebenjob modeln lassen", scherzte Gigi, die sich auf Joys Freund bezog, der in dieser Branche arbeitete.

Sebastian schnaubte. „Vielleicht. Du bist dran. Welchen Job würdest du lieber erledigen?"

„Am Band in der Dosenfabrik. Fischöle sind echt gut für die Gesundheit", sagte sie, ohne das Gesicht zu verziehen.

„Spermasammeln bei Zuchtbullen", sagte Sebastian. „Irgendwo habe ich gelesen, dass man als Bauer für jede Probe fünfzig Mäuse bekommt."

Gigi lachte so heftig, dass sie kaum mehr Luft bekam. „Ich weiß, dass es dafür extra Geräte gibt, aber jetzt kann ich mir nur vorstellen, wie du es einem Bullen besorgst."

Er schloss sich ihrem Lachen an, und bis sie an seinem SUV ankamen, tränten beiden die Augen vor Lachen.

„Komm schon", sagte Sebastian, der ihr die Tür öffnete. „Lass uns aus dieser Stadt verschwinden, bevor du noch irgendwas draufgepflastert kriegst, das deine Yeti-Gene neutralisieren soll."

„Hör auf", keuchte Gigi. „Mir tun die Bauchmuskeln schon weh, weil ich zu viel lache."

Während er immer noch kicherte, hob Sebastian Gigi hoch und setzte sie auf den Beifahrersitz. „Denk doch nur mal an das gute Training." Er beugte sich vor und küsste sie.

Es fing ganz unschuldig an, während sie beide noch lachten, doch es dauerte nicht lang, bis Gigi sich zur Seite drehte und die Arme und Beine um ihn schlang, um ihn dichter heranzuziehen. Sie vertiefte den Kuss, liebte die Art, wie sein Körper sich an ihr anfühlte. Sie wusste nicht, wie lange sie so zusammenblieben, aber als sich Sebastian schließlich löste, war sein Gesicht gerötet, und in seinem Blick stand Verlangen.

„Ich glaube, wir sollten losfahren", sagte Sebastian mit rauer Stimme.

„Je eher wir zurück nach Premonition Pointe kommen, desto eher können wir dort weitermachen, wo wir gerade aufgehört haben", sagte sie, strich ihm die dunklen Haare aus den Augen.

Er stöhnte. „Das wird heute eine echt lange Fahrt."

Gigi wandte nichts dagegen ein.

Sobald sie unterwegs waren, wurden sie beide still, waren scheinbar in eigenen Gedanken versunken. Schließlich schaute Sebastian herüber und sagte: „Tut mir leid, dass der Ausflug nicht mehr abgeworfen hat."

Gigi erwiderte den Blick. „Ist schon gut. Wir wussten doch die ganze Zeit, dass das unwahrscheinlich war. Mir hat es echt Spaß gemacht, deine Mom zu treffen, selbst wenn sie sich ein wenig danebenbenommen hat mit ihren Scherzen."

„Sie hat sich echt gefreut, dich zu sehen, und sie wollte dich nicht verlegen machen. Das war doch alles gegen mich gerichtet. Das weißt du, oder?"

„Schon. Und es war witzig. Wäre ich nicht diejenige gewesen, die sich ein Bett mit dir teilt, hätte ich mich ihr vermutlich angeschlossen. Es macht so Spaß, dich zu ärgern", sagte sie und beobachtete, wie seine Lippen vor Erheiterung zuckten. Gigi kam aber nicht darüber weg, wie leicht es war, sich mit ihm zu unterhalten. Ihre Beziehung damals, als sie

Teenager gewesen waren, war von dieser Anspannung erfüllt gewesen, ob sie zusammenkommen würden oder nicht. Und obwohl sie beste Freunde gewesen waren, hatten sie beide mehr zurückgehalten als jetzt, vermutlich, weil sie unsicher gewesen waren und ihnen die Reife gefehlt hatte. Aber jetzt? Sie hatte das Gefühl, als könne sie alles zu ihm sagen, und es wäre schon in Ordnung. Das hatte sie noch nie mit jemandem gehabt. Niemals.

„Sebastian?", sagte sie.

„Ja?"

„Sind wir jetzt zusammen?" Ihr war nicht entgangen, dass er sie seine Freundin genannt hatte, aber sie hatten eigentlich nie darüber gesprochen, irgendwas offiziell zu machen.

„Wenn du dir da nicht sicher bist, dann mache ich was falsch", sagte er im Scherz.

Sie verdrehte die Augen vor ihm. „Offensichtlich tun wir irgendwas zusammen. Daten, schlafen, ich weiß echt nicht, wie man das nennen soll."

„Man nennt es eine Beziehung", sagte Sebastian, seine ganze Erheiterung war weg. „Ich will dich, Gigi. Ich glaube, das habe ich schon ziemlich deutlich gemacht."

„Also gibt es keine anderen?", fragte sie.

„Davon kannst du ausgehen, und das nächste Mal, wenn ich dich jemandem vorstelle, werde ich dich meine Freundin nennen. Ist das für dich in Ordnung?"

Gigi grinste ihn an. „Ja."

Er warf einen Blick zu ihr, einen Moment lang bohrte sich sein Blick in ihren. Dann wurde seine Stimme weich, und er griff nach ihrer Hand. „Es wird auch Zeit, Gigi. Nachdem du mich die ganze Zeit weggeschoben hast, als ich in die Stadt gekommen bin, habe ich mir echt Sorgen gemacht, dass ich noch mal zwanzig Jahre warten muss."

„Um ehrlich zu sein, Sebastian, habe ich mir auch Sorgen gemacht. Aber du bist viel zu unwiderstehlich, und jetzt hängst du mit mir fest."

„Den Göttern sei dafür gedankt."

KAPITEL ACHTZEHN

igis Ermittlungen wegen des Verschwindens ihrer Mutter waren zum Stillstand gekommen. Sebastian war derzeit in San Francisco und versuchte, dem Verkaufsdokument des Ringes nachzugehen, aber abgesehen davon hatten sie alle Spuren verfolgt, die sie sich vorstellen konnten, um jemanden aus Gigis Vergangenheit zu finden, der etwas über das Verschwinden ihrer Mutter wusste. Nur eine kryptische Nachricht von einem Geist reichte nicht aus, um sich selbst weiter zu foltern. Hätte sie irgendwelche soliden Spuren gehabt, wäre sie bis ans Ende der Welt gelaufen, um herauszufinden, was an diesem Tag geschehen war, aber wie die Dinge derzeit standen, war es einfach zu schmerzhaft.

Stattdessen konzentrierte sie sich auf ihre Körperpflegemarke, die in Skylers Laden ihren ersten Auftritt hinlegen würde. In knapp zwei Wochen würde eine Vorab-Eröffnung nur für ausgewählte Personen stattfinden. Das bedeutete, dass sie eine Menge Zeit mit ihren Kräutern verbrachte, um genug auf Vorrat zu produzieren, damit die

Regale gefüllt waren. Es war eine Menge Arbeit, aber sie war noch niemals so glücklich gewesen.

Sebastian hatte den Vertrag unter die Lupe genommen, den Skyler ihr offeriert hatte, und sagte, das wäre mehr als nur fair, und seiner Meinung nach für ihre Art der Übereinkunft übermäßig großzügig. Gigi hatte nicht gezögert, ihn zu unterschreiben, und an diesem Tag hatte Skyler ihr geholfen, die Etiketten zu entwerfen, die auf ihre Produkte kommen sollten. Sie waren wunderschön mit einer kleinen Gruppe Sonnenblumen verziert. Gigi hätte sich nichts Besseres wünschen können.

Sobald Gigi den Vertrag unterschrieben hatte, um mit Skyler zusammenzuarbeiten, hatte sie einen Teil ihrer Garage in ein Studio verwandelt und sich an die Arbeit gemacht. Für sie war es eine Art Zuflucht, wo sie sich in der Arbeit völlig verlor und sich nach einem produktiven Tag wirklich gut fühlte. Es war das erste Mal in ihrem Leben, dass sie etwas Bedeutungsvolles mit ihren Tagen zu tun hatte, und es erwies sich, dass sie ihre neue Welt liebte.

Etwa eine Woche, nachdem sie mit Sebastian von Bellside zurückgekehrt war, war sie im Studio und arbeitete an einer Sonnencreme, als ihr klar wurde, dass ihr die Verpackungen ausgehen würden, wenn sie nicht so bald wie möglich neue bestellte. Nachdem sie sich die Hände gewaschen hatte, ging sie nach drinnen und setzte sich an ihren Küchentresen, um eine Tasse Tee zu trinken, während sie Benötigtes nachbestellte.

Gigi wollte gerade ihren Laptop schließen, als eine neue E-Mail von *Exclusive* kam, der Dating-App, die sie von ihrem Handy gelöscht hatte. Im Betreff der Nachricht stand: *Du hast eine neue Nachricht von Lawman0208.*

Ihr erster Instinkt war, die Nachricht zu löschen. Aber sie

schaute sich den Usernamen genauer an. *Lawman0208.* Sebastians Geburtstag war am 8. Februar, und er war ein Anwalt. Schrieb er ihr Nachrichten über die Dating-App?

Sie runzelte die Stirn. Weshalb sollte er das tun? Auf gar keinen Fall konnte sie die Nachricht ignorieren. Sie musste wissen, ob er es war, und falls ja, weshalb er schrieb. Nachdem sie sich ihr Handy geschnappt und die App wieder installiert hatte, blickte sie auf die Nachricht und grinste. Das Profilbild und die Nachricht bestätigten, dass es tatsächlich ihr Freund war.

Lawman0208: *Hey, Süße. Ich weiß, du hast die App gelöscht, aber es sieht so aus, als würdest du Hilfe brauchen, dein Profil ganz abzuschalten. Falls du diese Nachricht bekommst, melde dich, und ich tausche mit dir einen Mitternachtsspaziergang am Strand gegen Hilfe dabei, wie du diesen schrecklichen Dating-Service komplett löschst.*

Herblover: *Da hast du mich. Technik ist nicht so meine Stärke. Ich glaube, ich wurde zehn Jahre zu früh geboren. Du weißt, wie sehr ich Mitternachtsspaziergänge am Strand mag. Wo und wann?*

Gigi wollte ihr Handy schon ablegen, aber Sebastian schrieb sofort zurück, sodass ihr Herz vor Vorfreude flatterte.

Lawman0208: *Ist heute Abend zu früh?*

Herblover: *Heute Abend? Bist du nicht unterwegs? Ich dachte, du würdest erst morgen zurückkommen.*

Lawman0208: *Stimmt. Das war wohl nur Wunschdenken. Also morgen?*

Herblover: *Perfekt. Morgen. Mitternacht. Crescent Beach?*

Lawman0208: *Ich bin dann derjenige mit dem Cider in Dosen und den Apfeltaschen.*

Das grüne Licht, das neben seinem Namen geleuchtet

hatte, verschwand, sodass Gigi annahm, er hätte sich ausgeloggt. Sie starrte immer noch auf die letzte Zeile. Cider in Dosen und Apfeltaschen. Sie war einmal in ihrem Leben von beidem besessen gewesen. Aber sie war ziemlich sicher, das war gewesen, nachdem sie Bellside verlassen hatte. Oder nicht? Ihre Erinnerung an diese Zeit war ziemlich löchrig.

Während sie vor sich hin lachte, stand sie auf und hüpfte mehr oder weniger zurück in ihr Studio. Sebastian hatte gerade zwei große Punkte kassiert. Er hatte sich an zwei Dinge erinnert: Dass sie Spaziergänge um Mitternacht am Strand liebte. Sie hatte diese Tageszeit immer magisch gefunden. Das war genug, um sie schon zu beeindrucken, aber er hatte sich sogar daran erinnert, dass sie früher mal Cider und Apfeltaschen geliebt hatte. Hatte James jemals auf das geachtet, was sie wollte? Sie schnaubte. Nein. Hatte er nicht. Nicht wirklich. Und auf gar keinen Fall, wenn es wichtig war.

Die Erinnerung an James verschaffte ihr sofort schlechte Laune, und sie tadelte sich innerlich, dass sie die beiden Männer verglichen hatte. Sie musste aufhören, jedes Mal an ihren Ex zu denken, wenn Sebastian etwas tat, was ihr gefiel. Sie sollte an Sebastian denken, und einfach nur, wie unfassbar er war.

„Reiß dich zusammen, Gigi", sagte sie zu sich. „James ist lange weg. Es gibt keinen Grund, auch nur noch an ihn zu denken." Die Worte kamen ihr leicht über die Lippen. Es war nur das Problem, ihren Verstand mitspielen zu lassen. Es war nicht leicht, aber sie arbeitete daran.

„WO IST SEBASTIAN?", fragte Joy, während sie auf den Stuhl neben Gigi schlüpfte. Sie waren bei *Blueberries*, einem Restaurant mit Produkten aus der Gegend, und warteten immer noch auf die berühmte Schauspielerin Carly Preston, die sich ihnen anschließen wollte. Als Gigi die Einladung bekommen hatte, mit Joy zu Abend zu essen, war sie nicht wirklich in der Laune gewesen, sich unter die Leute zu mischen, aber Joy hatte sie dazu überredet, indem sie sie hatte wissen lassen, dass Carly wirklich mal über Gigis neue Hautpflegeprodukte sprechen wollte. Carly hatte ein paar Proben bekommen, und Gigi war unendlich neugierig, was sie zu ihren Produkten zu sagen hatte.

Anstatt also auf ihre Couch gekuschelt zu liegen, zog sie sich an, nahm den Lockenstab für ihre Haare und legte ihren liebsten roten Lippenstift auf. Nachdem sie sich im Spiegel betrachtet hatte, erkannte sie die Frau kaum, die diesen Blick erwiderte. Sie war gut ausgeruht, glücklich und wirkte regelrecht luxuriös, alles nur wegen der Hautpflegeprodukte, die sie nun für Frauen in einem gewissen Alter optimiert hatte.

„Sebastian ist in San Francisco und arbeitet daran, die Verkaufshistorie des Rings meiner Mutter nachzuvollziehen", erklärte Gigi Joy, während sie die Hand ausstreckte, um das wunderschöne Schmuckstück zu bewundern. „Er glaubt, wenn er die Authentifikationspapiere finden kann, können wir vielleicht nachvollziehen, wer ihn gekauft hat, bevor er ins Auktionshaus kam."

„Wow. Das wäre ein echter Durchbruch, oder?" Joy öffnete die Speisekarte, musterte sie rasch, dann schloss sie wieder. Sie wandte ihre Aufmerksamkeit Gigi zu und hob eine Augenbraue, wartete offensichtlich immer noch auf eine Antwort.

„Ja. Das wäre es wirklich", sagte Gigi leise, während sie noch auf den Ring schaute. Traurigkeit wogte über sie hinweg, und Gigi fragte sich, ob es jemals einen Tag geben würde, an dem der Schmerz wegen des Verlusts ihrer Mutter sich nicht anfühlte, als würde er ihr das Herz zerbrechen.

Joy legte eine Hand über die von Gigi. Sie sagte nichts. Sie drückte sie nur, bot ihr schweigend ihre Unterstützung.

„Dankeschön", flüsterte Gigi. „Du bist eine echt gute Freundin."

„Genau wie du." Joy beugte sich zu ihr, sodass ihre Schultern aneinanderstießen, bevor sie sich aufrichtete und der umwerfenden grünäugigen Blondine ein Lächeln zuwarf, die in den letzten vierzig Jahren auf den Leinwänden gestrahlt hatte. „Carly", rief Joy, die aufstand und die Arme der Frau entgegen streckte. Sie umarmten sich, und als Joy sich zurückzog, musterte sie Carly und nickte zustimmend. „Du siehst toll aus. Ich liebe dieses schulterfreie Oberteil, und die Skinny Jeans stellen fabelhafte Dinge mit deinem Hintern an."

Carly wurde leicht rot, und Gigi wusste in dem Augenblick, was alle an der Schauspielerin liebten. Klar, sie war toll in ihrem Job, aber an ihr war etwas so bezaubernd Einnehmendes, dass es schwerfiel, sie nicht sofort zu mögen. „Danke", sagte Carly zu Joy, während sie sich vorbeugte und ihr einen Luftkuss zuwarf. „Du siehst auch nicht schlecht aus. Ich liebe dieses Kleid."

„Es war ein Geschenk von Troy. Er sagt, er möchte im Wald ein Fotoshooting machen. Ist das nicht perfekt?" Sie wirbelte herum und führte das feenhaft fließende Kleid vor, das mit Blumen und Schmetterlingen bedeckt war.

„Steht dir super", sagte Gigi. „Du hast den perfekten anmutigen Körperbau für so ein Kleid."

Carly nickte zustimmend, dann wandten beide Frauen ihre Aufmerksamkeit Gigi zu. „Joy ist nicht die Einzige, die aussieht, als könnte sie gleich vor die Kamera treten", sagte Carly zu ihr. „Meine Güte, Frau, du siehst absolut strahlend aus."

„Strahlend?", fragte Gigi. „Ich glaube, ihr beiden müsst mal eure Augen überprüfen lassen. Wann habt ihr zum letzten Mal eure Kontaktlinsen neu vermessen lassen?"

„Ich war erst letzten Monat dort", sagte Carly lachend. „Mir gefällt dein Stil. Irgendwie witzig, auch wenn das unter der Gürtellinie war, dass du dich über das schlechte Sehen im Alter lustig gemacht hast. Wart du nur. Eines Tages wachst du dann auf und musst die Augen zusammenkneifen, weil du das Zimmer nicht mehr siehst. Wenn du dann auf dein Handy schaust, kannst es auch nicht mehr sehen. Du läufst quasi herum wie ein Maulwurf, bis du einen Termin bekommst. Das wird etwa zwei bis drei Wochen dauern, denn alle anderen, die du in deiner Altersgruppe kennst, werden auch blind."

Joy schüttelte nur den Kopf. „Ich mische mich da nicht ein. Aber Gigi, wir haben nicht gescherzt. Du strahlst wirklich. Wenn das deine neue Hautpflege ist und keine überraschende Schwangerschaft, dann werde ich mich ganz vorne in die Schlange bei Skylers Boutique-Eröffnung stellen. Denn verdammt, Mädchen, du siehst heiß aus."

„Überraschende Schwangerschaft? Da klopfe ich auf Holz. Das ist das letzte, was ich gerade brauchen könnte", sagte Gigi.

„Mir fällt auf, dass du nicht geleugnet hast, dass das

möglich sein könnte", scherzte Joy. „Heißt das, die Dinge mit Sebastian haben sich aufgeheizt?"

Teufel noch mal, dachte Gigi. Sie war nicht dafür zu haben, ihr Privatleben zu teilen. Sie war nie an einem engen Freundeskreis beteiligt gewesen, mit dem sie reden konnte, und jetzt fühlte sich das einfach seltsam an. „Ähm … Ich bin ziemlich sicher, es gibt kein überraschendes Baby."

Carly verzog das Gesicht. „Das bedeutet, es könnte eins geben, oder?"

„Ich schätze schon, aber … arrrgh. Wir haben das nicht ungeschützt gemacht, okay? Ich bin doch kein verantwortungsloser Teenager." Nicht, dass Gigi jemals verantwortungslos gewesen wäre, wenn es um Sex ging. James war der Erste und Einzige gewesen, und das bis Sebastian. Und James hatte genauso wenig Kinder gewollt wie Gigi, also hatte er sich ziemlich früh sterilisieren lassen. Aber bis dahin waren sie vorsichtig gewesen.

„Der Göttin sei es gedankt", sagte Carly dramatisch. „Kannst du dir vorstellen, jetzt ein Kind zu haben? Du bist über vierzig, oder?"

Gigi nickte. „Ich bin nicht für eine geriatrische Schwangerschaft zu haben."

„Ich höre, dass immer mehr Frauen warten, bis sie Ende dreißig, Anfang vierzig sind, um Kinder zu bekommen", sagte Joy. „Das ist auch nichts falsch dran, wenn das ganze Equipment noch funktioniert."

„Hör bloß auf", sagten Gigi und Carly gleichzeitig. Dann fingen sie beide an zu lachen.

„Ich schätze, wir sind beide zusammen im Kinderlosenclub", sagte Carly zu Gigi.

Gigi hielt der Schauspielerin ihre Faust hin und fing an,

sich zu entspannen, als Carly dieser Geste mit einem solidarischen Schubs begegnete.

Joy schüttelte vor ihnen den Kopf. „Ihr beiden passt echt zueinander. Ich glaube, ihr habt eine Menge gemeinsam."

„Da hat sie nicht Unrecht", sagte Carly mit einem freundlichen Lächeln. „Mit unserer geteilten Liebe zu Kräutern und dem Widerstand gegen das Mutterdasein sind wir mehr oder weniger Seelenverwandte."

Gigi schnaubte. „Da kann ich nichts gegen einwenden." Sie lehnte sich vor. „Jetzt aber eine ehrliche Meinung zu den Produkten, die ich dir geschickt habe. Magst du sie?"

Carly schüttelte den Kopf, wirkte ernst.

Gigi wurde das Herz schwer. Sie hatte sich so gut mit ihren Produkten gefühlt, während sie so hart daran gearbeitet hatte, sie herzustellen, und jetzt sagte man ihr, dass sie nicht gut genug waren. Sie schaute sich im Restaurant um, suchte nach einer leichten Fluchtmöglichkeit. Aber sie sah keine, die keine riesige Aufregung verursachen und eine Menge ungewollter Aufmerksamkeit auf Carly lenken würde. Da die Flucht nicht zur Debatte stand, blieb nur noch die Hoffnung, der Boden würde sich auftun sie verschlingen.

„Ich mag deine Hautpflegeprodukte nicht, Gigi, ich vergötterte sie. Oh. Mein. Gott. Ich werde das an meine Hollywood-Freundinnen verkaufen können wie der Teufel. Gib mir nur ein paar Proben, und die Bestellungen werden reinkommen. Ich garantiere es."

Gigi saß da, kurzzeitig war sie verblüfft. Sie wusste, dass sie talentiert in dem war, was sie machte, aber es war etwas ganz anderes, von einem Filmstar zu hören, wie sehr sie ihre Produkte liebte. „Ich ... vielen Dank. Es freut mich, dass es dir gefällt."

„Das ist das mit Abstand beste Hautpflegesystem, das ich je ausprobiert habe, und das will was heißen", sagte Carly. „Ich glaube, ich habe im Lauf der Zeit schon jedes Elixier da draußen probiert. Dieses Zeug? Es spendet einfach so viel Feuchtigkeit und ist toll für empfindliche Haut. Ich schwöre, sogar meine Falten lassen nach."

„Du hast keine Falten", sagte Joy, die die Augen verdrehte. „Aber ich freue mich, dass du Gigis Ego hochschnellen lässt. Das hat sie verdient."

Gigis ganze Zweifel verschwanden, und sie strahlte sie an. „Ihr beiden seid toll fürs Ego dieses Mädchens. Wie kann ich den Gefallen erwidern?"

„Oh? Ist das der Teil, wo du von Carly schwärmst und sie um ein Autogramm anflehst?", fragte Joy, die Gigi zuzwinkerte.

„Nein. Aber es ist der Teil, wo ich Carly sage, dass ihre Creme gegen Cellulite umwerfend ist und dass ich sie gerne zu meiner Produktlinie hinzufügen möchte, damit sie in Skylers Laden verkauft wird." Sie wandte sich an Carly. „Natürlich nur, wenn du Interesse hast. Ich will nicht, dass du dich zu irgendetwas verpflichtest, das du nicht willst."

Carlys Augen leuchteten. „Du findest sie gut?"

„Sie ist toll!", rief Joy. „Aber das habe ich dir ja schon gesagt. Weißt du noch dieses Kleid, bei dem ich meinen Oberschenkel gezeigt habe, auf der Gala, auf der ich letzte Woche mit Troy war?"

„Ja?"

„Das hätte ich ohne deine Creme nicht anziehen können. Da hätte ich schon einen Bodysuit drunter tragen müssen, oder vielleicht eine Tüte über dem Kopf, damit sie sich auf was anderes konzentrieren als meinen zerknautschten Oberschenkel", sagte Joy.

Gigi lachte sie an. „Du bist etwas dramatisch, meinst du nicht?"

Joy schüttelte den Kopf. „Auf gar keinen Fall. Das Zeug wird für alle über vierzig wie Gold." Sie warf einen Blick auf Carly. „Gigi weiß es auch, sonst würde sie dich nicht fragen, ob du bei ihrer Produktlinie eingeschlossen werden willst."

Carly nickte. „Ich würde gern mitmachen, aber ich brauche einen Vertrag und ein bisschen Zeit, damit Sebastian ihn sich ansehen kann."

„Natürlich." Gigi schrieb Skyler, um ihn wissen zu lassen, dass Carly dabei war. Sie hatten bereits darüber gesprochen, und er war Feuer und Flamme für die Cellulite-Creme, die Carly hergestellt hatte. Er hatte mehr oder weniger dasselbe gesagt wie Joy und war begeistert, zu sehen, was sie zu dritt anfangen konnten. Dann schrieb sie Sebastian, um ihm zu sagen, dass er am nächsten Tag schnell heimkommen sollte, denn sie hatte gerade Arbeit für ihn aufgetan. Während sie wegen ihres Austauschs vorhin auf der Dating-App vor sich hin lächelte, fragte sie sich, ob er es erwähnen würde. Als er nur bestätigte, dass er am Nachmittag zurück sein würde, beschloss sie, sie würde es auch nicht erwähnen. Es würde Spaß machen, so zu tun, als wären sie Fremde, und sich zu benehmen, als hätten sie ihr erstes Date. Für sie kam da eine spielerische Note hinein, die sie in ihrem Leben vermisst hatte, und das fühlte sich einfach gut an.

„Worüber lächelst denn du denn so?", fragte Joy.

„Wie denn?" Gigi nahm einen Schluck Wasser und nickte dem Kellner zu, der vorbeikam, um anzudeuten, dass sie bestellen konnten. Er hob einen Finger, um sie wissen zu lassen, dass er gleich da sein würde.

„Du wirkst ganz verträumt, als würde dein Herz sich auflösen oder so was Kitschiges", sagte Joy, die sie beäugte.

„Ich denke nur an mein Date morgen Abend. Und bevor ihr fragt, mehr werde ich euch nicht erzählen. Verstanden?"

Joy hob ergeben die Hände. „Ja, Ma'am. Aber später werden wir dann die Einzelheiten hören wollen. Das weißt du schon, oder?"

„Allmählich wird es mir klar", erwiderte Gigi trocken. Sie wollte ihnen schon sagen, dass ihre Lippen immer versiegelt sein würden, aber der Kellner kam gerade in diesem Moment an, um die perfekte Ablenkung zu liefern.

„Was kann ich den Damen bringen?", fragte er.

„Jede Menge Wein, einmal rot, zweimal weiß", sagte Joy und ging dann dazu über, eine obszöne Menge Essen zu bestellen, die sie drei niemals schaffen würden.

Gigi lehnte sich zurück, ihr Herz war ganz erfüllt von Liebe und Dankbarkeit. Vor einem Jahr hätte sie sich nie vorstellen können, in dieser Situation zu sein. Klar, zum Essen wäre sie schon gegangen, aber niemals mit einer Zirkelschwester und einem Filmstar.

Das Leben war auf jeden Fall seltsam, dachte Gigi. Aber mit dieser neuen Wahlfamilie an ihrer Seite konnte Gigi gar nicht erwarten, zu sehen, was sonst noch auf sie zukam.

KAPITEL NEUNZEHN

*G*igi verbrachte den Vormittag mit Besorgungen, bevor sie beim *Liminal Space Day Spa* Halt machte. Es war schon eine Weile her, seit sie sich etwas gegönnt hatte. Nachdem sie sich die Haare schneiden und Strähnchen machen lassen hatte, um ein paar graue Haare zu verstecken, die allmählich auftauchten, entschied sie sich für eine neunzigminütige Massage. Bis sie zurück nach Hause kam, fühlte sie sich wie eine Göttin und konnte gar nicht erwarten, auf ihr Date mit Sebastian zu gehen.

Wie hatte sie solches Glück haben können? Er kannte sie nicht nur von Kopf bis Fuß, er war auch der Romantiker, den sie immer gewollt hatte, aber mit ihrem Ex nicht gehabt hatte. Ihr Handy summte, als eine Nachricht von Sebastian kam, die ihr Herz in der Brust flattern ließ.

Ich freue mich auf heute Abend. Ich habe dich vermisst.

Sie schrieb zurück, dass sie ihn auch vermisst hatte, und konnte gar nicht erwarten, mit ihm unter dem Mondlicht spazieren zu gehen.

Er schickte ihr ein Herz-Emoji zurück.

Gigi schrieb ihm nicht weiter, weil sie wusste, dass er auf der Straße von San Francisco unterwegs war. Er hatte ihr schon am Morgen gesagt, dass sie einen Durchbruch bei den Ermittlungen gehabt hatten, um aufzuspüren, wer den Ring ursprünglich an das Auktionshaus verkauft hatte. Er wusste, es war durch eine Gesellschaft geschehen, aber sie mussten immer noch herausfinden, wem diese Firma gehörte. Er hatte gesagt, das sollte nicht zu lange dauern, da der Großteil dieser Aufzeichnungen online verfügbar war. Es bestand eine hohe Wahrscheinlichkeit, wenn er später am Abend ankam, würde einer seiner Ermittler bereits diese Information aufgetrieben haben.

Die Zeit verging im Schneckentempo. Gigi konnte sich nicht an das letzte Mal erinnern, als sie so ungeduldig auf etwas gewartet hatte. Endlich, um elf Uhr fünfundvierzig nachts schaute sie zum letzten Mal in den Spiegel. Ihr fließendes weißes Kleid war perfekt. Ihre Augen leuchteten vor Aufregung, und sie konnte das Lächeln nicht verhindern, dass auf ihre roten Lippen trat. Nachdem sie einen dicken Pulli angezogen hatte, schnappte sich Gigi ihren Hausschlüssel, ging aus ihrem Strandhaus und nahm den Weg runter zum Strand.

Der beinahe volle Mond spiegelte sich in schimmerndem Silber auf dem Wasser, sodass in ihr Demut vor dem herrlichen Moment aufkam. Mit dem Sand unter ihren Füßen und leichtem Wind in den Haaren beschloss Gigi, dass sie niemals glücklicher gewesen war, obwohl eine leichte Kühle in der Luft hing.

Der Fußweg von ihrem Haus zum Crescent Beach war nicht weit, und als sie um die Dünen kam, sah sie sofort Sebastians SUV auf dem kleinen Parkplatz. Er war früh dran.

Sie lächelte vor sich hin und ging weiter, musterte den verlassen Strand, um ihn zu finden.

Dort war nichts, nur Mondlicht, Sand und das Geräusch der anbrandenden Wellen. Gigi war nicht oft nachts draußen am Strand, aber sie musste zugeben, dass hier ein gewisser Frieden herrschte, der sie zu sich rief. Vielleicht konnte sie Sebastian dazu überreden, hier draußen auf dem Strand immer den Vollmond zu feiern. Das könnte doch ihr Ding werden.

Sobald sie an einem großen, vorspringenden Felsen vorbeikam, sah sie Sebastian. Er stand von ihr abgewandt, blickte nach Norden. Er trug eine lange schwarze Jacke und hatte eine Strickmütze auf. Es gab eine Decke mit einem Picknickkorb gleich in der Mitte.

Er wirkte so stoisch, wie er vor dem Hintergrund des Strandes und des Mondes dastand, der ihn beleuchtete. Sie war leise, während sie hinter ihm herankam und ihm die Arme um die Taille legte. Aber sobald sie seinen Körper spürte, schrillten die Alarmglocken, und sie sprang sofort zurück und stolperte über den Picknickkorb, sodass sie flach auf dem Hintern landete.

Wie erstarrt beobachtete sie mit aufgerissenen Augen, wie die Gestalt sich umdrehte, um sie anzuschauen.

Ihre Kehle wurde eng, und die Welt verkleinerte sich auf nichts als den Mann, der mit einem selbstzufriedenen Lächeln auf dem Gesicht über ihr stand. In seiner Jugend hatte Gigi ihn mit seinem dunkelblonden Haar, den grünen Augen und dem kantigen Kinn für attraktiv gehalten. Aber nun sah sie nur noch einen gewalttätigen Mann. Er hätte nicht weniger attraktiv sein können, hätte er es darauf angelegt.

„James", zwang sie schließlich heraus. „Was machst du hier?"

„Ist das nicht offensichtlich? Ich bin gekommen, um meine Frau zurückzuholen." Er kniete sich hin und streckte ihr eine Hand hin.

Gigis Fluchtinstinkt machte sich bemerkbar, und sie kroch zurück und kam wieder auf die Beine. Der Schock, ihn zu sehen, hatte sie anfangs sprachlos gemacht, aber jetzt hatte sie eine Menge zu sagen. „Bist du wahnsinnig? Wir sind geschieden. Du hast versucht, mich zu verprügeln. Glaubst du wirklich, ich würde dir auch nur eine Sekunde Zeit schenken, nach allem, was passiert ist?"

„Jetzt komm schon, Gigi. Sei doch nicht so dramatisch." James machte einen Schritt vor, blieb aber stehen, sobald sie zurückging. Er seufzte laut. „Können wir nur kurz mal reden? Vielleicht spazieren gehen und uns auf den neuesten Stand bringen?"

„Ich gehe mit dir nirgendwohin. Wie kannst du es nur wagen? Wo ist Sebastian?", wollte sie wissen.

James starrte auf sie hinab, seine Miene war voller Mitleid. „Du bist echt nicht die Schnellste, oder?"

Zorn strömte durch die Gigi, und sie wollte nichts mehr, als dem Mann vor ihr eine zu verpassen, aber wenn sie ihn angriff, würde sie nie herausfinden, wo Sebastian war oder weshalb James da war. „Mir ist wohl eindeutig was entgangen. Weshalb klärst du mich nicht auf?"

„Wer, glaubst du, hat dich mit dem starken Cider bekannt gemacht, von dem du dann verlangt hast, dass ich ihn im Kühlschrank einlagere? Oder diesen Apfeltaschen, die von Tante Helens Farm kamen? Du hast aufgehört, das Zeug zu essen oder zu trinken, nachdem du zwanzig Pfund zugenommen hast, die du nicht wieder loswerden konntest.

Hast du wirklich gedacht, dein *Freund* hätte irgendeine Ahnung von diesen beiden Dingen?"

Bei den Göttern, wie sie ihn in diesem Augenblick verabscheute. Er hatte natürlich recht. Sie waren schon zusammen gewesen, als sie mit dieser Angewohnheit angefangen hatte. Sie hatte sich nur nicht genau daran erinnert, wann das gewesen war, oder ob Sebastian noch in der Stadt gewesen war. Das bedeutete, dass er irgendwie rausgefunden hatte, dass sie auf *Exclusive* war, und sie dann reingelegt hatte. Aber wie hatte er das erfahren? Er hatte doch sicher nicht einfach nur herumgestöbert und war über ihr Profil gestolpert. Aber das würde bedeuten, dass er an jemanden von ihren engsten Bekannten rangekommen war. Vor Übelkeit wurde ihr Mund ganz wässrig, und sie zwang sich dazu, sich nicht zu übergeben. „Warum?"

„Warum was?", fragte er und beäugte sie nachdenklich.

„Warum hast du diesen ausgeklügelten Plan ausgeheckt? Warum tust du so, als wärst du Sebastian, während du mir eine Nachricht auf einer Dating-App schreibst? Warum hast du mich um Mitternacht an den Strand gelockt?" Sie bebte vor Zorn, als sie anfügte: „Was willst du von mir?"

„Du hast meine Nummer blockiert, Gigi. Weißt du noch? Ich hatte keine Möglichkeit, dich zu kontaktieren. Hätte ich dir als ich selbst geschrieben, wärst du dann heute Nacht hier aufgetaucht?"

„Du hättest bei mir an die Tür klopfen können", sagte sie, nur um ihn zu ärgern. Sie wussten beide, das würde er niemals tun. Nicht, solange sie in einem Spukhaus lebte, wo die Geister ihr geholfen hatten, ihm in den Hintern zu treten.

Seine Nasenflügel blähten sich empört, während er fragte: „Wärst du denn an die Tür gekommen?"

„Nein. Aber das ist keine Ausrede, um mich unter falschen Vorgaben herzulocken." Sie wusste, dass er versuchte, sein Temperament zu zügeln. Sie fragte sich nur, wie lange es ihm gelingen würde, sich unter Kontrolle zu halten, und dann beschloss sie, dass sie das nicht herausfinden wollte. Sie funkelte ihn an und machte dann auf dem Absatz kehrt, um zurück den Strand hinaufzugehen.

Dass James sie verfolgte, spürte sie eher, als dass sie es hörte. Seine Hand legte sich um ihren Arm, sodass er sie herumziehen konnte, um ihn anzusehen.

„Du läufst nicht wieder vor mir weg. Ich bin hergekommen, um zu reden, und das werden wir auch tun", sagte er mit leiser, beherrschter Stimme.

„Ich habe nichts zu dir zu sagen, James. Es ist vorbei. Geh nach Hause." Sie riss den Arm aus seinem Griff und versuchte, nicht erleichtert zu wirken, als er sie tatsächlich losließ. Er hatte sie schon einmal angegriffen; es gab keinen Grund zu der Annahme, dass er das nicht wieder tun würde.

Er schob sich die Hände in die Taschen seiner Jacke und ließ den Kopf hängen, wirkte niedergeschlagen.

Fall bloß nicht darauf rein, Gigi, sagte sie sich.

„Ich vermisse dich. Ich vermisse *uns.*" Er hob den Kopf und sah sie flehend an. „Bitte, Gigi. Können wir einfach nur ein paar Minuten lang gehen und uns unterhalten? Ich will mich entschuldigen … für das, was passiert ist."

Es ließ sich nicht leugnen, dass Gigi unbedingt eine Entschuldigung von diesem Mann wollte. Und nicht nur für das, was am letzten Tag passiert war, als er handgreiflich geworden war. Sie hatten eine über zwanzigjährige toxische Vorgeschichte, mit der sie in den letzten neun Monaten versucht hatte, irgendwie klarzukommen. Aber würde es irgendwas ändern, diese Worte von ihm zu hören? Sie bezweifelte es, aber vielleicht konnte sie es versuchen.

„Also gut. Du kannst mich zurück zu meinem Haus begleiten. Das ist alles", sagte sie.

Er nickte einmal und streckte die Hand aus, legte sie auf ihre Hüfte, als würde er sie führen wollen.

Sofort trat Gigi zur Seite und sagte: „Du kannst mich nicht mehr einfach berühren, James. Vergiss das nicht."

„Das ist ja herrlich, wenn man bedenkt, dass du mit dem Mann ins Bett gehst, der die Antworten wegen des Verschwindens deiner Mutter hat", stieß er hervor, sein Gesicht angeekelt verzogen.

Gigi starrte ihren Ex-Mann nur voller Abscheu an. „Ich kann nicht glauben, dass du das gerade gesagt hast. Du weißt, dass Sebastian nichts mit dem Verschwinden meiner Mutter zu tun hat."

Skeptisch hob er eine Augenbraue. „Bist du dir da sicher?"

Eine hauchfeine Stimme in ihrem Kopf sagte *Nein*. Sie schüttelte den Kopf, versuchte, den verräterischen Gedanken zu verscheuchen. Im Herzen wusste sie, dass Sebastian unschuldig war. Sie würde von ihrem gruseligen Ex-Mann keine Zweifel sähen lassen. „Geh heim, James. Wo immer das ist. Ich will dich nicht in meinem Leben."

„Scheiße", murmelte er und ging neben ihr her.

Gigi tat so, als wäre er nicht da, und hoffte, wenn sie zu ihrem Haus kam, wäre er zu feige, um sich zu nähern.

„Ich habe es versaut", sagte er. „Das weiß ich. Aber sind wir es uns nicht schuldig, dass wir zumindest über das reden, was passiert ist? Versuchen, einander zu verzeihen?"

Ganz gleich, wie sehr sie ihn ignorieren wollte, auf gar keinen Fall konnte sie diese Anmerkung durchgehen lassen.

„Einander verzeihen? Für was genau brauche ich denn Vergebung? Ich bin nicht diejenige, die dich angegriffen hat."

„Ich habe doch schon gesagt, dass mir das leidtut. Ich bin deswegen zur Therapie gegangen, weißt du."

Das wusste sie nicht, aber es änderte gar nichts. Hatte er sich tatsächlich Hilfe geholt, dann war das schön für ihn. Aber sie hatte keine Verpflichtung, ihm zu vergeben.

„Da habe ich eine Menge gelernt", sagte er. „Ich weiß jetzt, dass ich selbstsüchtig war und nicht genug auf uns geachtet habe. Ich bin zum großen Teil der Grund, weshalb wir uns entfremdet haben. Aber ich habe auch erfahren, dass du nicht unbedingt emotional für mich verfügbar warst, und deshalb hatte ich diese Affären. Wenn wir nur ..."

„Kein weiteres Wort mehr, du arrogantes Arschloch. Es ist doch nicht meine Schuld, dass du deinen Schwanz in andere Frauen gesteckt hast", spie sie aus. „Sag niemals mehr, irgendwas, was ich getan oder nicht getan habe, wäre der Grund, dass du fremdgegangen bist. Für dich bist du verantwortlich, und ich bin für mich verantwortlich. Das ist alles. Ich bin dir niemals fremdgegangen. Ich habe dich niemals dem Risiko ausgesetzt, dir eine Krankheit einzufangen. Ich habe dich niemals von irgendwas zurückgehalten. Also zurück mit dir zu deinem Auto, für das du viel zu viel ausgegeben hast, damit du so tun kannst, als wärst du mein Freund, und lass mich in Frieden. Ich schulde dir gar nichts." Sie machte sich über den Stand auf, hatte es satt, sich seinen Unfug anzuhören. Wie es sich herausstellte, wollte sie nicht mal eine Entschuldigung von ihm. Sie wollte nur, dass er verschwand.

„Gigi!", rief er.

Sie wurde schneller und verfluchte sich, denn seit ihrem Yogaunglück war sie nicht mutig genug gewesen, noch einmal irgendwie zu trainieren. Wenn sie auf dem Stand anfing zu laufen, würde sie das vermutlich umbringen. Sie atmete schwer, und ihre Beine brannten allmählich, als jemand – James – sie von hinten packte. Sie ging mit einem *Umpf* zu Boden, ihr Gesicht landete im Sand. „Runter von mir!", befahl sie, trat mit den Beinen um sich und rollte sich herum, um ihn abzuschütteln.

„Nein, Gigi", sagte er in ihr Ohr. „Du gehörst mir, und du bist mir was schuldig. Jetzt entspann dich, sonst muss ich noch grob mit dir umspringen."

„Grob? Das mich gerade zu Boden gerungen, du Arsch." Sie stieß den Kopf nach hinten, mit dem Schädel direkt in seine Nase.

„Au! Du Schlampe!" Er rollte von ihr herunter, und rasch stand sie auf, wollte schnell weglaufen, doch er packte sie an den Haaren und riss daran, sodass sie wieder auf die Knie fiel. „Ich glaube, du hast mir die Nase gebrochen."

„Gut", sagte sie durch zusammengebissene Zähne. „Jetzt lass mich los, bevor ich meine Geister rufe."

„Führ dich doch nicht auf, als wäre ich ein Idiot. Ich weiß, dass die nur im Haus sind." Er zerrte fester, sodass sie vor Schmerz zusammenfuhr.

Wenn er glaubte, seine Taktik würde dafür sorgen, dass sie mitspielte, war er noch dümmer, als sie gedacht hatte. Sie wollte ihm in die Eier treten, aber da war sie nicht in einer guten Position. Außerdem, wenn er sich so bemühte, sie nicht gehen zu lassen, wollte er irgendwas. Ihr wäre wohl besser gedient, wenn sie herausbrachte, was das sein könnte.

Gigi wurde völlig reglos und schaute zu ihm auf, musterte seine Miene in der Dunkelheit. Er war offensichtlich wütend, aber unter der Oberfläche gab es noch etwas anderes – Verzweiflung. „Ach, ihr Götter", sagte sie. „Du bist hier, weil du Geld brauchst."

James' Augen wurden groß, dann kniff er sie zusammen. „Wie kommst du denn darauf?"

„Ich kenne dich", sagte sie hämisch. „Wie viel, damit du verschwindest?"

Er schaute mit einem erzwungen ausdruckslosen Gesicht auf sie hinab. „Eine Million. Dann siehst du mich niemals wieder."

Bei der heiligen Mutter, das war ja ein Ding. Meinte er das ernst? Sie hatte ihn bereits vor wenigen Monaten für eine rasche Scheidung bezahlt. Und doch war er hier und verlangte noch weiteres Geld. Wenn sie ja sagte und ihm das Geld tatsächlich auszahlte, hinderte ihn nichts daran, sie ein weiteres Mal zu verfolgen. Aber wenn sie jetzt ja sagte, würde er sie zumindest gehen lassen, lange genug, dass sie den Scheck holte. „Also gut. Du wirst einen Vertrag unterschreiben, dass du in der Zukunft keinen weiteren Unterhalt mehr verlangst, und ich hol den Scheck."

„So einen habe ich bereits unterschrieben. Das ist unnötig."

Das sah sie anders. Sobald sie ihre Geldbörse einmal öffnete, wusste sie, damit wurde sie angreifbar für weitere Forderungen. „Nur so bekommst du diesen Scheck."

„Also gut. Abgemacht." Er packte sie fest am Haar, sodass sie das Gesicht verzog. „Aber nur, damit das klar ist, Gigi, wenn du Spielchen mit mir spielst, verspreche ich, ich werde dir dein Leben zur Hölle machen. Verstanden?"

Sie wollte nicken, aber sein Griff um ihre Haare war zu fest.

„Sag, dass du das verstanden hast", befahl er.

„Ich verstehe es", wiederholte sie.

Er ließ los, und sie fiel auf den Sand, hielt den Kopf in beiden Händen, während sie ihre Kopfhaut mit den Fingern massierte. Als sie aufstand, schaute sie ihm direkt in die Augen und sagte: „Rühr mich niemals wieder an, James. Hast du das verstanden?"

Er schnaubte. „Ich habe dir doch nichts getan."

Gigi war nicht mehr entsetzt über seine hässliche Art, aber sie war schockiert über ihren eigenen ungezügelten Zorn. Er kam tief aus ihrer Seele herauf und ohne, dass ihr Verstand irgendwie dabei mitspielte, ballte sie die Hand zur Faust, spürte, wie Magie in ihren Arm strömte, und landete dann einen äußerst beeindruckenden rechten Haken, der ihn direkt zu Boden gehen ließ.

KAPITEL ZWANZIG

*G*igi bebte wegen des verbliebenen Adrenalins. Während sie zu ihrem Haus eilte, hielt sie die schmerzende Faust dicht am Körper. Sie wollte nur nach drinnen gehen, wo sie wusste, dass sie durch ihre Geister geschützt sein würde.

„Gigi?", erklang Sebastians angestrengte Stimme durch die Nacht.

„Sebastian?", zwang sie durch ein Schluchzen heraus. „Du bist hier?"

Plötzlich erschien er hinter dem kleinen Park, der den Weg zu ihrem Haus säumte. Seine Arme legten sich um sie, und er zog sie an sich. „Was ist passiert? Was ist denn los?"

Gigi klammerte sich an ihn und schüttelte den Kopf. Sie würde die Geschichte nicht herausbringen. Noch nicht. Durch stockende Atemzüge sagte sie: „Drinnen. Ich muss ... nach drinnen."

Er zögerte nicht. Er nahm sie in die Arme und marschierte an der Vorderseite ihres Hauses hinauf, dann stellte er sie ab. Ihre Hände bebten, während sie versuchte, die Eingangstür aufzusperren, und sie ließ die Schlüssel fallen. Sebastian hob sie auf und ließ sie nach drinnen.

In dem Augenblick, in dem ihre Füße auf die Holzdielen trafen, spürte sie die Anwesenheit der Hannigan-Schwestern. Die Wärme ihrer Sorge legte sich um sie wie eine unsichtbare Decke und beruhigte sie. Sie hörte auf zu zittern, aber die surreale Erfahrung, dass sie auf dem Strand gegen ihren Ex gekämpft hatte, lief in Dauerschleife durch ihre Gedanken.

„Gigi?" Sebastian legte ihr sanft eine Hand an die Wange. „Was ist passiert, Süße?"

Sie hob den Blick und konnte nicht verhindern, dass Tränen über ihre Wangen liefen, während sie sagte: „James ist wieder da."

Ein Windstoß fuhr durch ihr Haus, knallte Türen zu und warf eine Vase um, die auf ihrem Boden zerbrach. Bilder flogen von den Wänden, während Gigi mit Sebastian mitten in allem stand, sicher in einer kleinen Blase, wo nichts sie anrührte.

Als die Hannigan-Schwestern durch nichts andeuteten, dass sie nachlassen würden, machte Gigi einen kleinen Schritt weg von Sebastian und sagte: „Vielen Dank. Euer Zorn ist nicht unbemerkt geblieben. Ich bezweifle, dass er hierherkommen wird, denn vor euch fürchtet er sich, aber falls er das tut, gehört er ganz euch."

Der brutale Wind hörte auf, und ein leises Lachen hallte durch die Luft und verklang dann zusammen mit der Anwesenheit der Hannigan-Schwestern. Der Verlust ihrer Energie sorgte dafür, dass Gigis Knie einbrachen, und wären nicht Sebastians starke Arme gewesen, die sie packten, wäre sie zu Boden gefallen.

„Verdammt, Gigi. Das sind echt wilde Geister, die hier

über dich wachen", flüsterte Sebastian ihr ins Ohr, während er die Arme abermals um sie legte.

Sie nickte in dem Wissen, dass sie besser als jedes Sicherheitssystem waren, das es irgendwo zu kaufen gab. Ihre Anwesenheit, wenn sie nur James' Namen erwähnte, war für sie ein echter Augenöffner. Sie hatte sich gefragt, was sie, falls überhaupt, von Sebastian hielten. Da sie heute Abend nicht nur sie, sondern auch ihn vor ihrem Zorn geschützt hatten, wusste sie, dass sie ihn guthießen. Täten sie das nicht, bezweifelte sie, dass er in ihrem Haus willkommen sein würde.

Sie standen nur da und hielten einander eine Weile, bis Sebastian sich zurückzog und fragte: „Erzählst du mir, was passiert ist?"

„Ich habe James bewusstlos geschlagen und ihn mit dem Gesicht im Sand liegen lassen", stieß sie hervor.

Sebastian blinzelte ihn sie an. „Du hast was gemacht?"

„Er … er hat mir wehgetan, also habe ich ihm eine verpasst", sagte sie und schaute auf ihre Füße hinab.

„Wo?", knurrte er.

„Crescent Beach." Sie wedelte mit der Hand zum Meer unterhalb ihres Hauses. „Gleich an dem kleinen Parkplatz da unten."

Sebastian machte auf dem Absatz kehrt und ging zur Tür. Auf dem Weg nach draußen rief er über die Schulter: „Ich bin zurück, so schnell ich kann."

Gigi war noch in ihrem Wohnzimmer, während sie ihm nachsah. Sobald die Tür hinter ihm zufiel, drehte sie sich zu den Stufen und ging auf dem schnellsten Weg zu ihrer Dusche.

Das heiße Wasser strömte über ihre schmerzenden Muskeln und löste die Anspannung in ihren Schultern. Ihre

Kopfhaut fühlte sich empfindlich an, und ihr Rücken schmerzte wegen der Anstrengung. Ihren Beinen ging es nicht so viel besser, nachdem sie versucht hatte, auf dem Strand zu laufen.

Der Nachhall seiner Forderung spielte sich immer wieder in ihren Gedanken ab. Es gab eine Menge Geld in der Stiftung, aber sollte sie beschließen, es ihm zu geben, was würde das für die Zukunft bedeuten? Tat sie es nicht, was würde es für die Gegenwart bedeuten? Würde James immer wieder an zufälligen Orten auftauchen, um noch weiteres Geld aus ihr heraus zu pressen? Sie hatte keinen Grund, etwas anderes anzunehmen. Er war eben ein Versager.

Gigi wusste nicht, wie lange sie unter der Dusche stand, aber sie war noch dort, als Sebastian kurze Zeit später zurückkehrte. Ohne ein Wort zog er sich aus und kam zu ihr. Er stellte sich hinter sie, die Arme um sie gelegt, sein größerer Körper rahmte ihren.

In der Sicherheit ihres Hauses von ihm gehalten zu werden, gab ihr zum ersten Mal an diesem Abend ein Gefühl der Geborgenheit.

„Sag mir, dass du ihn nicht umgebracht hast", sagte Gigi, die die Augen schloss und den Kopf an seine Brust lehnte.

Sebastian hatte eine Hand um ihren Bauch gelegt, die andere um ihre Brust. „Nein. Leider nicht."

Gigi wusste, dass sie sich erleichtert fühlen sollte, dass er nichts getan hatte, das ihn mit dem Gesetz auf Kriegsfuß bringen würde. Aber das tat sie nicht. Sie spürte nur Verzweiflung. „Was hast du zu ihm gesagt?"

„Nichts. Er war nicht da." Sebastian rieb mit dem Gesicht über ihren Nacken. „Kein Auto. Kein Mann. Keine Spuren."

„Verdammt", sagte Gigi, die sich vorkam wie eine Versagerin. „Ich hätte die Polizei dazu rufen sollen." Nicht, dass die irgendwie früher an den Strand gekommen wären. Sie hätte keine Möglichkeit gehabt, sie anzurufen, bis sie zu Hause war, da sie ihr Handy nicht mitgenommen hatte. Das hatte sie auch vorgehabt, aber in dem Augenblick, als sie Sebastian gesehen hatte, waren ihre ganzen guten Absichten wie weggeblasen gewesen.

„Das hätte nichts geändert", sagte er, sprach ihre Gedanken aus. Er streckte sich und stellte das Wasser ab. „Bringen wir dich hier raus, bevor du dich ganz in Dörrobst verwandelst."

Gigi schaute hinab auf ihre Finger und verzog das Gesicht, als sie die Falten sah. Ganz bestimmt erging es den anderen Teilen von ihr nicht besser. Sie ließ sich von ihm aus der Dusche führen, abtrocknen und ins Bett stecken.

Sobald Sebastian neben ihr war, umarmte er sie von hinten und flüsterte: „Was ist heute Abend passiert?"

Gigi holte tief Luft, und während sie in seinen Armen lag, erzählte sie ihm alles.

DAS HÄMMERN AN DER EINGANGSTÜR, zusammen mit dem stetigen Läuten der Türklingel weckte Gigi aus tiefem Schlaf. Sie schoss hoch, rieb sich die verklebten Augen. Es war spät geworden, bis sie und Sebastian schließlich schlafen gegangen waren. Sie hatten bis spät in die Nacht geredet, was man wegen James unternehmen könnte, aber sie hatten keinen besonders soliden Plan auf die Beine gestellt. Sie würden einen Bericht bei der Polizei abgeben, nur damit der Vorfall auch in den Akten stand, aber Gigi und Sebastian wussten, dass sich daraus nichts ergeben würde. Da Gigi körperlich nicht schlimm verletzt war, würden sie die

Beschwerde zwar aufnehmen, aber es gab keine Garantie, dass irgendetwas davon auf seine Akte kommen würde. Es gab eigentlich nichts zu tun, außer abzuwarten zu sehen, was er als nächstes tat.

Und das verabscheute Sebastian. Er hatte ihn aufspüren und bedrohen wollen, mehr oder weniger mit dem Tode. Insgeheim hatte Gigi diese Unterhaltung genossen. Sie hätte alles gegeben, um zu sehen, wie Sebastian James auseinandernahm. Aber sie wollte nicht wirklich, dass er seine Zulassung als Anwalt verlor, nur weil er eifersüchtig war oder angepisst wegen James' Bockmist.

Wieder läutete die Klingel, gefolgt von etwas, das klang wie Elefanten an der Eingangstür. Als sie die Tür schließlich öffnete, lief Skyler herein, Autumn direkt hinter ihm.

„O mein Gott! Gigi, alles in Ordnung?" Er musterte sie, schaute nach blauen Flecken oder anderen Verletzungen. „Ich kann nicht glauben, dass dieser Bastard hier aufgetaucht ist."

Gigi schloss die Tür und drehte sich um, um die morgendlichen Besucher zu begrüßen. „Woher wusstest du von letzter Nacht?"

„Pete und ich haben Sicherheitskameras", sagte Skyler und wedelte mit der Hand, tat ihre Sorge ab. Sanft nahm er ihre rechte Hand und gab ihr einen Kuss auf die angeschlagenen Knöchel. „Ich bin so stolz auf dich, meine Kleine. Nach allem, was ich sehen konnte, hast du ihm die Hölle heißgemacht."

Gigis Lippen zuckten leicht amüsiert. Das Thema war kein Spaß, aber ihre Freunde waren süß und liebenswert. „Kommt rein. Ich brauche sofort Kaffee."

Skyler schaute sich in ihrem Wohnzimmer um und stieß ein entsetztes Keuchen aus. Er nahm Gigis heile Hand, um sie davon abzuhalten, zur Kaffeemaschine zu gehen. „Was ist denn hier drin passiert? Sieht aus, wie diese letzte Szene in *Ghostbusters*, kurz bevor sie die Stadt retten."

„Die Hannigan-Schwestern waren nicht sonderlich erfreut darüber, zu erfahren, dass James wieder da ist", sagte Gigi. „Aber keine Sorge. Sie haben niemanden verletzt. Hier waren nur ich und Sebastian, als das passiert ist."

Skyler eilte Gigi hinterher, während sie schließlich in die Küche kam. Sie lief auf Autopilot, während sie Kaffee machte und dann auf dem Hocker neben Skyler Platz nahm, während sie warteten. Erst da wurde ihr klar, dass Autumn auch noch da war. Sie hatte sie bemerkt, als sie die Tür geöffnet hatte, aber sie wusste nicht, weshalb sie überhaupt hier war. Gigi lehnte sich hinüber und fragte Skyler, weshalb die Frau um halb neun am Vormittag in ihrer Küche war.

„Wir haben im Haus gearbeitet", sagte Skyler empört. „Da ist immerhin mein Design-Studio."

„Klar, natürlich." Sie wandte sich an Autumn. „Hilfst du auch beim Designen mit?"

„Vielleicht", antwortete Skyler für sie. „Das kriegen wir noch raus. Heute haben wir die hochwertigeren Secondhand-Klamotten sortiert, die ich gekauft habe, während du unten in Fairytown warst, oder wie auch immer das heißt, wo du aufgewachsen bist. Pete hat mir erzählt, dass ein Alarm auf unserem Sicherheitssystem war, und als ich mir das angesehen habe, habe ich mitbekommen, wie du diesem Vollidioten eine verpasst. Toller rechter Haken!"

„Danke", sagte sie verlegen und spannte die Finger an. Aber dann dämmerte ihr, dass Skyler das ganze Ding aufgezeichnet hatte. „Hast du gesehen, was mit ihm passiert ist, nachdem ich gegangen war?"

„Du hast ihm echt einiges mitgegeben. Als er

aufgestanden ist, ist er zu seinem SUV gewankt, das ich anfangs für das von Sebastian hielt, bis ich den Aufkleber der Mietwagenfirma sah. Auf jeden Fall ist er da rüber gestolpert, hat einen Anruf getätigt und ist dann weggefahren."

„Er hat telefoniert?", fragte Sebastian aus dem Kücheneingang. Er lehnte im Türrahmen, hatte kein Oberteil an.

Skylers Augen quollen ihm fast aus dem Kopf, während er ihn anstarrte, während Autumn sich abwandte.

Gigi konnte nicht anders, als zu lachen. „Zieh dir ein T-Shirt an. Die lenkst die Nachbarn ab."

Sebastian verdrehte die Augen, verschwand ein paar Minuten und kam dann in einem T-Shirt zurück. „Besser?", fragte er Gigi.

„Nein", ließ sich Skyler vernehmen.

Gigi nickte und reichte ihm die erste Tasse Kaffee.

„Danke." Er wandte sich an Skyler. „Diese Aufzeichnungen werden wir brauchen. Die werden praktisch für den Polizeibericht, den wir heute machen wollen."

„Natürlich", sagte Skyler, der dankbar seine eigene Tasse Kaffee entgegennahm.

Sobald Gigi und Autumn eine Tasse hatten, gingen alle vier in das Speisezimmer, wo sie sich an den Tisch setzten. Sie klärten Skyler und Autumn über Gigis Erlebnisse in der Nacht zuvor auf und warteten geduldig, während Skyler leise vor sich hin fluchte und vage Anspielungen auf Giftkräuter machte. Autumn war still und sagte gar nichts, während sie ihren kalt werdenden Kaffee musterte.

„Autumn? Ist alles in Ordnung?", fragte Gigi.

Die Frau hob die müden Augen zu Gigi und sagte: „Ja. Es

ist nur so schlimm. Ich weiß nicht, weshalb solche Männer immer mit so schrecklichem Zeug davonzukommen scheinen."

Gigi rieb ihr die Schulter und verstand, dass Autumn selbst Erfahrungen mit einem gewalttätigen Partner oder einer anderen Autoritätsfigur hatte.

„Er wird nicht damit davon davonkommen. Dieses Mal nicht", versprach Sebastian.

Sie redeten nicht weiter über das Thema James, zur Erleichterung aller, und nach einem Augenblick wandte Gigi sich an Sebastian und sagte: „Ich habe vergessen, dich zu fragen, was du in San Francisco rausgefunden hast. Du hast gesagt, ihr hättet eine Spur."

„Genau." Sebastian fuhr sich mit der Hand durch die Haare und lehnte sich im Stuhl zurück, während er sagte: „Wir haben den Namen der Firma, die deinen Ring an das Auktionshaus verkauft hat. Sie heißt *Mystical Finds of Avalon*, wenn du das glauben kannst."

Autumn stieß ein Keuchen aus und legte sich rasch beide Hände über den Mund.

„Autumn?", fragte Gigi besorgt. „Was ist denn?"

„Kennst du diese Firma?", fügte Sebastian an.

Autumn nickte langsam. Als sie endlich etwas sagte, war es: „Die gehört meinem Vater."

KAPITEL EINUNDZWANZIG

*D*einem Vater!" Gigi sprang aus dem Stuhl, musste
„ etwas Abstand zwischen sich und Autumn
bekommen. Wie konnte das sein? Was genau machte
Autumn hier? War sie aus irgendeinem Grund von ihrem
Vater hier platziert worden? War das der Grund, dass sie
genau zur selben Zeit aufgetaucht war, als Gigi angefangen
hatte, erneut nach Antworten wegen des Verschwindens
ihrer Mutter zu suchen? Sie kniff die Augen zusammen und
schaute die Frau an. „Warum bist du hier?"

„Gigi", sagte Skyler, ein leicht warnender Unterton in
seiner Stimme. „Glaubst du nicht, wir sollten ihr mal kurz
geben, um sich zu erklären?"

„Glaubst du nicht, dass das ein bisschen zu viel Zufall
ist?", wollte Gigi wissen. In ihrem Kopf machte sich eine leise
warnende Stimme bemerkbar, dass sie überreagierte, dass es
einen anderen Grund gab, weshalb das geschah, doch sie
achtete nicht darauf. Sie war zu verärgert, um ihrer Intuition
zu folgen. „Ich meine, wie ist sie denn in Premonition Pointe
gelandet und arbeitet für meinen besten Freund? Teufel, sie

ist sogar an dem Vormittag hier, nachdem James mich hereingelegt hat."

„Es sieht schlimm aus", sagte Autumn, ihr Gesicht war weiß. „Ich weiß nicht, wie ich irgendwas davon erklären kann, aber ihr solltet wissen, dass ich mit meinem Vater seit vielen Jahren nicht mehr gesprochen habe."

Wie passend, dachte Gigi. Nach ihrer Erfahrung vom Vorabend hatte sie die Fähigkeit verloren, jemandem zu glauben. „Tut mir leid. Ich weiß einfach nicht, ob ich dir vertrauen kann."

Du kannst, flüsterte eine Stimme, die scheinbar aus dem Nichts kam. *Hör ihr zu.*

Gigi schaute sich um, und als sie nichts sah, brüllte sie vor Frust: „Falls du irgendwas weißt, sag es mir einfach. Hör mit den kryptischen Nachrichten und dem unerklärlichen Rat auf!"

Autumn, die vor Gigi zurückgewichen war, stand plötzlich auf und starrte Gigi ins Gesicht. „Ich mag meinen Vater nicht. Ich habe alles in meiner Macht Stehende getan, um von ihm wegzukommen, seit ich ein Teenager war, also habe ich keine Ahnung, weshalb seine Firma darin verwickelt war, einen Ring zu verkaufen, den deine Mutter am Tag ihres Verschwindens getragen hat. Wie könnte ich das auch? Ist es seltsam, dass das passiert? Ja. Aber es ist nicht meine Schuld, und der einzige Grund, weshalb ich hier bin, liegt darin, dass ich mit Skyler arbeite. Oder zumindest habe ich das getan." Sie wandte sich zu ihm. „Falls du es dir nicht anders überlegt hast."

Skyler schaute zu Gigi. Sie zuckte unverbindlich mit der Schulter. Das war nicht ihre Entscheidung, obwohl es ihr mit Autumn unbehaglich sein würde, bis sie mehr über ihren Vater erfuhr, und wie er an den Ring ihre Mutter gekommen war. Skyler wandte sich wieder an Autumn und sagte: „Du weißt, dass Gigi meine beste Freundin ist, oder?"

„Also gut. Ich gehe", erwiderte Autumn.

„Moment!" Skyler lief vor sie, verstellte ihr den Weg zur Tür. „Ich habe nicht gesagt, dass ich es mir anders überlegt habe. Du bist eine tolle Assistentin, und bisher hatte ich keinen Grund zu der Annahme, dass du ... Ich weiß auch nicht, versuchst, unsere Gruppe zu infiltrieren oder so was. Ich bin derjenige, der zu dir gekommen ist, stimmt's? Ich habe dich angefleht, für mich zu arbeiten, nachdem ich die Arbeit gesehen habe, die du bei der Thorne-Vermögensauflösung erledigt hast. Reden wir doch einfach mal darüber und stellen fest, wie wir von hier aus weitermachen."

Autumn presste die Lippen fest aufeinander. Ihr Kinn war angespannt, und der frustrierte Zorn, der ihr überall im Gesicht stand, ließ sich nicht übersehen. „Tut mir leid, Skyler, das halte ich nicht für eine gute Idee." Sie schoss um Skyler herum und ging geradewegs zur Tür. Sobald sie auf der Schwelle stand, schaute sie über die Schulter und sagte in einem eisigen Tonfall: „Wisst ihr, ich habe alles in meiner Macht Stehende getan, um mich von meinem bigotten Vater zu distanzieren. Es reißt mir das Herz raus, dass ich mich schon wieder von etwas abwenden muss, weil er ein totaler Scheißhaufen ist. Aber ich sitze nicht hier rum und warte darauf, dass man mich akzeptiert. Das habe ich in meinem Leben schon viel zu oft gemacht, und ich bin damit jetzt fertig. Viel Glück, Gigi. Ich hoffe, du findest, wonach du suchst."

Hinter ihr knallte die Tür zu, und alle drehten sich um, um Gigi anzustarren.

„Verdammt." Gigi lief ihr nach, weil sie wusste, dass sie es

215

vermasselt hatte. Klar, sie war schockiert gewesen, von dieser Verbindung zu hören, aber Autumn war diejenige gewesen, die diese Information enthüllt hatte. Weshalb sollte sie das tun, wenn sie eine Art Spionin war? Dann gab es noch die Tatsache, dass sie einfach so kaputt ausgesehen hatte, während sie über ihren Vater gesprochen hatte. Gigi wusste nur zu gut, wie es war, einen beschissenen Vater zu haben. Sie war von ihrem verlassen worden, bevor sie auch nur alt genug gewesen war, sich an ihn zu erinnern.

„Autumn!", rief Gigi von der Zufahrt aus. Die Frau war bereits nebenan bei Skyler und stieg in ein kleines rotes Auto mit Fließheck. „Bitte geh nicht!"

Autumn schaute einen Augenblick lang zu Gigi herüber, dann schüttelte sie den Kopf und verschwand in ihr Auto.

„Gut gemacht, Gigi. Sieht aus, als würdest du dich um den ersten Platz als Arschloch des Jahres bewerben", murmelte Gigi vor sich hin, dann rannte sie los, versuchte Autumn zu erreichen, bevor sie die Straße hinabraste.

Autumn war gerade dabei, rückwärts aus Skylers Einfahrt zu fahren, als Gigi hinüberrannte und mit den Armen wedelte. „Bitte. Gib mir einfach die Chance, mich zu entschuldigen und alles zu erklären." Auf gar keinen Fall konnte Autumn ihre letzte Bitte gehört haben. Das Fenster war hochgerollt, und der Wind wehte stärker als üblich. Trotzdem hielt das Auto an.

Als Autumn den Motor nicht abschaltete oder aus dem Auto stieg, schob Gigi sich die Haare aus den Augen, ging ans Fenster und sagte tonlos: *Bitte?*

Gigi sah, wie Autumn sichtlich seufzte, bevor sie die Hände in die Luft warf und das Auto dann auf Parken stellte. Einen Moment später stieg sie aus, das Gesicht verkniffen und die Schultern angespannt.

„Also gut", sagte Autumn. „Du hast zwei Minuten, bevor ich wieder einsteige und fahre. Ich habe mir vor langer Zeit geschworen, dass ich mich niemals Leuten aufzwingen möchte, die mich nicht akzeptieren wollen oder das in mir sehen, was ich bin."

„Es tut mir leid", sagte Gigi sofort. „Ich bin heute Vormittag geistig nicht ganz bei mir, und der Versuch, meine Vergangenheit zu verstehen, und alle, die damit womöglich verbunden sind, ist ein ziemlicher Schlamassel. Ich hätte es gerne, dass du wieder reinkommst und mit uns redest."

„Warum?" Autumn verschränkte die Arme vor der Brust, wirkte trotzig. „Damit du mich wegen meines Vaters löchern kannst? Ich warne dich jetzt, dass ich mit ihm über zehn Jahre lang nicht gesprochen habe und nicht viel über seine Geschäfte weiß. Er war nicht gerade der Typ, der dachte, eine Tochter könnte eines Tages sein Imperium übernehmen. Es war seine größte Enttäuschung, dass er keinen Sohn hatte."

Gigi schloss die Augen und holte tief Luft. Als sie sie öffnete, schaute sie Autumn in die Augen und sagte: „Es tut mir echt leid. Ich hätte gern, dass du wieder reinkommst, weil du Skylers Assistentin bist. Er wird mich umbringen, wenn du einfach so gehst. Und außerdem, und sehr viel wichtiger, ich will, dass du wieder reinkommst, weil ich dich mag, und ich war nicht fair. Ja, ich bin sicher, alles, was du über deinen Vater erzählen kannst, wäre hilfreich, aber es ist nicht notwendig, wenn du nicht über ihn reden möchtest. Sebastian hat Privatermittler, die er anrufen wird, um die Information zu bekommen, die wir brauchen."

Autumn senkte die Arme an den Seiten, dann hielt sie die Handflächen nach oben. „In Ordnung. Aber vor allem für Skyler. Er war sehr nett zu mir. Ich will ihn nicht ärgern."

Gigi lächelte sie an. „Er ist echt der Beste, oder?"

Autumn nickte und reihte sich neben Gigi ein, während sie zurück zu Gigis Haus gingen.

Skyler wartete auf der vorderen Veranda auf sie, und als sie näherkamen, legte er die Hände auf die Hüften und starrte auf Gigi herab. „Es ist verdammt gut, dass du sie zur Rückkehr bewogen hast, denn hätte sie gekündigt, hätte ich einen Riesenflamingo in deinem Garten aufstellen müssen, nur um dich zu nerven."

Gigi lachte leise. Er wusste, wie sehr sie rosa Plastikflamingos verabscheute. James hatte die immer in seinem Garten gewollt, aber als sie ungefähr zum vierten Mal von irgendwelchen Hollywood-Typen darauf angesprochen worden war, dass sie wohl ein Swinger-Pärchen waren, war sie völlig ausgeflippt und hatte sie alle in den Müll geworfen. James, der idiotische Klotz, der er war, hatte am nächsten Tag die doppelte Anzahl gekauft und sie in kompromittieren Stellungen aufgebaut. Im Rückblick war es fast witzig. Aber damals war sie peinlich berührt gewesen. Er hatte sie monatelang nicht weggebracht, nur um sie zu quälen.

„Rosa Flamingos?", fragte Autumn.

„Es ist eine lange Geschichte", sagte Gigi. „Vertrau mir, darüber wäre ich entsetzt gewesen. Jetzt weißt du also, wie du mich nerven kannst." Sie wies mit dem Kopf zur Tür. „Gehen wir rein und holen wir uns noch Kaffee. Ich weiß nicht, wie es euch geht, aber für mich ist es auf jeden Fall ein Zwei-Tassen-Tag."

„Zwei Tassen?" Skyler schnaubte. „Eher schon zwei Kannen."

Gigi schob ihren Arm durch seinen und sagte: „Ich wette, Sebastian hat bereits was am Köcheln."

Tatsächlich hatte Sebastian nicht nur eine weitere Kaffeekanne fertig, er hatte sogar auch ein Tablett mit Bagels und ein paar verschiedenen Frischkäsesorten aufgestellt. Gigi lächelte ihn dankbar an und nahm am Tisch Platz.

Sebastian setzte sich neben sie und nahm ihre Hand. „Bist du sicher, dass alles in Ordnung ist?"

Gigi nickte. „Das wird es." Früher oder später. Vielleicht. Sie lehnte sich an ihn, einfach nur dankbar, dass er da war.

Skyler und Autumn plauderten ein paar Minuten lang. Als sie an den Tisch zurückkehrten, hatte Skyler ihr den Arm um die Schultern gelegt. Er küsste sie rasch auf die Wange und sagte: „Natürlich kannst du eine Begleitung zur Eröffnung mitbringen. Weshalb sollte das überhaupt zur Debatte stehen?"

„Ich war mir nur nicht sicher, ob ich da arbeite oder mich unters Volk mische", sagte sie. „Ich will doch nicht, dass Zoe den ganzen Abend lang allein ist."

Zoe, dachte Gigi. Hatte Autumn nicht schon mal einen Ex-Freund mit Stalker-Tendenzen erwähnt? Obwohl das nichts zu bedeuten hatte. In Hollywood hatte sie eine Menge Leute gekannt, die bi waren.

„Sie wird nicht allein sein. Tatsächlich wird es dein Job sein, dich unters Volk zu mischen, und wenn ihr das zusammen tun könnt, ist es toll", sagte Skyler. „Pete wird auch da sein. Falls irgendwas schrecklich schief geht und wir beschäftigt sind, können sie zusammen rumhängen."

„Okay. Danke." Autumn setzte sich an den Tisch und schrieb eine Nachricht auf dem Handy, wobei sie zum ersten Mal lächelte, seit Gigi ihr vorgeworfen hatte, eine Spionin zu sein.

„Skyler?", sagte Sebastian.

„Ja?"

„Meinst du, ich könnte mir mal die Aufzeichnungen eurer Sicherheitskamera von letzter Nacht anschauen, bevor wir sie der Polizei übergeben?"

„Klar." Skyler holte sein Handy heraus und tippte auf den Bildschirm.

Gigi runzelte die Stirn. „Weshalb willst du das sehen?"

Er hob die Augenbrauen und wirkte überrascht. „Weshalb denn nicht? Ich will sehen, was auf dem Video festgehalten wurde, damit ich weiß, was für einen Beweis wir eigentlich haben. Wenn er nur schwach ist, fällt es ihnen womöglich schwer, daraus etwas aufzubauen. Das wüsste ich lieber vorher."

„Stimmt", sagte sie, in dem Wissen, dass nun der Anwalt an ihrer Seite sprach. Es war schon sinnvoll, dass er es sehen wollte. Aber Gigi wollte das nicht. Kein bisschen davon. „Ich werde mir das nicht geben. Aber ihr zwei macht mal."

Skyler stellte das Handy an einer Tasse auf und drückte auf Play. Bis auf den Wind und ein paar schwache Rufe gab es nicht viel zu hören. Trotzdem fuhr Gigi zusammen, als sie den Angriff noch einmal miterleben musste. Gigi stand auf und ging auf und ab. Weil sie nicht beherrscht bleiben konnte, fing sie an, herumzuzappeln, und ihre Atmung wurde schneller.

Autumn sprang aus ihrem Stuhl auf und eilte herüber zu Gigi. Mit leiser Stimme sprach sie: „Alles in Ordnung. Du bist jetzt in Sicherheit. Dein Ex kann dir nichts tun." Sie drehte sich um und wedelte zu dem Video hin. „Es ist nur ein – heilige Scheiße. Ich dachte, du hast gesagt, der Name deines Ex wäre James."

„Ist er auch", sagte Gigi. „Warum?"

Autumn kam hinter Sebastian und schaute sich das Video

eine Weile an. Nach einem Augenblick stieß sie ein Keuchen aus und sagte: „ER ist es. Das ist PJ."

„PJ?", fragten sie alle gleichzeitig.

„Mein …" Sie hielt inne und starrte Gigi an, ihre Miene war entsetzt.

„Dein was?", fragte Gigi, die spürte, wie sich ein Loch in ihrem Magen auftat. Was immer sie sagen würde, Gigi wusste, dass es viel schlimmer sein würde, als herauszufinden, dass die Firma ihres Vaters am Verkauf des Ringes ihrer Mutter beteiligt gewesen war.

Sie schüttelte den Kopf, ihr Mund bewegte sich, aber es kam nichts heraus.

„Bruder? Freund? UPS-Fahrer?", ergänzte Gigi, die versuchte, sich zusammenzureißen.

„Freund", zwang sie schließlich hervor. „Derjenige, der zum Stalker wurde."

KAPITEL ZWEIUNDZWANZIG

„*D*ein Stalker?", stieß Gigi erstickt hervor. „Wie? Wann?"

Autumn starrte auf Skylers Handy, ihr Schock verwandelte sich rasch in reinen Zorn, während ihre Lippen nach unten gingen und ihre Finger sich zu Fäusten ballten. „Ich war ein paar Monate mit ihm zusammen, und dann, als mir klar wurde, dass wir nicht zusammenpassen, habe ich ihn aus meinem Leben entfernt. Danach hat er angefangen, mich zu verfolgen, hat mir am Arbeitsplatz gruslige Geschenke hinterlassen, ist an meiner Wohnung aufgetaucht und hat sich benommen, als hätten wir was zusammen vor, wenn das gar nicht so war. Ich schwöre, er hat sich mächtig ins Zeug gelegt für dieses Gaslighting."

Gigi wechselte einen Blick mit Sebastian. Als sie Sebastians skeptischen Blick sah, sagte sie: „Er hat dir erzählt, sein Name wäre PJ. James' Vornamen lauten Preston James."

„Scheiße!" Sebastian strich sich frustriert mit der Hand durch die Haare. „Das ergibt doch keinen Sinn."

„Das kannst du laut sagen", spie Autumn aus. „Wie kommt es, dass ich plötzlich mitten in diesem ganzen Drama stehe?"

„Autumn, wann ist das denn passiert?", fragte Gigi. Sie war weit darüber hinaus, Autumn irgendwelche niederträchtigen Aktivitäten vorzuwerfen. Falls ihre derzeitige Reaktion vorgespielt war, hatte die Frau einen Oscar verdient. Sie war tausendprozentig total geschockt.

Autumn holte zittrig Luft. „Vor drei Monaten war es vorbei. Es fing an, gleich nachdem ich in die Stadt kam. Ich habe ihn auf einer Dating-App getroffen." Sie stieß ein Schnauben aus. „Er hat nicht mal ein aktuelles Foto benutzt. Die waren alle von vor mindestens fünfzehn Jahren. Da hätte ich ihn schon fallen lassen sollen, aber er war echt charmant. Die Art Mensch, die einfach nur Charisma ausstrahlt. Im ersten Monat dachte ich einfach, er wäre wunderbar. Aber dann fing er an, darüber zu reden, etwas ernster zu machen, und er wollte zusammenziehen und geteilte Bankkonten. Dafür war ich so gar nicht zu haben, und ich habe ihm gesagt, das ginge zu schnell. Als er nicht damit aufhörte, habe ich es beendet. Ich habe Probleme damit, wenn man nicht unter Druck setzt."

„Ich wünschte, ich wäre so klug gewesen wie du, als er es bei mir vor zwanzig Jahren genauso gemacht hat", sagte Gigi. Sie konnte alles verstehen, was Autumn gerade gesagt hatte. James war charmant und wusste, wie er bekam, was er wollte. Und als es bei Gigi nicht funktioniert hatte, war er zu jemand anderem weitergezogen. Das Einzige, was sie verwirrte, war, dass Gigi nicht ganz nachvollziehen konnte, weshalb er mit jemandem ohne großes Bankkonto zusammen war. „Autumn, wusste er, wer dein Vater ist?"

„Ja. Er hat mich nach meiner Familie gefragt, und da man

mit ihm so locker reden konnte, habe ich ihm von der nicht existenten Beziehung zu meinem Vater erzählt. Warum?"

„Nur so eine Ahnung. Er war vermutlich hinter deinem Geld her, denn so ist er eben." Gigi hätte alles auf ihrem Konto darauf gesetzt, dass er gewusst hatte, wer sie war, bevor er mit ihr ausgegangen war, und dass er gedacht hatte, wenn er mit der Tochter zusammenkommen könnte, hätte er wieder Zugriff auf ein Vermögen.

„Da hat er sich verrechnet", sagte sie und schüttelte den Kopf. „Mein Vater hat mich schon vor Jahren enterbt. Ich hätte eine Stiftung bekommen sollen, die dieses Jahr wirksam wird, aber auch das hat er geändert." Sie zuckte mit den Schultern. „Spielt keine Rolle. Ich will sowieso nichts von ihm."

Gigi dachte ein bisschen darüber nach. Sehr wahrscheinlich hatte James diese Informationen nicht gehabt und war einfach nur hinter jemandem her gewesen, von dem er annahm, sie hätte Zugriff auf Geld. Das war alles, was ihm wirklich wichtig war. „Wir müssen los und Anzeige erstatten. Das kann nicht warten. Wir müssen der Polizei alles darüber erzählen. Was gestern Nacht passiert ist, und was Autumn passiert ist."

Autumn nickte. „Er ist eindeutig gefährlich. Ich wollte vor ein paar Monaten schon Anzeige erstatten, als er mich nicht in Frieden lassen wollte, aber sie haben mich nicht ernst genommen. Sie sagten, es gäbe nichts, was sie tun könnten, außer er hätte mich körperlich verletzt. Schwachsinn, oder?"

Auf jeden Fall. Sie wollte schreien. Weshalb kamen diese Gruseltypen damit davon, jemanden mental zu foltern, und es war erst ein Problem, wenn sie der Person, die sie stalkten, körperlichen Schaden zufügten? „Das ist auf jeden Fall eine beschissene Situation."

„Wir müssen den Bericht zumindest einreichen", sagte Sebastian. „Das wird dem Fall helfen, sobald es sich mal steigert. Kommt schon. Wir gehen alle zusammen."

„NA, DAS WAR KOMPLETTE ZEITVERWENDUNG", sagte Gigi, die sich auf einen Stuhl in der *Bird's Eye Bakery* warf. Sie hatten drei Stunden auf dem Polizeirevier verbracht und Aussagen gemacht und einen Bericht abgegeben. Der Inspektor, mit dem sie geredet hatten, war ganz nett gewesen, hatte aber offensichtlich nicht geglaubt, dass die beiden Vorfälle irgendwie zusammenhingen, außer, dass es um dieselbe Person ging. Er schien zu glauben, da James Autumn schließlich in Ruhe gelassen hatte, würde er auch gehen und aufhören, Gigi unter Druck zu setzen. Als Gigi sagte, dass sie ihn wegen Körperverletzung anzeigen wollte, sagte er, er würde es an den Staatsanwalt weiterleiten, wirkte aber nicht überzeugt, dass der Staatsanwalt damit viel anfangen würde.

„Nein, es war keine Zeitverschwendung. Wir haben einen Bericht, der in den Akten ist. Das könnte später mal praktisch werden", sagte Sebastian, der neben ihr saß und ihre Hand in seine nahm.

„Wenn es zu spät ist", murmelte Autumn.

„Sehe ich auch so", fügt Skyler an. „Wir können doch nicht einfach abwarten, was er als nächstes macht. Wir müssen etwas tun."

„Ich kann ihm einen Detektiv nachschicken", sagte Sebastian. „Seine Bewegungen beobachten. Sehen, was er vorhat. Gigi, weißt du, wo er derzeit arbeitet?"

„Wenn er keinen neuen Job hat, dann ja." Sie nahm sich ihr Handy und schickte ihm die Information in einer E-Mail. „Damit solltest du was anfangen können. Er ist zur selben Zeit umgezogen wie ich, aber ich kenne seine Adresse nicht. Ich könnte sie vermutlich von meiner Scheidungsanwältin erhalten."

Autumn räusperte sich. „Als wir zusammen waren, war er irgendwo zur Kurzzeitmiete, während er nach einem Haus suchte. Ich weiß aber nicht, ob er noch da ist. Ich kann die Adresse rüberschicken."

„Perfekt. Das ist ein Anfang." Sebastian schnappte sich sein Handy und stand auf. „Ich werde den Anruf tätigen und jemanden darauf ansetzen. Ich bin gleich wieder da."

Als Sebastian weg war, wurden sie alle still. Gigi empfand ein überwältigendes Gefühl, dass etwas Schlimmes bevorstand. Irgendetwas sagte ihr, dass es kein Zufall war, dass er Autumn aufs Korn genommen hatte. Irgendwo gab es eine Verbindung, doch sie sah sie nicht. „Autumn, was hat James dir denn über sich erzählt?"

Sie runzelte die Stirn. „Mal sehen. Dass er Werbung macht. Er hat eine Menge Namen fallen gelassen und war überrascht, dass ich nicht so beeindruckt war. Mein Dad hatte eine Menge mächtige Freunde. Sie waren alle Arschlöcher, darum ist das kein Leben, das mir wichtig ist, und mit dem ich jemals wieder etwas zu tun haben möchte."

Gigi stieß ein Schnauben aus. „Ja, er ist besessen von Geld und Macht."

„Er hat mir auch erzählt, dass seine, und das ist ein Zitat, Schlampe von Ex-Frau, versucht hat, ihn auszunehmen, aber er hätte es geschafft, ohne den Verlust seines Vermögens zu fliehen, den Göttern sei es gedankt." Sie verzog das Gesicht.

„Echt charmant. Ungefähr da habe ich beschlossen, dass er nichts für mich ist."

„Das ist ja eine Nummer", sagte Gigi, die den Kopf schüttelte. Dann stieß sie ein wenig erheitertes Lachen aus. Wie um alle Welt hatte sie sich je von ihm um den Finger wickeln lassen? „Er hatte gar nichts, als wir geheiratet haben. Das Geld, das er jetzt hat, kommt von unserer Einigung bei der Scheidung, dank meiner Familienstiftung."

„Ich glaube, es geht ihm aus", sagte Autumn. „Es gab Anzeichen dafür, dass er sich vielleicht übernommen hat."

„Du machst doch Witze." Gigi riss die Augen auf. Es wäre echt dumm gewesen, sich so viel Geld in so wenigen Monaten durch die Lappen gehen zu lassen.

„Ich weiß es nicht sicher, aber ich glaube, sein Auto wurde beschlagnahmt. Und ich habe ein paar Mahnungen in seiner Post gesehen. Er sagte, er hätte ein Problem mit der Bank und sich bereits darum gekümmert. Es gab einfach zu viele Dinge, die für mich Warnsignale waren."

„Klingt verzweifelt", sagte Skyler. „Aber warum? Was hat er mit Gigis Geld gemacht? Autumn, wir wissen bereits, dass er eines Tages aufgehört hat, dich weiter zu bedrängen. Weißt du, warum?"

Sie schüttelte den Kopf. „Nein. Ich dachte, es läge vielleicht daran, dass ich mich bei der Polizei beschwert habe. Wenn sie ihn überhaupt befragt haben oder er mich verfolgt und gesehen hat, wie ich reingehe, hat ihm das vielleicht Angst eingejagt? Oder vielleicht ist ihm klar geworden, dass er mich wegen Geld aufs Korn genommen hat, das ich niemals besitzen werde."

„Vielleicht", sagte Gigi. „Er ist irgendwie schon ein Feigling. Ihm würde es nicht gefallen, wenn die Polizei ihm

Fragen gestellt hat. Das würde vor seinen Kunden ziemlich übel aussehen."

Skyler nickte. „Also ist es möglich, dass der Ausflug heute zur Polizei ihn dazu bringt, Gigi in Ruhe zu lassen, aber sie haben eine sehr viel längere Vorgeschichte. Wenn er Geld braucht, könnte sich das zu einer gefährlichen Situation auswachsen. Wenn er für irgendwas unbedingt Bargeld benötigt, dann hat er keine Zeit, um sich eine andere Beziehung aufzubauen mit jemandem, der Tonnen von Geld auf den Putz hauen kann. Das lässt Gigi als seine beste Option. Er kennt sie und weiß, dass er sie mürbe machen kann, und dann bekommt er, was er will."

„Das klingt nach einer guten Theorie", sagte Sebastian, der wieder auf seinen Platz ging. „Ich habe einen meiner besten Jungs auf ihn angesetzt. Ein anderer arbeitet daran, herauszufinden, wie *Mystical Finds of Avalon* an Carolyns Ring gekommen ist. Ich bin mir nicht sicher, ob es noch was zu tun gibt, bis wir von einem oder beiden etwas hören."

Gigi lehnte sich in ihrem Stuhl zurück, mit dem Gefühl, dass sie im Augenblick alles getan hatten, was sie tun konnten, aber auch, dass ihnen irgendwas Entscheidendes entging. Doch ganz gleich, wie sehr sie versuchte, alles im Kopf durchzugehen, sie kam auf nichts. Es gab nichts zu tun, außer zu warten.

KAPITEL DREIUNDZWANZIG

*G*ibt es was?", fragte Gigi Sebastian, während sie
„ über die Hauptstraße gingen. Sie hatten sich
gerade zum Abendessen getroffen, nachdem Gigi
den Tag damit verbracht hatte, Skylers Boutique mit ihren
Hautpflegeprodukten auszustatten. In nur drei Tagen war
die geschlossene Party vor der Eröffnung, und sie wollte
sicherstellen, dass sie genug hergestellt hatte, um nicht nur
die Regale zu füllen, sondern auch etwas zum Nachfüllen auf
Vorrat zu haben. Sie hatte echt anständig etwas aufgebaut,
aber sie wollte noch mehr anfertigen, nur um sicherzugehen.

Sebastian stieß frustriert Luft aus. „Ich erreiche Gage
nicht, den Privatdetektiv, der *Mystical Finds of Avalon*
nachgeht. Das letzte, was ich von ihm gehört habe, war, dass
Emerson Sanders der Besitzer ist. Aber es scheint, als wäre
dieses konkrete Geschäft vor ein paar Jahren geschlossen
worden. Gage wollte sich noch tiefer einarbeiten und mich
heute Vormittag anrufen. Es herrscht aber Schweigen im
Walde, und ganz ehrlich mache ich mir inzwischen wirklich

Sorgen um ihn. Er taucht nie unter, ohne mich vorzuwarnen."

„Hast du was von John gehört?" Gigis Magen war verkrampft seit dem Vormittag, nachdem James sie angegriffen hatte. Sie hatte nichts mehr von ihm gehört, was bedeuten konnte, dass er sich vielleicht tatsächlich bedeckt hielt, weil sie zur Polizei gegangen waren, aber ihre Intuition wollte einfach keine Ruhe geben. Irgendetwas lag richtig im Argen. Sie wusste nur nicht, was.

„Ja. Er sagt, James hat Geldprobleme. Seine Kreditwürdigkeit ist im Arsch. Er weiß nicht, warum, aber er versucht immer noch, es rauszufinden. Er hat auch gesagt, außer, dass er zu seinem Job bei der Werbefirma geht, hat er das Haus die ganze Woche nicht verlassen."

Das war gut. Zumindest terrorisierte er dann niemanden sonst. „Ich weiß, das sollte mich beruhigen, aber das tut es einfach nicht. Irgendwas ist los. Ich spüre es."

Er nahm ihre Hand, hob sie und streifte mit den Lippen über ihre Knöchel. „Intuition ist ein mächtiges Werkzeug. Aber es ist schwer, nur auf ein Gefühl hin zur Tat zu schreiten."

Er wirkte genauso frustriert, wie sie sich fühlte.

Gigi stieß ein Seufzen aus. „Ich werde mich im Restaurant nicht entspannen können. Was hältst du davon, dass wir uns was zum Mitnehmen holen und zum Strand gehen?"

„Klingt gut." Nachdem sie sich Sandwiches im *Earthly Spirits Deli* geholt hatten, waren sie unterwegs hinab zum Wasser. Es gab ein paar Leute, die am Ufer entlang spazierten, aber da es ein Wochentag war, hatten sie den Großteil des Strandes für sich. Sofort als Gigi auf den Sand trat, fühlte sie, wie ein Teil der Anspannung von ihr abfiel.

„Am Strand tankst du wieder auf, oder?", fragte Sebastian.
Sie nickte. „Ist es so offensichtlich?"

„Ja." Er lächelte auf sie hinab. „Die Anspannung scheint
einfach von deinem ganzen Körper abzufallen, wenn du da
unten bist. Die Verwandlung geschieht beinahe sofort."

„Das ist dir nie aufgefallen, als wir jung waren?", fragte
sie. „Das ist nichts Neues."

„Nein, aber du hast jetzt ein größeres Päckchen, und
deswegen glaube ich, dass ich jetzt sehen kann, was ich
damals nicht gesehen habe." Er runzelte die Stirn. „Sind wir
niemals an den Strand gegangen, nachdem deine Mom
verschwunden ist?"

Sie schüttelte den Kopf. „Nein. Das konnte ich nicht.
Sehr, sehr lange nicht. Es war zu schwer. Der Strand war der
Ort, an dem Mom und ich uns echt unterhalten haben. Wir
sind abends dort spazieren gegangen, und dann hat sie
richtig kommuniziert. Nachdem sie verschwunden ist,
konnte ich das einfach nicht. Es hat zu sehr wehgetan. Ich
habe viele Jahre gebraucht, um den Strand wieder lieben zu
können."

Sebastian blieb in einer der geschützten Buchten stehen,
die sie vor dem Wind abschirmten, legte die Arme um sie
und küsste sie sanft und langsam. Als er sich löste, sagte er:
„Es freut mich, dass du deinen Weg zurückgefunden hast. Es
scheint, als würdest du das in letzter Zeit in vielerlei
Hinsicht tun."

Sie wusste, dass er darüber sprach, dass sie ihren Weg
zurück zu ihm gefunden hatte. „Und wie stehst du dazu?"

„Ist das eine ernste Frage?", fragte er, eine Augenbraue
gehoben.

„Ja."

„Ich habe das Gefühl, dass ich die Liebe meines Lebens

wieder habe und dass ich sie niemals wieder verlieren möchte."

Verdammt. In ihren Augen brannten Tränen. „Versuchst du, mich zum Weinen zu bringen?"

Er schüttelte den Kopf. „Nein. Ich versuche, dich einfach wissen zu lassen, dass ich hier ganz an Bord bin, Gigi. Was immer wir finden, wie immer es sich ergibt, ich bin dabei."

Die einzelne Träne, die über ihre Wange nach unten lief, ließ sich nicht aufhalten. „Ich bin auch ganz dabei. Diesmal lass ich dich nicht gehen."

Seine Lippen wölbten sich langsam zu einem Lächeln, und dann neigte er den Kopf und küsste sie mit allem, was er hatte.

„Na, na, na", sagte eine vertraute und äußerst unwillkommene Stimme. „Ist das nicht das Süßeste, was man je gesehen hat. Zwei lang getrennte Liebende, die endlich zusammenkommen, um den bösen Ex zu schlagen. Was für eine Klischeegeschichte."

Gigi riss sich von Sebastian los und wirbelte herum, sodass sie vor James stand. Er trug dieselbe schwarze Jacke wie in der Nacht, als er sie angegriffen hatte, und im Licht des Tages fiel ihr auf, dass er Kleidung trug, die genau wie die von Sebastian aussah. Er hatte dieselbe dunkelblaue Jeans und das grüne Hemd. Sogar die braunen Lederschuhe passten. „Was zum Teufel machst du hier?"

„Gigi, nein." Sebastian trat vor sie, als James gerade den Arm hob und eine Nadel in Sebastian Hals stieß. Sofort fiel Sebastian auf dem Sand in sich zusammen.

„Was zum Teufel hast du gerade gemacht?", rief Gigi, die auf die Knie ging, um Sebastian zu untersuchen. Er war bewusstlos, doch zu ihrer Erleichterung atmete er noch. Sie hielt Sebastian und funkelte zu James hinauf, der aus seiner Jacke schlüpfte. „James! Antworte mir!", forderte sie. Er erwiderte nichts, während er sie am Arm hochriss und die Jacke über Sebastians Körper warf.

„Nein!" Gigi trat mit dem Fuß auf James Rist und versuchte, ihm den Ellbogen in den Bauch zu stoßen, doch er bewegte sich rasch, entging ihrem Angriff und drehte ihr den Arm um, bis er ihn auf ihrem Rücken hatte.

„Versuch das noch mal, und ich breche dir den Arm", zischte er ihr ins Ohr.

„Warum machst du das?", fragte sie, starrte immer noch auf Sebastians leblosen Körper.

„Weil du, Gigi, mir gehörst, und ich werde nicht dabeistehen und zusehen, wie dieses Stück Scheiße dich in die Finger bekommt. Jetzt sei mal ein nettes Mädchen, oder du kriegst als nächstes diese Nadel ab."

Gigi spürte die kalte, scharfe Spitze der Nadel an ihrem Hals und beschloss in diesem Augenblick, dass sie sich von James nicht ohne einen Kampf mitnehmen lassen würde, selbst wenn das bedeutete, dass er sie mit Drogen vollpumpte. Sie wusste, dass er sie nicht töten würde. Er wollte etwas, und wenn sie starb, würde er es nicht bekommen. „Du bist ein Feigling", flüsterte sie.

„Wenn du das sagst. Aber ich bin nicht derjenige, der wimmert wegen eines Typen, der für den Tod deiner Mutter verantwortlich ist." Seine Stimme war kühl, aber das war es nicht, was es ihr eiskalt den Rücken hinablaufen ließ. Er hatte gerade gesagt, dass ihre Mutter tot war. Niemals in der ganzen Zeit, in der sie zusammen gewesen waren, hatten sie sich auf ihre Mutter jemals anders bezogen als mit der Tatsache, dass sie vermisst wurde.

„Was hast du gerade gesagt?", fauchte sie zurück.

„Du hast mich gehört. Wäre er nicht gewesen, wäre sie noch am Leben. Jetzt beweg dich und tu so, als würden wir spazieren gehen. Ich will nicht, dass noch weitere belastende Videos von uns aufgenommen werden. Wenn noch ein Polizist bei mir an die Tür kommt, stelle ich sicher, dass du dafür bestraft wirst. Verstanden?"

Er hielt ihren Arm so fest, dass sie sicher war, wenn sich einer von ihnen noch einen Zentimeter bewegte, würde er brechen. Sie wartete auf den Augenblick, in dem sie handeln konnte, nickte und sagte: „Ja. Gut. Ich verstehe schon."

Sein Griff um ihren Arm verstärkte sich, sodass sie zusammenfuhr. „Spiel nicht mit mir, Gigi. Ich weiß doch, wie du denkst."

„Mache ich nicht", keuchte sie. „Bitte, du tust mir weh. Ich mache, was du willst."

„Das tust du besser, oder denk daran, ich pumpe dich so mit dieser Droge voll, dass du erst in einer Woche wieder aufwachst." Er ließ sie los und schob sie vorwärts, sodass sie auf die Knie fiel. Sofort griff sie nach Sebastian, wurde aber an den Haaren zurückgerissen … schon wieder. Der Schmerz ließ ihre Augen brennen. Sie blinzelte rasch, versuchte, ihre Sicht klar zu halten. Er stellte sich so auf, dass er hinter ihr war. „Steh auf. Dreh dich nicht um, oder ich trage dich hier raus. Verstanden?"

„Ja", keuchte sie.

Er ließ sie los, und sie stand auf, hielt den Arm an ihrer Mitte. Er hatte so fest daran gerissen, dass sie ohne Zweifel blaue Flecken bekommen würde.

„Jetzt geh einfach vor mir her."

Gigi machte sich auf den Weg dorthin, wo sie

hergekommen war, doch er brüllte: „In die andere Richtung. Den Strand entlang, weg vor aufmerksamen Blicken."

Mit einem schweren Schlucken schaute sie ein letztes Mal zu Sebastian, und dann tat sie, wie geheißen.

„Gutes Mädchen. Jetzt …"

Gigi nahm beide Hände zusammen und wirbelte dann mit ausgestreckten Armen herum, sie zielte auf seinen Kopf. Ihre Hände kamen in Kontakt, genau wie sie gehofft hatte, doch er wich zur Seite aus, entging dem Großteil des Schlages, und Gigi stolperte in den Sand. „Scheiße!"

„Ich habe gesagt, du sollst nicht …"

Sie streckte sich nach seinem Hals, auf ihren Händen leuchtete plötzlich ungefilterte Magie. Ihre Augen weiteten sich verwundert, als sie die Energie sah, die von ihr ausschoss. Sie hatte das nur einmal vorher gesehen, und das war gewesen, als Grace James an dem Tag angegriffen hatte, als er Gigi gepackt und versucht hatte, zu verhindern, dass sie das Haus kaufte. Sie war sicher gewesen, dass diese rohe Kraft von den Hannigan-Schwestern gekommen war, die in Gigis Haus spukten, doch jetzt war sie nicht mehr so sicher. War es etwas, das alle Hexen anzapfen konnten, das ihnen aber nicht klar war? Musste man sie erst bis an ihre Grenze treiben? Vielleicht. Sie hatte keine Zeit, in diesem Augenblick darüber nachzudenken, denn es war, was sie brauchte, um sich zu verteidigen und zurück zu Sebastian zu kommen. „Nimm das, du absolutes Stück Scheiße. Du wirst mich niemals wieder anfassen."

James traten die Augen aus dem Kopf, und sein Mund öffnete sich, um Zähne zu zeigen, während er knurrte: „Verdammte Hure!" Seine Adern standen überall auf seiner Haut hervor, während seine Muskeln sich unter ihrem Griff anspannen. Sie hielt sich noch fester, entschlossen, so viel von der rohen Magie zu nutzen, wie es brauchte, um das Böse aus ihm herauszuwürgen.

„Du kannst auch nichts richtig machen, oder?", fragte eine weitere männliche Stimme direkt hinter ihr, gerade, als ihr etwas in den Hals gestochen wurde und ihre Welt schwarz wurde.

KAPITEL VIERUNDZWANZIG

*G*igis Körper fühlte sich an, als wäre er unter Sand vergraben. Ihre Glieder waren schwer, und ihre Augen kratzten, als sie versuchte, sie zu öffnen.

„Einen schönen Tag, Clarity", sagte eine raue männliche Stimme, sodass Gigi die Ohren wehtaten.

Sie blinzelte wieder, versuchte, die Sandkörner aus ihren Augen zu bekommen, und kniff sie zusammen, als ein grelles Licht sie blenden wollte. „Wo bin ich?", fragte sie mit einem Krächzen in der Stimme, die sie gar nicht wiedererkannte.

„Dem Firmensitz von *Mystical Finds of Avalon.*"

Die Worte schickten eine Schockwelle durch sie hindurch, und sie schoss hoch, oder zumindest versuchte sie, hochzuschießen. Tatsächlich schob sie sich zum Sitzen hoch, während sie die Zähne wegen des Schmerzes zusammenbiss, der in ihrem Kopf, ihren Schultern und dem Rücken pochte. Sie fühlte sich, als wäre sie angefahren und zum Sterben liegen lassen geworden. „Wer sind Sie? Emerson Sanders?"

Der Mann lachte leise. „Deine Mutter wäre so stolz auf dich. Du bist klug, genau wie sie."

„Sie kannten meine Mutter?", fragte sie mit einem Keuchen, während ihre Augen sich endlich auf den älteren Mann richteten, der auf einem roten Samtsessel lungerte, der zu dem Sofa passte, auf dem sie derzeit saß. Er trug einen grauen Nadelstreifenanzug und hatte kohlschwarze Haare, die offensichtlich gefärbt waren. Niemand bekam so viele Falten und behielt dabei seine natürliche Haarfarbe.

Er lachte leise vor sich hin, antworte aber nicht. „Reden wir doch mal kurz, Clarity Benson. Weißt du, warum du hier bist?"

„Nein. Und mein Name lautet jetzt Gigi. Nennen Sie mich nicht mehr Clarity", befal sie und tat so, als würde sie nicht völlig ausflippen.

„Warum? Clarity kommt doch aus der Familie."

Nein, kam es nicht. Zumindest nicht auf der Seite ihrer Mutter. Sie war nicht in der Stimmung, mit ihm zu streiten. Genauso wenig wollte sie ihm erzählen, dass ihre Mutter diejenige war, die sie Gigi genannt hatte, als sie klein gewesen war. Nach dem Verschwinden ihrer Mutter hatte sie den Namen angenommen, um sich ihr näher zu fühlen. „Weil es mir besser gefällt."

„Mir nicht. Für mich bist du immer noch Clarity." Er hob einen Art-Deco-Saphir-Diamantring, der genau wie der ihrer Mutter aussah.

Gigi schaute hinab auf ihren bloßen Finger und schluckte einen entnervten Schrei. Er hatte den Ring ihrer Mutter. Wahrscheinlich wusste er, was mit ihrer Mutter passiert war. Angst und ihr Fluchtinstinkt kämpften mit der dem Verlangen, alles zu erfahren, was sie von ihm erfahren konnte, bevor sie entweder floh oder dasselbe tragische Schicksal erlitt wie ihre Mutter. Antworten. Das war alles, was sie im Moment wollte. Aber sie wusste instinktiv, dass sie vor diesem Mann stark bleiben musste. Schwäche war keine Option.

„Wie kommt es, dass ein Ring, den ich vor Jahren gekauft habe, wieder in deinen Besitz gelangt ist?" Er beugte sich vor, starrte sie an. „Hast du ihn aufgespürt, oder bist du darüber gestolpert?"

„Warum?"

„Das wird mir ein wenig über dich verraten", sagte er und beäugte sie intensiv.

Gigi sah keinen Grund, ihn anzulügen. Was spielte es schon für eine Rolle? „Ich bin nur einfach bei einer Vermögensauflösung darüber gestolpert."

Seine Augen glitzerten, und seine Lippen wölbten sich zum Hauch eines Lächelns. „Das ist ja interessant. Wirklich äußerst interessant."

„Was ist so interessant daran?" Was immer für eine Droge in ihre Adern injiziert worden war, ließ allmählich nach, denn sie war nun ganz wach und so von Zorn angefüllt, dass ihr Körper anfing zu beben. „Wissen Sie was? Ist mir egal. Geben Sie ihn einfach zurück. Ich habe für diesen Ring bezahlt, sogar nachdem er meiner Mutter gestohlen wurde."

„Ach, und da irrst du dich, Clarity." Er hatte jetzt einen selbstgefälligen Ausdruck auf. „Dieser Ring wurde mir gegeben. Und was das Geld angeht, das du besitzt? Wo genau glaubst du, kam das her?" Er lehnte sich in seinem Sessel zurück, einen Fuß auf ein Knie gestützt, und benahm sich, als wäre ihm alles völlig gleichgültig, während auf ihre Antwort wartete.

Er will dich nur aus dem Tritt bringen. Gib nicht nach.

Gigi versteifte sich. War das die Stimme ihrer Mom? Sie wollte rufen, den Geist fragen, ob er wirklich ihre Mutter war. Aber das konnte sie nicht. Nicht vor Emerson. Es wäre eine Schwäche, die sie sich nicht leisten konnte. Der Mann hatte zwei Bomben vor ihr platzen lassen, aber sie entschied, sich auf die wichtigste zu konzentrieren. Gigi zwang sich zu einem lockeren Tonfall, als sie fragte: „Möchten Sie erklären, wie und wann meine Mutter Ihnen ihren Ring überlassen hat?"

„Sie hatte eine Schuld zu begleichen." Seine zusammengekniffenen Augen und gewölbten Lippen strahlten eine Aura der Selbstgefälligkeit aus, die sie ihm gern aus dem Gesicht geohrfeigt hätte.

„Wann?", fragte Gigi mit eiskaltem Unterton. Er spielte mit ihr. So viel war offensichtlich. Aber was wollte er? Sie aus dem Tritt bringen, laut der Stimme, die sie gehört hatte. Also wollte er sie aufstacheln, sie zum Widerstand verführen. Sie konnte nicht garantieren, dass sie das nicht tun würde. Das lag ihr einfach im Wesen. Und obwohl sie so lange James ihr Leben hatte diktieren lassen, hatte sie immer ihre Grenzen gehabt.

„Was wann?", neckte er sie.

„Wann hat sie diese Schuld beglichen?" Gigi lehnte sich vor, starrte ihm in die Augen, entschlossen, von diesem Mann die Wahrheit zu bekommen.

„Ach, das hat sie nicht. Sie hat sich nur Zeit erkauft. Jetzt ist die Zeit abgelaufen." Er erhob sich und nutzte eine Fernbedienung, um einen Gaskamin anzuzünden. Er ging hinüber und stellte sich neben den Kamin, musterte den Ring im Feuerlicht. „Weißt du, dieser Ring, der für dich besonders ist, weil deine Mutter ihn besessen hat, ist für mich besonders, weil ich ihn ihr geschenkt habe."

„Nein, haben Sie nicht. Meine Großmutter hat ihn ihr an dem Tag geschenkt, als ich geboren wurde. Und sie hat ihn hier für mich zur Seite gelegt." Gigi hielt ihre andere Hand vor, zeigte ihm einen ähnlichen Diamant-Saphir-Ring, den sie immerzu trug, weil sie sich ihrer Familie nahe fühlen wollte.

Er schüttelte den Kopf, während er ein missbilligendes Geräusch von sich gab. „So naiv. Armes Kind, es gibt eine Menge, was du nicht weißt."

Gigi schüttelte den Kopf, hatte sein Spielchen satt. „Vielleicht. Vielleicht sollten Sie mich aufklären."

Er hielt den Ring hoch. „Siehst du den?"

„Ja."

„Dieser Ring hat besondere Kräfte. Oder zumindest hat er sie, wenn er von einer Benson-Hexe getragen wird. Wo glaubst du denn, dass die Kraft herkam, die es dir ermöglicht hat, deinen Mann fast zu Tode zu würgen?"

„Was? Das kann doch nicht stimmen, ich ..." Sie hielt mitten im Satz inne, als ihr klar wurde, dass er vielleicht die Wahrheit sagte. Das würde erklären, weshalb sie plötzlich Kräfte gehabt hatte, die sie nie zuvor besessen hatte.

„Ganz genau, Clarity. Dieser Ring, den ich ihr nur ein paar Tage nach deiner Geburt gab, hat ihr die Macht des Lebens verliehen. All diese Fotografen-Einsätze, auf denen du gedacht hast, dass sie wäre? Sie hat Leute vom Rande des Todes zurückgeholt. Sie war eine Heldin."

Gigi blinzelte ihn an, versuchte, seine Worte zu verarbeiten. „Ich verstehe nicht. Sie sagen, mit diesem Ring könnte man Leute heilen, die eine tödliche Krankheit haben?"

„Genau das sage ich."

„Wenn das stimmt, weshalb hat sie ihn dann Ihnen zurückgegeben?" Gigi wusste nicht, ob sie im glaubte, aber auf die kleine Wahrscheinlichkeit hin, dass er die Wahrheit sagte, wollte sie – oder brauchte sie – die ganze Geschichte.

„Die Macht ist nicht ohne Grenzen. Es ist nicht so, als hätte sie im Krankenhaus arbeiten und täglich den ganzen Tag lang Leute heilen können. Das braucht Energie, und sie musste warten, bis diese Energie sich wieder erholte. Das bedeutete, wir mussten stark auswählen, wen wir auserkoren, um das Geschenk des Lebens zu erhalten."

„Wir? Sagen Sie, Sie waren daran beteiligt?" Gigi war von der Geschichte vereinnahmt, aber ihr Bauchgefühl sagte ihr, dass irgendwas ganz schrecklich falsch daran war. Ihre Mutter wurde immerhin vermisst, und irgendwie war er an ihren Ring gekommen. Er wusste, was mit ihrer Mutter passiert war, und sie würde es herausfinden, eher früher als später.

„Ich bin derjenige, der ihr die Kundschaft gebracht hat. Sie hat ihre Befehle von mir entgegengenommen."

„Befehle? Es klingt, als hätten Sie sie dazu gezwungen, etwas zu tun, was sie nicht tun wollte", schoss Gigi zurück.

Er zuckte mit den Schultern. „Manchmal, aber das ist der Preis, den sie bezahlt hat, damit ich mich aus deinem Leben raushalte."

„Weshalb sollten Sie in meinem Leben sein wollen? Ich weiß nicht …" Sie schloss den Mund, während ihr klar wurde, was er gesagt hatte. Er hatte den Ring ihrer Mutter ein paar Tage geschenkt, nachdem sie geboren worden war. Darauf war ihr Geburtstag eingraviert. Gigi hatte das Gefühl, ihr würde gleich schlecht werden. „Das kann nicht stimmen. Sagen Sie mir, dass Sie nicht sagen, was ich glaube, dass Sie sagen."

„Was glaubst du denn, dass ich sage?" Sein erheiterter Tonfall nervte sie.

„Sie sagen, dass Sie mein Vater sind, oder? Deshalb haben Sie ihr den Ring gegeben, und deshalb hat sie versucht, Sie von mir fernzuhalten. Aber warum? Was ist so schrecklich an Ihnen, außer dass sie erwachsene Menschen entführen, dass sie Sie nicht in meinem Leben haben wollte?"

Er lachte leise. Kicherte regelrecht, als wäre irgendwas daran witzig. Ihre Hände spannten sich an, und sie stellte sich vor, ihm einen Schlag zu verpassen, bevor sie ihm in die Eier trat. Sie wusste bereits, dass sie diesen Mann hasste, und dankte den Göttern dafür, dass ihre Mutter versucht hatte, sie zu schützen.

„Deiner Mutter gefielen meine Geschäftsprinzipien nicht", sagte er und starrte ins Feuer. „Ich gebe zu, ein paar meiner geschäftlichen Arrangements sind ein wenig unappetitlich, aber sie hat sich nicht beschwert, als ich mit ihr um die ganze Welt geflogen bin und sie mit Geschenken wie diesem Ring überhäuft habe."

Hatte ihre Mutter wirklich dieses Leben geführt? Gigi dachte an das Geld aus der Stiftung, das ihr zur Verfügung stand. Ihre Mutter hatte nichts davon jemals angefasst und stattdessen ein einfaches Leben am Strand geführt. Sie hatten sich nicht viel Luxus gönnen können, aber sie erinnerte sich niemals daran, dass ihre Mutter wegen Geld gestresst gewesen wäre, oder dass sie Schwierigkeiten gehabt hätte, ihren Lebensunterhalt zu bezahlen. „Was war der Auslöser? Weshalb hat sie Sie verlassen?"

„Was bringt dich auf den Gedanken, dass sie mich verlassen hat?", fragte er.

„Weil Sie gesagt haben, dass sie einen Preis bezahlt hat, um Sie von mir fernzuhalten. Ich würde annehmen, sie hat etwas gefunden, mit dem sie nicht leben konnte. Etwas so Schlimmes, dass sie Sie fernhalten musste, damit ich in Sicherheit bleibe."

Er verdrehte die Augen. „So schrecklich war es nicht. Um

Himmelswillen, du bist genau wie deine Mutter." Er marschierte durch das Zimmer und zog ein Bild aus dem Schreibtisch. Emerson hielt es hoch, zeigte eine ältere Dame, die in einem Schaukelstuhl auf der Veranda saß. Gigi kniff die Augen zusammen, schaute genau hin.

„Ist das Liza Crane?", fragte Gigi, ihr ganzer Körper wurde eiskalt. Falls er Liza verletzt hatte, war sie nicht sicher, ob sie sich unter Kontrolle halten konnte.

„Ja. Ist sie. Sie war mit einem Mann verheiratet, der spielsüchtig war. Er hat auch für meine Firma gearbeitet, und als er in Schwierigkeiten geriet, hat er mich bestohlen. Wir haben ihm einen konkreten Zeitrahmen gegeben, um die firmeneigene Software zurückzugeben, und als er das nicht getan hat, sind zwei Dinge passiert: Der Mann ist gestorben, und wir haben uns sein Vermögen geholt, sodass seiner Frau nichts mehr blieb."

„Es ist gestorben? Wie?" Gigis Herz raste, während sie auf seine Antwort wartete, in dem Wissen, dass das wohl für ihre Mutter die Trennung herbeigeführt hatte.

„Er wurde zu Tode geprügelt, nachdem er gedroht hat, gegen mich Beschwerde einzulegen, und gegen die Firma, wegen Menschenrechtsverstößen. Wir haben erst mal seine Frau aufs Korn genommen, um eine Botschaft zu schicken." Sein Tonfall war so sachlich, so frei von jeder Emotion, dass sich Gigi der Magen umdrehte. Der Mann hatte nicht die Fähigkeit, jemanden zu lieben. Er war ein Soziopath.

Gigi schluckte die Galle, die ihr die Kehle hinaufstieg. „Also hat Mom Sie verlassen, und zugestimmt, für Sie zu arbeiten, um Leuten das Leben zu retten, und Sie mussten sich nur aus meinem Leben raushalten. Was ist passiert, als ich achtzehn wurde?" Gigis Stimme wurde stärker, und sie fügte an: „Wie sind Sie an den Ring gekommen, und wo ist meine Mutter?"

„Nachdem sie herausgefunden hat, dass ich ihre Dienste Leuten verweigerte, die die Gebühr nicht bezahlen konnten, hat sie mir vorgeworfen, Gott zu spielen, und mir gesagt, da du eine Erwachsene wärst, würde sie nicht mehr für mich arbeiten. Sie ist allerdings nicht einfach nur gegangen, sie wollte sicherstellen, dass keiner sonst wieder so Profit daraus schlagen konnte, also hat sie ihre Magie benutzt, um zu versuchen, den Ring zu zerstören. Stattdessen hat er sie zerstört. Sie geopfert. Es tut mir leid, Clarity, aber deine Mutter starb durch ihr eigenes Handeln vor vielen Jahren gleich dort in Bellside, in Sichtweite des Meeres."

KAPITEL FÜNFUNDZWANZIG

Gigis Herz barst beinahe in ihrer Brust. Die Worte zu hören, dass ihre Mutter tot war, es bestätigt zu bekommen, war ein Schmerz, der so intensiv war, dass sie Schwierigkeiten mit dem Atmen hatte. Sie holte flach Luft und zwang hervor: „Wo ist sie? Was haben Sie mit der Leiche gemacht?"

„Weg." Ein gequälter Ausdruck ging einen Augenblick lang über sein Gesicht, und Gigi dachte, dass der Gedanke, sie verloren zu haben, ihn vielleicht tatsächlich schmerzte. Aber dann wurde sein Gesicht ausdruckslos, während er fortfuhr: „Die Magie hat sie in Staub verwandelt. Es gab niemals eine Leiche, die man finden konnte. Tut mir leid, Clarity. Das ist nicht das Ende, auf das ich gehofft hatte."

„Ach, ist es nicht?" Gigi sprang auf, konnte den puren Zorn nicht aufhalten, der durch sie hindurchfloss. „Sie haben sie gezwungen, eine Aufgabe zu erledigen, die sie nicht machen wollte, eine, die höchst unethisch ist, und als sie versucht hat, Sie aufzuhalten, ist sie dafür gestorben. Aber da das nicht das Ende war, auf das Sie gehofft hatten, tragen Sie keine Verantwortung, stimmt das nicht?"

„Ich habe sie nicht umgebracht", brüllte er zurück, sein Gesicht rot vor Zorn. „Du kannst versuchen, es mir vorzuwerfen, aber sie ist diejenige, die versucht hat, diesen Ring zu zerstören. Sie kannte seine Macht, und trotzdem hat sie alles, was sie hatte, hineingegeben. Das kannst du mir nicht zum Vorwurf machen. Das lasse ich nicht zu."

„Ach, lässt du nicht? Was genau willst du denn deswegen unternehmen, *Dad*? Mich in einem goldenen Käfig einsperren, bis ich dir sage, dass es nicht deine Schuld ist?"

„Keinem goldenen. Aber wenn du weiterhin trotzig bist, wirst du deine Freiheit in nächster Zeit nicht zurückerhalten." Er ging hinüber zu einer geschlossenen Tür. „Denk darüber nach, was du vom Leben willst, Clarity. Du kannst entweder meiner Bitte zustimmen und zurückkehren und dein Leben in deiner langweiligen Stadt im Haus am Meer führen, oder du kannst gleich hierbleiben und alles tun, worum ich dich bitte, oder dein Leben wird sehr viel schlimmer werden."

Entsetzen füllte sie bis oben hin, als sie die Frage stellte, von der sie wusste, dass er die ganze Zeit darauf gewartet hatte. „Und was willst du von mir?"

„Ich will, dass du den Platz deiner Mutter einnimmst. Du wirst den Ring tragen und jene heilen, die sich deine Behandlung leisten können. Das kannst du entweder als freie Frau machen, oder du kannst es als Gefangene machen. Deine Wahl. Denk drüber nach." Er zog die Tür auf und schlüpfte nach draußen. Das Schloss, das eine Sekunde später klickte, ließ sich nicht überhören.

Gigi stieß einen Schrei aus, den sie zurückgehalten hatte, und brach auf dem roten Samtsofa zusammen. Ihr ganzer

Körper wurde von Schluchzern geschüttelt, während sie um ihre Mutter weinte, um ihr Opfer, um Gigi sicher zu halten, und schließlich um sich selbst. Um die Lage, in der sie sich befand, und die Tatsache, dass ihr Vater das wandelnde Böse war, und um das Leben, das sie sich aufgebaut hatte und das um sie herum zusammenzubrechen schien.

GIGI WUSSTE NICHT, wie viele Stunden vergangen waren. Sie wusste nur, dass sie emotional ein Wrack war, und erschöpft jenseits von allem, was sie schon einmal erlebt hatte. Sie lag auf dem verdammten roten Sofa und fragte sich, was mit Sebastian passiert war. Sie sah die ganze Zeit nur, wie der Mann, den sie liebte, bewusstlos auf dem Sand lag. Hatten sie ihn mitgenommen? Ihn dort gelassen? Lebte er überhaupt noch?

Wieder spannte sich ihre Brust an, aber es gab keine Tränen mehr zu vergießen. Es gab nur noch Entsetzen.

Die Tür öffnete sich quietschend, und bevor sie auch nur aufschaute, wusste sie, dass es Emerson war. Er hatte eine Präsenz, bei der sie aus der Haut fahren wollte. Es war, als würden ihre Gene ihn spüren und sie dazu bringen, so weit wie möglich von ihm wegzukommen.

„Hast du deine Entscheidung gefällt?", fragte Emerson.

„Die Antwort lautet Nein", sagte sie ohne irgendeine Wucht oder Leidenschaft. Sie war innerlich tot, zu verausgabt durch die Trauer, nachdem bestätigt worden war, dass ihre Mutter tot war.

„Bist du dir da sicher?", fragte er. Auf der anderen Seite des Raums flackerte ein Licht, das Gigis Aufmerksamkeit auf sich zog.

Der Monitor auf einem Schreibtisch war angegangen, und ein Video lief. Die Kamera zeigte einen einzelnen Raum, in dem ein Doppelbett und sonst nichts stand, bis auf einen dunkelhaarigen Mann, der an der Wand saß, den Kopf in blutigen Händen hielt.

Gigi richtete sich auf, schenkte dem Video ihre ganze Aufmerksamkeit. Diese Hände erkannte sie, trotz des ganzen Blutes. „Sebastian", flüsterte sie. Sie funkelte Emerson an. „Was hast du ihm angetan?"

„Nichts. Er hat über eine Stunde damit verbracht, an die Tür zu hämmern." Emerson setzte sich auf die Kante des Schreibtisches und musterte sie. „Ich möchte sagen, du kommst besser klar als dieser Anwalt. Sein Zorn wird in seinem Fall nicht helfen."

„Warum ist er hier? Warum hat James ihn unter Drogen gesetzt? Und warum hat James uns hergebracht?", wollte sie wissen, ließ den Mann, den sie liebte, niemals aus dem Auge.

„James arbeitet für mich. Ich habe ihn an dem Tag angeheuert, an dem du achtzehn wurdest, damit er dich im Auge behält und mir Bericht über dein Leben erstattet. Nur weil ich deiner Mutter versprochen habe, ich würde mich fernhalten, bedeutete das nicht, dass ich nicht nach dir sehe. Du bist immerhin eine Sanders, selbst wenn in deiner Geburtsurkunde Benson steht." Er warf ihr etwas zu, das wohl seine Vorstellung eines liebenden Lächelns war. Sie wollte nur noch weg. Wer heuerte bitte Leute an, um das eigene Kind auszuspionieren?

„Also war meine Ehe mit James eine völlige Lüge? Hat er es nur getan, weil er für dich arbeitete?" Der Gedanke führte dazu, dass sie aus der Haut fahren wollte. Es war ein so abscheuliches Eindringen in ihre Sphäre, dass sie Schwierigkeiten hatte, es auch nur zu bemessen.

Er zuckte mit den Schultern. „Ich bin sicher, James hat deine Familienstiftung genossen. Es gab ja schon Vorteile daran, Mr. Clarity Martin zu sein. Und als du ihn rausgeworfen hast, ist er zu meiner anderen Tochter weitergezogen. Ich glaube, du kennst Autumn."

Gigi nickte. Sie hatte die Verbindung schon früher hergestellt, hatte aber keine Energie gehabt, über die Tatsache nachzudenken, dass sie offensichtlich eine Halbschwester hatte, die vielleicht die ganze Zeit von ihr gewusst hatte oder auch nicht.

„Er dachte, sie würde irgendwann Geld erben. Als ich ihn korrigiert habe, ist er rasch abgehauen. Autumn hat ihre Wahl getroffen, darum wurde ihre Stiftung aufgelöst. Ihm war das nicht klar." Er schüttelte angeekelt den Kopf. „Das ist ein echt schwieriger Fall. Wusstest du, dass er sein ganzes Geld aus der Scheidung verprasst hat, indem er in eine Copy-Cat-Serie von *Tiger King* investiert hat? Da ging es um Biber und einen gescheiterten ehemaligen Kinderdarsteller und seine beiden älteren Partnerinnen. Die Show wurde gecancelt, bevor sie auch nur auf Sendung ging. Er ist echt ein Idiot."

„Und trotzdem arbeitet er offensichtlich noch für dich", stieß Gigi hervor, überhaupt nicht überrascht, dass James sich in Hollywood versucht hatte. Er hatte immer schon jemand Wichtiges in der Branche sein wollen.

„Er hat seinen Nutzen. Als ich erfahren habe, dass du den Ring gefunden hast, habe ich ihn losgeschickt, um dich im Auge zu behalten. Dann wurde mir klar, dass ich äußerst neugierig war, wie dieser Ring zu dir zurückgekommen ist. Und ich habe mich gefragt, was wäre wenn? Er hätte dich nur zu mir bringen sollen, damit ich herausfinden kann, ob der Ring echt war. Aber er war sogar dafür zu inkompetent.

Ich musste einen meiner Handlanger schicken, um die Sauerei aufzuräumen. Es ist aber noch nicht alles verloren. Ihr beiden wart da, und das finde ich sehr nützlich." Emersons Blick landete auf dem Ring in seiner Handfläche. „Ich hätte mir nie vorgestellt, dass das Ding sich wieder aufladen würde. Hätte ich das gewusst, hätte ich ihn nie verkauft."

Gigi antwortete nicht, obwohl er vor sich hinredete. Ihr Blick war auf Sebastian gerichtet. Er wirkte so gebrochen, wie er da in diesem schmucklosen Raum saß, wurde ohne Zweifel wahnsinnig, weil er sich fragte, was mit ihr passiert war. Sie wollte vorgreifen, ihn durch den Bildschirm berühren, als ob das möglich gewesen wäre. Aber sie würde vor Emerson keine solche Verletzlichkeit zeigen. Sie hatte bereits heraus, dass er durch den Schmerz anderer aufblühte.

„Lass Sebastian gehen. Er ist darin nicht verwickelt", sagte Gigi, ihre Stimme viel zu heiser.

Emerson lachte. „Nein? Ich würde sagen, er steht mittendrin, da er im Augenblick so gut wie alles tun würde, um dich zu finden." Er schürzte nachdenklich die Lippen. „Es gibt eine Möglichkeit, wie ich ihn gehen lasse. Sag, dass du für mich arbeitest, und ihr beiden seid frei, um euer Leben zu führen, wie immer ihr wollt. Du wirst natürlich immer verfügbar sein müssen, wenn ich Kunden habe, aber du hast ja keine Arbeit, darum sollte das kein Problem sein."

Gigi wandte ihren Blick zu ihm, funkelte ihn an. Er war wahnsinnig, wenn er dachte, Sebastian würde das alles vergessen, ohne ihn zu verklagen.

„Ich weiß, was du denkst, aber vertraue mir, ich bin äußerst versiert darin, wie weit ein Mann genau gehen wird, um die Frau zu schützen, die er liebt. Wenn dein Leben von seinem Stillschweigen abhängt, wird er genau das tun."

„Du hast keine Ahnung, was ich denke", log sie.

Er starrte auf sie hinab und schüttelte dann den Kopf, bevor er sich wieder zurückzog. „Ich werde dir Zeit geben, über deine Optionen nachzudenken."

Sie beobachtete, wie er den Raum verließ, und war nicht überrascht, das Schloss klicken zu hören. Sie schaute sich im Raum um, sah nach der Kamera. Da Sebastian aufgezeichnet wurde, musste sie annehmen, dass das auch für sie galt. Der Raum war als Salon ausgelegt, mit schicken Samtmöbeln, Holzpaneelen an den Wänden und einem teuren Läufer. Aber bis auf den Monitor gab es sonst nicht viel.

Gigi erhob sich und schwankte auf den Füßen. Wann hatte sie zum letzten Mal was gegessen? Sie hatte keine Ahnung. Aber sie war durstig, und in ihrem Kopf drehte sich alles vor Schwindel. Sie musste hier raus, bevor sie noch schwächer wurde. Voller Zorn über das, was sie Sebastian angetan hatten, und die Tatsache, dass ihre Ehe ein sogar noch schlimmerer Schwindel gewesen war, als sie es sich vorgestellt hatte, eilte sie hinüber zur anderen Seite des Raums. Nachdem sie ein paar schwere Vorhänge zur Seite gerissen hatte, stieß sie einen frustrierten Schrei aus, als sie feststellte, dass es dort nur solide Wände gab, anstatt der Fenster, die sie erwartet hatte.

„Verdammt!", schrie sie, hämmerte auf die Holzverkleidung. Ihre Knie brachen ein, und sie ging zu Boden, der Kampfgeist war verflogen. Es gab nichts zu tun, außer zu warten.

KAPITEL SECHSUNDZWANZIG

*G*igi war ihren Plan hundertmal im Kopf durchgegangen. Sobald Emerson zurückkam, würde sie zuschlagen. Heute Vormittag war schon Essen zusammen mit Besteck gekommen. Sie hatte gegessen, denn das musste sie, um ihre Kraft zurückzuerlangen, und dann hatte sie getan, wie geheißen, und das Tablett an der Tür stehen gelassen.

Eine junge Frau hatte es eingesammelt, nachgesehen, ob sie das Besteck zurückgegeben hatte, und dann vor dem Gehen eine Gabel auf den Boden fallen lassen. Sie hatte nicht zu ihr geschaut, aber es hatte sich nicht verhehlen lassen, dass sie die Gabel absichtlich hatte fallen lassen. Gigi würde ihre Chance nicht verschwenden. Sie musste sich fragen, ob diese Szene aufgenommen worden war. Sie war nicht sicher, denn irgendwie lag die Gabel hinter dem Schreibtisch, also hatte sie aufgepasst, als sie sie sich geholt hatte. Erst hatte sie an der Tür geklopft, um zu verlangen, dass man sie hinaus ließ, obwohl sie wusste, dass das sinnlos war. Das hatte sie bereits probiert. Aber dann hatte sie sich zu Boden gelassen, sodass ihr Rücken an der Wand war, und es war leicht gewesen, die Gabel aufzuheben, ohne dass es auffällig wurde. Sie musste einfach auf das Beste hoffen.

Dann wartete sie. Und wartete länger. Und noch länger. Ihr Hintern war schon ganz taub, und immer wieder schliefen ihr die Beine ein, aber sie bewegte sich nicht. Nicht, bis wieder jemand herkam.

Schließlich, nach gefühlten Tagen, aber sehr wahrscheinlich waren es nur ein paar Stunden, hörte sie, wie das Schloss klickte.

Gigi sprang auf, brach fast zusammen, weil sich ein Knie beschwerte, doch sie packte den Türrahmen, um sich aufrecht zu halten. Sobald die Tür aufschwang, stürzte sie sich mit allem, was sie hatte, auf den Eindringling.

„Scheiße!", rief Hope, die zurückfuhr, die Gabel steckte in ihrem Bizeps.

„O mein Gott!", schrie Gigi. „Was machst du hier?"

„Dir den Arsch retten. Danke für die Gabel." Hope schaute auf das Besteckteil hinab, das aus ihrem Arm stand, und riss es heraus. Blut begann hinab zu laufen, doch sie achtete nicht darauf. „Komm schon. Keine Zeit verschwenden." Sie schnappte sich Gigis Hand und lief mit voller Geschwindigkeit durch ein riesiges Anwesen, das voller nutzloser, teurer Dinge stand. Sie näherten sich einem Flur, als Hope sagte: „Schnell. Wir sind fast da."

Gigi war noch erschöpft. Ihre Beine brannten, und ihre Sicht war verschwommen, aber ihr Zirkel war da, und das allein hatte ihr den Energieschub gegeben, den sie brauchte, um rauszukommen. Aber sie konnte nicht einfach ohne Sebastian gehen.

„Warte!" Sie packte Hopes Handgelenk, hielt sie auf. „Sebastian ist hier. Wir können nicht ohne ihn gehen."

„Wissen wir", sagte sie. „Grace und Joy sind zu ihm gegangen."

Grace und Joy? Wie viel schwerer war es für sie, zu ihm zu kommen, als es für Hope gewesen war, sie zu finden? Es blieb allerdings keine Zeit, zu fragen. Sie lief Hope nach, die ihr bedeutete, durch eine Seitentür zu gehen.

Das heftige nachmittägliche Sonnenlicht blendete Gigi fast, aber sie kniff die Augen zusammen und lief weiter … direkt in die robuste Gestalt eines der Schlägertypen von Emerson hinein. Gigi fiel zurück, landete mit einem dumpfen Geräusch auf dem Hintern. „Umpf!"

Neben ihr hatte Hope Mühe, sich von dem Zwilling des Typen zu befreien. Er hatte ihr einen Arm hinter den Rücken gedreht, und Gigi hatte ein Déjà-vu von dem Zeitpunkt, als James sie genauso festgehalten hatte. Nur dass Hope eine elegante Bewegung machte und sich sofort befreite, um dann den Typen auf den Hintern zu werfen.

Gigi befreite sich aus ihrer mentalen Trance und konzentrierte sich auf den Typen über ihr, der nach ihr griff. Sie sah ihre Chance und nahm sie, versetzte ihm mit einem Fuß einen Tritt gegen den Kopf, dann dem anderen, gab ihre ganze Kraft hinein. Er fiel nach rechts, völlig außer Gefecht gesetzt. „Raus mit uns hier", rief sie Hope zu, während sie wieder losliefen.

Hope führte sie zu einem Tor auf dem Grundstück, und sie wollten gerade durchschlüpfen, als der erste Schuss abgefeuert wurde.

Sie warfen sich beide auf den Boden und krochen hinter einen Blumentopf.

„Keine Bewegung", rief Emerson, seine Stimme rau und voller Autorität.

Gigi schaute auf, um zu sehen, wie er Sebastian vor sich hielt, eine Waffe auf seinen Kopf gerichtet.

„Du weißt, dass ich es mache. Deine Wahl, Clarity. Geh zurück ins Anwesen, ohne dich zu wehren, oder ich bringe deinen Freund hier vor deinen Augen um."

Gigi stand langsam auf, die Hände über dem Kopf erhoben. Ihr ganzer Körper bebte, und sie dachte, ihr Herz würde vor Angst explodieren. „Tu ihm nichts. Ich mache, was immer du willst."

„Nein, Gigi", stieß Sebastian hervor. „Ich werde dich nicht von ihm gefangen nehmen lassen."

Sie schaute Sebastian in die Augen und sah, wie Liebe und Ergebenheit zu ihr zurückstrahlten. Er meinte es ernst. Er wäre bereit, zu sterben, um sie vor ihrem Vater zu retten. Es gab nur ein Problem damit – sie war nicht bereit, ihn zu opfern. Er war der einzige Mann, den sie je geliebt hatte, und nach all den Jahren würde sie ihn nicht verlieren. „Ich lasse es ihn nicht tun", erklärte sie Sebastian. „Bitte akzeptiere einfach, dass das meine Wahl ist."

„Gigi", flüsterte er und schüttelte den Kopf.

„Du darfst nicht nur an ihn denken", knurrte Emerson. „Deine kleinen Freundinnen sind in seinem Zimmer eingesperrt. Wenn du gehst, wirst du sie auch opfern."

„Wenn du Grace oder Joy anfasst, wirst du mir Rede und Antwort stehen, alter Mann", sagte Hope. Ihre Fäuste waren geballt, ihr Gesicht war voller Zorn. Gigi zweifelte nicht daran, dass sie Rache nehmen würde, wenn Emerson sein Versprechen wahr machte. Aber sie würde es nicht so weit kommen lassen. Sie musste es versuchen, denn sie wusste mit völliger Sicherheit, selbst wenn sie zustimmte, bei Emersons Plan mitzumachen, wenn sie sich für diejenigen aufgab, die sie liebte, würde er sie niemals gehen lassen.

Nicht mehr, nachdem sie in sein Anwesen eingedrungen waren und wussten, wozu er fähig war. Er würde seine Spuren verwischen müssen.

„Also gut. Ich komme mit dir. Tu ihnen nur nichts. Ich werde für dich arbeiten, dorthin gehen, wo immer du mich haben willst. Aber nur, wenn du versprichst, sie gehen zu lassen", sagte sie ganz ernst.

„Wirst du einen magisch bindenden Vertrag unterschreiben?", fragte er mit einer erhobenen Augenbraue.

„Nein, wird sie nicht, du manipulatives Stück Scheiße", spie Hope aus.

„Mit Ihnen rede ich nicht, Ms. Anderson. Halten Sie doch bitte Ihre große Klappe, bevor noch jemand verletzt wird", sagte Emerson, der niemals Gigi aus dem Blick ließ.

„Du ...", setzte Hope an.

„Bitte, Hope. Lass mich das übernehmen", sagte Gigi, während sie zu Emerson ging. „Lasst mich euch alle in Sicherheit bringen. Das ist alles, was ich will."

Die Lippen ihres Vaters wölbten sich zu einem selbstzufriedenen Lächeln, und Gigi wusste, dass sie ihn hatte. Er glaubte, sie würde alles aufgeben für jene, die sie liebte, genauso wie es ihre Mutter getan hatte. Doch Gigi hatte Waffen, die ihre Mutter nicht das Glück gehabt hatte, zu haben. Einen Zirkel, der sich von niemandem etwas vormachen ließ und einem Mann, der sie so inständig liebte, dass er ihr sein Leben geschenkt hätte.

„Lass ihn los, und ich unterschreibe den Vertrag", sagte Gigi.

„Erst den Vertrag." Emerson wedelte mit der Waffe in ihre Richtung, und das war sein fataler Fehler, denn Sebastian bewegte sich schneller, als sie je gesehen hatte. In einer Sekunde wurde er im Schwitzkasten gehalten, die

261

Waffe auf sich gerichtet, und in der nächsten hatte er eine Hand um Emersons Handgelenk gelegt, wo er versuchte, so fest zuzudrücken, dass der Mann die Waffe fallen lassen musste.

Doch Emerson war stärker, als er aussah, und die beiden schienen in einem ausgeglichenen Kampf zu sein, jeder rang um die Vorherrschaft über den anderen.

„Gigi, gehen wir. Das will Sebastian doch", sagte Hope ihr ins Ohr, versuchte sie aus der Reichweite der Waffe wegzuziehen.

„Nein. Ich lasse ihn nicht zurück."

„Heiliger Hexenb… In Ordnung. Ich lass dich auch nicht zurück, also machen wir's", sagte Hope, während sie beide Hände von Gigi nahm und anfing, ein Ritual aufzusagen, das Regen manifestieren sollte.

„Regen?", fragte Gigi.

„Vertraue mir", sagte sie und machte sich wieder ans Singen. Sofort schloss sich Gigi an, und etwas Seltsames passierte. Ihre Hände begannen vor Magie zu glühen, genauso, wie damals, als sie den Ring ihrer Mutter getragen hatte.

Hope sprang zurück, das Gesicht vor Schmerz verzogen, als sich Gigi auf Emerson stürzte und all ihre Magie auf den Mann losließ, der die letzten zwei Tage damit verbracht hatte, sie und Sebastian zu quälen. Sein Körper wurde starr, und die Waffe ging los. Emerson und Sebastian brachen beide auf dem Boden zusammen. Gigi ging mit ihnen nach unten, ihre Hände immer noch auf Emerson. Sein Körper zuckte, und er versuchte hilflos, sich von ihrem Griff zu lösen, doch die Magie war zu mächtig.

Gigi kam auf die Knie und starrte in die Augen des alten Mannes hinab, sah, wie langsam das Licht aus ihnen wich.

„Weißt du noch all die Leute, die du ausgenommen hast, als sie auf ihrem Sterbebett lagen? Das ist für sie, du böses Stück Müll." Sie ließ so viel von der Magie los, wie sie aufbringen konnte, und freute sich, dass sie dem Mann ein Ende bereitete, der ihr ihre Mutter weggenommen hatte.

„Gigi, hör auf", sagte Sebastian, seine Stimme klang ganz fern in ihren Ohren. So fern, dass sie ihn nicht einmal wahrnahm.

„Werde nicht das, was er ist, Liebste. Bitte", sagte Sebastian. „Schau mich an. Du musst mich anschauen." Die nachlassende Kraft in seinen Worten war das, was sie schließlich dazu bewog, ihren Blick auf den Mann zu verlagern, der einen Meter von ihnen entfernt lag.

„Lass ihn dich nicht zu etwas machen, das du nicht bist", sagte Sebastian, seine Atmung kam abgehakt und schwach.

Gigi schaute ihn sich schließlich genau an und sah, dass Hope versuchte, einen Blutfleck auf seiner Brust zu stillen. Er war angeschossen worden, als sie Emerson angegriffen hatte. „O mein Gott, Sebastian. Nein. Mein Gott, nein." Tränen liefen ihr Gesicht hinab, während sie sah, wie seine Haut unter dem Sonnenlicht blass wurde.

Er streckte sich und berührte ihr Gesicht. „Ich habe dich immer geliebt."

Es war ein Abschied. Er verließ sie. Und es gab nichts, was sie tun konnte … oder doch? Gigi wandte ihre Aufmerksamkeit zurück zu Emersons leblosem Körper. Er atmete noch, doch er war nicht bei Bewusstsein. Zumindest würde er sich nicht wehren. Panisch suchte sie nach dem Ring, von dem sie wusste, dass er ihn in der rechten Tasche hatte. Es war immer so gewesen. Die vordere rechte Tasche. Und natürlich, während sie die Hand in seine rechte Tasche schob, schlossen sich ihre Finger darum.

Ohne Zeit zu verwenden, schob sich Gigi den Ring auf den rechten Ringfinger, genau dort, wo ihre Mutter ihn immer getragen hatte, dann legte sie die Hände auf Sebastians Brust. Sie hatte keine Ahnung, wie sie das anstellen sollte, aber sie würde ihn nicht kampflos aufgeben.

Gigi schloss die Augen, dachte an ihre Mutter und betete um Führung.

Gib deine Liebe in die Magie, Clarity. Es kommt in Ordnung. Lass nur die Energie von dir zu Sebastian fließen. Das ist alles. Du kannst das. Jetzt lass los.

Gigi wusste nicht, dass sie schluchzte, bis sie ihre verschwommenen Augen öffnete und den erschöpften, doch lächelnden Sebastian direkt vor sich sah. „Es tut mir so leid", sagte sie. „Das hätte nicht ..."

„Schhhh." Er legte eine Hand über ihre. „Keine Entschuldigungen. Du hast mich gerettet. Du hast uns alle gerettet."

„Ich glaube, es ist andersrum, aber darüber können wir später streiten", sagte sie und beugte sich über ihn, um ihn sanft auf die Lippen zu küssen. „Ich liebe dich."

Seine Augen gingen flatternd zu, und er flüsterte: „Ich liebe dich auch."

Im Hintergrund schrillten Sirenen, und sie klangen wie Musik in ihren Ohren. Sie schaute zu Hope. „Wirst du bei ihm bleiben? Ich suche Grace und Joy."

„Wir sind gleich hier, Gigi", sagte Grace hinter ihr. Als Gigi den Kopf drehte, fand sie ihre beiden Freundinnen mit einem Mann, der fast genauso ausgezehrt aussah wie sie. „Wir haben auch Gage gefunden, Sebastians Privatdetektiv. Sie haben ihn in einem beschissenen Zimmer mit nichts eingesperrt, nicht mal einem Bad."

Alle drei waren sie ein wenig angeschlagen und

zerfleddert, aber sie waren heil, und nur das spielte eine Rolle. „Den Göttern sei es gedankt. Und danke, dass ihr nach uns gesucht habt."

„Haben wir nicht", sagte Grace. „Das war Autumn."

Gigi schaute sich um. „Wo ist sie?"

„Noch drinnen." Grace kniete sich neben Gigi und legte ihr eine Hand auf die Schulter. „Autumn ist ziemlich schlecht beieinander, aber ich glaube, sie kommt in Ordnung, sobald sie mal medizinisch betreut wird."

„Was ist passiert?", fragte Gigi, die sich fast vor der Antwort fürchtete.

Joy machte einen Schritt vor, und da merkte Gigi, dass ihre Jeans ganz mit Blut verschmiert war. „Man hat zweimal auf sie geschossen. Einmal in die Schulter, einmal in den Oberschenkel. Das hat ihr Vater getan, weil sie uns reingelassen hat, um dich rauszuholen."

Gigi schaute zwischen Sebastian und dem Haus hin und her, innerlich zerrissen, was sie tun sollte. Sie wollte unbedingt an beiden Orten gleichzeitig sein. „Wer hat sie denn im Auge?", fragte sie.

„Ihre Freundin", sagte Joy.

„Geh. Ich komme klar", sagte Sebastian, der zu Gigi aufschaute. Er lächelte sie schwach an, während er hinzufügte: „Der Krankenwagen kommt, und der Zirkel ist da, um sich um mich zu kümmern."

Sie gab ihm einen weiteren raschen Kuss, und dann machte sie sich auf zum Haus.

Gigi fand die junge Frau, die die Gabel fallen gelassen hatte, die sie letztlich bei Hope eingesetzt hatte, wie sie im Foyer über Autumn kniete. Autumn war blass wie ein Geist, zitterte und war voller Blut, aber es sah aus, als wäre die Blutung gestillt. Gigi fiel an der anderen Seite ihrer

Halbschwester auf die Knie, nahm sich ihre freie Hand und hielt sie mit ihren beiden fest. „Du kommst in Ordnung, okay, das weißt du, oder?"

Autumn nickte. „Das sagt mir Zoe auch die ganze Zeit." Sie warf einen Blick auf die jüngere Frau, die einen ruhigen Ausdruck auf dem Gesicht hatte, und ein lockeres Lächeln für Autumn.

„Das stimmt", sagte Zoe. „Ich bin echt gut in dem, was ich mache."

„Sie ist Sanitäterin. Sie hat die ganze Zeit mit viel verrückteren Sachen zu tun", sagte Autumn mit abgehackter Stimme.

„Entspann dich einfach, Baby. Das ist der Schock, der dich so stottern lässt." Sie warf einen Blick zur Tür und griff fester um Autumns Hand.

„Ich kann helfen", sagte Gigi. „Es ist Magie. Ist das für dich in Ordnung?"

Autumn schaute auf der Suche nach einer Antwort zu Zoe.

„Was für eine Magie?", fragte Zoe.

„Heilende Energie."

Zoes Augen wurden groß. „So was von. Die habe ich noch niemals zuvor in Aktion gesehen."

Gigi schaute zu Autumn. „Ist das für dich in Ordnung?"

Sie nickte und schloss die Augen, bebte noch immer.

„Bleib ruhig, gib deine Liebe in die Energie", sagte sich Gigi. Sie dachte an beruhigende Dinge, Sonnenschein und Freude und blauen Himmel und Welpen und Regenbögen, während sie sich darauf konzentrierte, positives Licht in Autumn zu schicken.

Als sie schließlich die Magie losließ, schaute sie hinab auf ihre Halbschwester und war erfreut, zu sehen, dass sie mehr Farbe hatte und aufgehört hatte, zu zittern.

Danke, sagte Zoe tonlos, bevor sie sich nach unten beugte, um Autumn etwas ins Ohr zu flüstern.

Gigi erhob sich, als gerade die Sanitäter kamen und Autumn auf eine Trage packten. Mit der Sicherheit, dass sie in guten Händen war, begab sie sich wieder nach draußen, weil sie vorhatte, mit Sebastian ins Krankenhaus zu fahren. Aber stattdessen stellte sie fest, dass sie von Angesicht zu Angesicht einer äußerst unglücklichen Kriminalinspektorin gegenüberstand.

„Ms. Martin, wir müssen mit Ihnen reden", sagte die Frau.

„Ja. Natürlich." Sehnsüchtig starrte sie den Krankenwagen an, in den sie gerade Sebastian verladen hatten, und folgte dann der Inspektorin zurück ins Haus und zeigte ihr das Zimmer, wo sie gefangen gehalten worden war.

Stunden später schaffte es Gigi endlich ins Krankenhaus. Sie stand im Eingang von Sebastians Zimmer, während sie darauf wartete, dass die Ärztin seine Karteikarte fertig las.

Als Sebastians Puls nach oben ging, drehte sich die Ärztin um, sah sie und fing an, leise zu lachen. „Sieht so aus, als würde sich jemand bereits besser fühlen." Sie bedeutete Gigi, einzutreten, und sagte dann: „Ich komme hier noch mal vorbei, bevor meine Schicht endet, um nach Ihnen zu sehen, aber es sieht aus, als würden Sie in Ordnung kommen. Dank Ihrer Freundin hier werden Sie sich vermutlich beschleunigt erholen. Anstatt ein paar Monate wird es vermutlich nur ein paar Wochen dauern."

„Danke, Doktor", sagte Sebastian, der Gigi anlächelte.

„Ich werde über die Besuchszeiten hinaus bleiben", sagte Gigi zu der Ärztin.

Sie lachte. „Da es bereits nach den Besuchszeiten ist, habe ich das schon angenommen. Lassen Sie ihn etwas Schlaf kriegen, und es wird alles gut."

Gigi nickte dankbar und begab sich hinüber zu Sebastian. Sie nahm seine Hand in ihre und fragte: „Wie geht es dir?"

„Jetzt besser, da du hier bist." Er rückte herüber und klopfte auf das Bett. „Setz dich hierher. Ich möchte dich neben mir spüren."

„Bist du sicher, dass ich dir nicht wehtue?"

Er schüttelte den Kopf. „Dank dieser Magie, mit der du mich angefüllt hast, und dem Schmerzmittel, das sie mir vor einer Stunde gegeben haben, habe ich keine Schmerzen."

Das war schon echt was, wenn man bedachte, dass auf ihn geschossen worden war. Gigi kroch auf das Bett und kuschelte sich neben ihn, passte auf, die Wunde auf seiner anderen Schulter nicht zu beeinträchtigen. Sobald sein Arm um sie lag, stieß sie vor Erleichterung ein müdes Seufzen aus und fragte: „Wirst du zu mir ziehen?"

„Ja." Er küsste sie auf den Kopf und hielt sie fester.

„Einfach so?" Sie schaute in sein müdes Gesicht auf. „Du kannst darüber nachdenken, oder einfach Nein sagen, falls du das für zu schnell hältst. Oder ..."

„Gigi", sagte er leise. „Ich bin seit über zwanzig Jahren in dich verliebt. Es ist nicht zu schnell."

Sie lachte leise. „Na ja, wenn du es so ausdrückst ... Ich werde dir morgen einen Schlüssel machen lassen."

„Gut."

Sie lagen beieinander, hielten einander einfach still lange fest, bis Sebastian sagte: „Vielen Dank."

„Wofür?", fragte sie, nicht sicher, ob sie überhaupt einen Dank verdient hatte. Es war ihre Schuld, dass er unter

Drogen gesetzt, gefangen gehalten und angeschossen worden war.

„Dass du dich für Liebe entschieden hast, nicht für Rache. Er spielt eine Rolle. Das weißt du, oder?"

Sie nickte, in ihren Augen brannten wieder Tränen. „Er ist in Gewahrsam. Die Kommissarin ist sicher, dass er nicht auf Kaution rauskommt."

„Das sind gute Neuigkeiten."

„James haben sie auch festgenommen. Sie haben ihn gefunden, wie er sich in einem Schrank versteckt. Der Feigling. Er hat versucht, ihnen zu sagen, dass er auch gefangen gehalten wurde, doch Emerson war besessen von Videos. Jeder Raum wurde aufgenommen. Es gibt bergeweise Beweise. Damit und mit dem Ring ..." Ihre Stimme brach, während sie schluchzte. „Es ist möglich, dass Emerson für den Mord an meiner Mutter dran kommt. Was James angeht, er muss sich als Mitschuldiger und mit dem Vorwurf der Entführung herumschlagen. Vielleicht auch Betrug, da er mich unter falschen Vorgaben geheiratet hat."

Sebastian zog sie mit seinem heilen Arm ganz dich zu sich und hielt sie, während sie noch einmal wegen des Verlustes ihrer Mutter weinte, wegen der Qualen, die sie durchgemacht hatte, und der Tatsache, dass sie es zusammen und lebendig heraus geschafft hatten.

„Es wird besser, Gigi. Jetzt, da du die Antworten hast und James aus deinem Leben raus ist, kannst du wirklich weiterziehen. Ich kann gar nicht erwarten, zu sehen, was du von hier aus anstellst."

Sie lächelte zu ihm auf. „Wo immer ich hingehe, du wirst dabei sein."

„Total kitschig. Ich liebe es."

Gigi lachte und wusste, selbst wenn sie noch Probleme

hatte, die sie durchstehen musste, hatte er recht. Ihre Vergangenheit lag ganz hinter ihr, und sie war bereit, in die Zukunft zu schauen. „Du magst meinen Kitsch?"

„Auf jeden Fall. Jetzt gib mir noch etwas Glitzer drauf, bevor ich den Verstand verliere."

Mit einem törichten Grinsen hob Gigi ihre Lippen zu seinen und küsste ihn, bis der Herzfrequenzmonitor so schnell schlug, dass die Schwester kam, um sie voneinander zu trennen.

KAPITEL SIEBENUNDZWANZIG

„Prost!" Gigi hob ihr Sektglas hoch, stieß mit Skyler und Carly Preston auf ihre epischen Verkäufe bei der großen Eröffnung an. Hinter verschlossenen Türen war schon vor einem Monat eröffnet worden, und obwohl es stiller gewesen war, nach allem, was bei Emerson vorgefallen war, war das Event ziemlich vielversprechend gewesen.

„Ich kann nicht glauben, dass wir die Cellulite-Creme ausverkauft haben", sagte Carly, die das Display beäugte, als könnte irgendwo noch ein Gefäß auf Abwegen auftauchen. Der Filmstar trug ein herrliches weißes Kleid mit einem Lilienmuster in Elfenbein darüber. Sobald Gigi sie gesehen hatte, war sie zu Skyler gelaufen und hatte verlangt, dass er ihr was Anständiges zum Anziehen suchte. Er hatte natürlich geliefert, mit einem schulterfreien roten Abendkleid, das sie aussehen ließ wie die jüngere Schwester des Filmstars. Es war toll.

„Ich schon. Habt ihr gesehen, was für einen phänomenalen Job Hope erledigt hat, indem sie den Laden mit Frauen gefüllt hat, die über vierzig sind?", fragte Gigi. „Ich schwöre, da drin hat es ausgesehen wie auf einer Rentner-Party."

Skyler lachte. „Lass bloß niemanden hören, wie du das sagst, oder wir haben in fünf Sekunden kein Geschäft mehr."

Gigi kicherte. „Ich mach doch nur Witze. Hör mal, ich bin doch in dieser Gruppe. Und ich habe zwei Gläser von Carlys Wundercreme zu Hause. Man kann niemals zu vorbereitet sein."

Carly schüttelte den Kopf über ihre Sperenzchen. „Ich freue mich, dass es ein Erfolg ist, aber ich werde beschäftigt sein, wenn ich versuche, die ganzen Bestellungen zu erledigen."

„Wir brauchen eine Produktionsstätte", sagte Gigi. „Denn mir geht es genauso. Und ich habe vorher Extraschichten eingelegt, weil ich dachte, ich würde der Sache zuvorkommen."

„Weißt du was", sagte Carly, die mit sich mit einem roten Fingernagel an die Lippen tippte. „Ich glaube, wir müssen darüber echt nachdenken. Und wenn wir das tun, könnten wir erweitern und unsere Produkte überall verkaufen."

Skyler räusperte sich. „Ähm, ich will hier nicht die Laune verderben, aber ihr beiden wisst schon, dass mein Laden innerhalb von fünfzig Meilen Exklusivrechte hat, oder?"

Carly verdrehte vor ihm die Augen. „Klar weiß ich das. Ich meine, wir könnten dieses Zeug in Spas und anderen Spezialitätenläden im ganzen Land verkaufen. Und vielleicht ein wenig ganz besonderes Zeug, nur für unseren Lieblingsjungen hier zurückhalten, damit er es exklusiv auf seiner Webseite vermarkten kann."

„Oh, das gefällt mir. Macht weiter", sagte Skyler. Die drei redeten über Logistik, wo sie vielleicht eine

Produktionsstätte finden könnten, und wie sie das anfangen würden, damit weder Carly noch Gigi Vollzeit dort sein mussten.

„Entschuldigung." Iris Hartsen, die Bürgermeisterin der Stadt, blieb zwischen Gigi und Carly stehen. „Ich hoffe, euch macht es nichts aus, dass ich mich einmische, ich habe mitgehört, wie ihr über die Suche nach einer Produktionsstätte für eure wunderbaren Hautpflegeprodukte sprecht. Wenn ihr es ernst meint, eine zu eröffnen, weiß ich den perfekten Ort gleich vor der Stadt. Dort wird derzeit Kosmetik hergestellt, aber das schließt nächsten Monat."

„Warum?", fragte Gigi.

„Wird ins Ausland verlagert", sagte sie mit einem Seufzen. „Es ist schwierig, die Jobs zu Hause zu halten, wenn den Firmen alles völlig egal ist, außer ihre Aktionäre."

Gigi wechselte einen Blick mit Carly, die nickte.

„Das klingt ziemlich gut", sagte Gigi. „Wir würden uns das gern ansehen, sobald die Möglichkeit besteht."

„Perfekt", sagte Iris, die ihre maßgeschneiderte Anzugjacke richtete, als hätte sie gerade einen Preis gewonnen. Gigi lächelte dabei vor sich hin, aber sie vermutete, es war etwas Gutes, eine Bürgermeisterin zu haben, der die Stadt so wichtig war, dass sie immer nach Gelegenheiten suchte, neue Geschäfte und neue Jobs anzulocken.

Während Iris und Skyler Klartext über Verkaufsflächen in der Innenstadt sprachen, musterte Gigi die Menge. Sebastian trank etwas mit Hope und Lucas, aber er achtete nicht auf sie. Er beobachtete Gigi. Ihr ganzer Körper wärmte sich unter seinem Blick. Sobald er aus dem Krankenhaus gekommen war, war er bei ihr eingezogen. Da er nur eine

Wohnung für den Sommer gemietet hatte, war das kein großer Akt gewesen, aber sie hatten bereits beschlossen, dass er dauerhaft nach Premonition Pointe ziehen würde. Er würde einfach zu Hause arbeiten und für seinen Job reisen, wenn es nötig war.

Gigi war überrascht, wie einfach der Übergang gewesen war. Obwohl die Therapeutin, mit der sie sich traf, überhaupt nicht überrascht gewesen war. Sie sagte, abgesehen von ihrer Mom war Sebastian die einzige wahre Familie, die Gigi je gehabt hatte. Es ergab schon Sinn, dass es überhaupt nicht komisch war. Dafür kannten sie einander zu gut.

„Hey, Schwester. Du weißt schon, du siehst ziemlich doof aus, wie du da allein stehst und diesen tollen Anwalt anhimmelst", sagte Autumn, die Gigi einen Arm um die Taille gelegt.

Gigi lächelte ihre Schwester an. Sebastian mochte ja vielleicht die einzige Familie sein, die sie gekannt hatte, aber das eine Gute, das aus der Entdeckung erwachsen war, dass Emerson ihr Vater war, war die Erkenntnis, dass sie und Autumn wirklich Halbschwestern waren.

Autumn hatte keine Ahnung gehabt, dass sie verwandt waren. Sie war schockiert und verwirrt und wirklich aufgebracht gewesen, dass ihr Vater ihr nicht gesagt hatte, dass sie eine Schwester hatte. Doch als der Schock nachgelassen hatte, war sie hocherfreut gewesen, und sie hatten nicht lange gebraucht, um sich nahezukommen. So nahe, dass sie manchmal sogar zusammen Therapie machten. Als Autumn das vorgeschlagen hatte, hatte es Gigi anfangs nicht für eine tolle Idee gehalten, doch als ihr klar geworden war, dass sie beide ziemlich ähnliches Zeug durchzuarbeiten hatten, war es einfach sinnvoll gewesen.

Wenn Gigi ehrlich war, waren diese Sitzungen jene, an denen sie am meisten wuchs.

„Ich kann nicht anders. Er ist einfach so hübsch", sagte Gigi.

Autumn seufzte und klimperte mit den Wimpern, während sie in seine Richtung große Augen machte. „Du hast recht. Er ist ein Traum."

Gigi grinste über ihre Sperenzchen. „Jetzt guck mal lieber Zoe so an, bevor sie sich noch übergangen fühlt."

Autumn schaute hinüber zu ihrer Freundin, die den Großteil des Abends an Petes Arm verbracht hatte. In der Boutique war es einfach so trubelig gewesen, es war keine Zeit geblieben, dass eine von ihnen mit ihrem Date herumhing. Das war noch ein gutes Problem. „Sie sieht echt toll aus, oder?"

Zoe war in einen schmal geschnittenen Samtanzug gekleidet und hatte ein königblaues Seidenhemd an, das unter dem Jackett hervorlugte. Gigi nickte zustimmend. „Sie ist umwerfend. Und klug. Behalt sie, ja?"

„Das habe ich vor." Autumn zwinkerte Gigi du, und dann begab sie sich direkt zu ihrer Freundin.

Seit Emerson festgenommen war, war Autumn aus ihrem Panzer hervor gekommen. Sie war nicht mehr Skylers stille Assistentin. Sie war eher schon die Superheldin, die alles bei *Sky's The Limit* möglich machte. Sie war jahrelang allein gewesen, nachdem sie die Firma ihres Vaters verlassen hatte und finanziell außen vor gelassen worden war, aber etwas hatte sie immer noch zurückgehalten. Es erwies sich, dass es übrige Probleme wegen ihres Vaters waren. Diesen Umhang hatte sie abgeworfen, seit sie mit der Therapie angefangen hatte, und Gigi war begeistert, das zu sehen.

Gigi wollte sich ein weiteres Glas Sekt holen, als sie

Grace, Hope und Joy auf sich zukommen sah. Sie grinste sie an und hielt die Arme weit ausgestreckt, um sie zu drücken. Sie stürzten sich auf sie, und die vier legten die Arme umeinander, während die Zirkelmitglieder ihr gratulierten, weil ihre Hautpflege ein solcher Erfolg war.

„Danke", sagte Gigi. „Das hätte ich nicht ohne euch drei machen können, die mir die ganze Nacht gut zugesprochen haben."

Grace wedelte wegwerfend mit der Hand. „Ach bitte, das Zeug ist genial. Wir helfen nur zu gerne."

Die vier plauderten ein paar Minuten und planten ihr nächstes Zirkeltreffen auf der Klippe.

„Ich habe darüber nachgedacht, Carly einzuladen", sagte Joy. „Was meint ihr?"

„Ja", riefen die anderen drei sofort.

„Perfekt. Wir führen sie nächste Woche ein", sagte Joy. „Wenn wir fertig mit unserem Dreh sind."

„Dreh?", fragte Gigi. „Hast du eine weitere Rolle bekommen?"

Joy nickte begeistert. „Es ist ein wöchentliches Drama auf einem der Streaming-Dienste, in dem Carly die Hauptrolle hat, und als eine der Schauspielerinnen ausgefallen ist, hat Carly mich empfohlen. Ich habe heute den Anruf bekommen. Ich fange am Montag an!"

Alle riefen sie erfreut, und sie tranken alle viel zu viel Sekt. Gigi war sicher, dafür würde sie am Morgen bezahlen, aber es war es wert. Bis Sebastian sie nach Hause fuhr, war sie erschöpft und glücklicher, als sie es je gewesen war.

„Ein toller Abend", sagte Sebastian, als er in die Zufahrt abbog.

„Der Beste", stimmte sie zu.

Während sie zur Tür gingen, zog er sie dicht an sich und sagte: „Er wird sogar noch besser."

„Versprochen?" Sie lächelte zu ihm auf, ihr Herz voller, als sie sich je erinnern konnte.

„Immer." Er küsste sie sanft, und dann wurde ihr Kuss, wie es immer kam, rasch erhitzt.

Gigi zog sich zurück und sagte: „Ich liebe dich, Sebastian Knight."

Seine dunklen Augen, so voller Liebe, musterten ihre und sagten: „Genug, um mich zu heiraten?"

Ein träges Grinsen trat auf die Gigis Lippen, während sie nickte und fragte: „Was hat da so lang gedauert?"

KAPITEL ACHTUNDZWANZIG

*J*ris Hartsen hatte eine schlimme Woche. Eine echt
schlimme Woche. Nachdem sie auf drei neuen
Geschäftsöffnungen gewesen war und Verbindungen für
einen echten Zuwachs an Industrie aufgebaut hatte, war Iris
am Samstag in die Arbeit gerufen worden, um einen Brief
vorgelegt zu bekommen, der vom Stadtrat kam und sie bat,
den Posten aufzugeben. Der Brief hatte die Zunahme an
Gewaltverbrechen und die Verwicklung ihres Mannes in
eine Drogenschmuggelaffäre genannt. Es spielte keine Rolle,
dass sie ihn rausgeworfen und sich von ihm in dem
Augenblick hatte scheiden lassen, als sie im letzten Herbst
von seinen Verbrechen erfahren hatte. Aber sie machten sich
Sorgen, dass Tom wegen eines Verfahrensfehlers
freigekommen war, und sie dachten, Iris hätte das so
hingedreht.

Sie stieß ein wenig erheitertes Lachen aus. In den
unsterblichen Worten von Cher Horowitz: *Als ob!*

Hätte vor einem Jahr jemand gefragt, wie ihr Mann war,
hätte sie gesagt, nett, witzig, treu, ein guter Geschäftsmann

und ein Anwärter auf den unterstützendsten Ehemann des Jahres. Jetzt? Betrüger, Dieb, Krimineller und der Typ, der sie um den Job gebracht hatte, den sie liebte. Sie verabscheute es, dass er nicht für seine Verbrechen bezahlte. Die Richterin hatte ihn mit einer Warnung gehen lassen, dass sie, falls er wieder vor Gericht stehen würde, einen Grund finden würde, ihn einsitzen zu lassen. Es war unprofessionell gewesen, aber Iris verstand, dass die Richterin über die mangelnde Strafmündigkeit genauso angepisst war wie sie.

„Du Scheiß-Bröckchen Krötenschleim", sagte Iris.

„Du sprichst aber nicht mit mir, oder?", fragte ein Mann von nebenan.

Iris schaute hinüber und sah ihren neuen Nachbarn, der sie anlächelte, Humor blitzte in seinen leuchtend blauen Augen. „Noch nicht, aber lassen Sie mal ein paar Minuten vergehen. Man weiß nie, wie diese Unterhaltung laufen wird."

Er lachte leise. „Ach, ja. Ich werde dich mögen."

Sie lachte schnaubend. „Das werden wir sehen."

„Ich hoffe es. Tatsächlich wollte ich gerade rüberkommen und fragen, ob du Kaffee hast. Es hat sich erwiesen, dass ich eine Niete im Einkaufen bin und vergessen habe, mir gestern welchen mitzunehmen, und ich könnte echt eine Dosis Koffein vertragen."

„Tut mir leid. Ist mir gerade ausgegangen." Sie hatte tatsächlich eine Notration Instantkaffee, aber auf keinen Fall würde sie diesen gut aussehenden Fremden wissen lassen, dass sie dieses Zeug trank, wenn sie zu beschäftigt war, um sich eine Kanne zu kochen.

„Kein Kaffee. Verdammt. Wir sind erbärmlich. In diesem Fall zieh dir Schuhe an, und lass dich von mir zum Café um die Ecke bringen. Sieht aus, als könnten wir beide etwas brauchen, was uns aufrichtet."

Iris starrte ihn an, hin- und hergerissen zwischen Erheiterung und Ärger. Sie hatte doch nur ihren eigenen Kram im Kopf gehabt, kochte wegen des Mists, der in ihrem Leben vorging, und er hatte sie unterbrochen, und verdammt, zum Lachen gebracht. Der hatte Nerven.

Ihr Nachbar verschwand in sein Haus und kam in unter einer Minute zurück, einen kleinen flauschigen Hund an der Leine.

Das war es dann. Sie liebte Hunde. „Gib mir ganz kurz." Iris lief in ihr Haus, fuhr sich rasch mit den Fingern durch ihr welliges blondes Haar, schob die Füße in ein Paar Schuhe, mit denen man gut gehen konnte. Als sie auf ihre Veranda zurückkehrte, wurde sie von einem springenden, glücklichen Hund begrüßt. „Wie heißt du denn, mein Süßer?"

„Kade", sagte ihr Nachbar.

Gigi schaute auf. „Dein Hund mit dem rosa Halsband heißt Kade?"

„Oh, du hast BeeBee Süßer genannt? Mein Fehler." Er grinste sie an und hielt ihr eine Hand hin. „Ich bin Kade Carson. Und das ist Bunny, auch bekannt als BeeBee und Buster, je nachdem, wie ich so drauf bin. Normalerweise ist es BeeBee."

„Äh, okay. Das war eine Menge auf einmal." Sie schüttelte ihm die Hand. „Iris Hartsen. Keine Haustiere, aber ich freue mich, BeeBee kennenzulernen. Du solltest mit ihr in die Hundebäckerei *Four Paws* gehen, um sich Leckerbissen zu holen. Das wird sie lieben." Sie ging in die Hocke und ließ sich von dem flauschigen Hund mal kurz kuscheln.

„Da besteht kein Zweifel. Das sehen wir uns an. Danke." Er reihte sich neben ihr ein, während BeeBee vorausging.

„Du hast eine Empfehlung für eine Hundebäckerei, aber keine Haustiere? Das sieht aus wie ein Fehler, den man richtigstellen muss."

„Warum? Weil jeder einen Hund braucht?", fragte sie.

„Nein, weil du sie eindeutig liebst. Sag jetzt die Wahrheit. Du wärst jetzt nicht mit mir hier, wäre sie nicht mitgekommen, oder?"

Iris lachte wieder. Verdammt, wie machte der Kerl das? „Vermutlich nicht. Und du hast recht. Ich liebe Hunde, aber mein Leben war zu voll. Keine Zeit für einen Hund." Zumindest hatte sie keine Zeit für einen Hund gehabt, aber jetzt hätte sie die ja, oder nicht? Vielleicht war es Zeit, einen Ausflug zu *Puppy Love* zu unternehmen, dem Tierheim vor Ort.

„Und jetzt denkst du darüber nach, doch einen zu adoptieren, oder?", sagte er und grinste sie an.

„Liest du Gedanken oder so was?", wollte sie wissen.

Diesmal lachte er. „Nein. Aber ich bin gut darin, Leute zu lesen, und das steht dir ins Gesicht geschrieben."

Sie schnaubte verärgert.

„Aber echt, wenn du dafür nicht bereit bist, mach es nicht. Ich scherze doch nur. Außerdem, jetzt, da ich dein Nachbar bin, bin ich sicher, BeeBee würde gern jederzeit zu Besuch kommen, wenn du mal schnell ein bisschen Flausch brauchst."

„Sieht für mich aus, als würde jemand einen Hundesitter suchen", scherzte sie.

„Erwischt." Sie unterhielten sich locker und neckten einander auf dem ganzen Weg ins Café. Bis sie einen Latte in der Hand hielt, war Iris entspannter, als sie es jahrelang gewesen war.

Dann passierte das Allerseltsamste. Ein lauter Knall

erklang über der Stadt, und einfach so lösten sich die Touristen in Luft auf. Es war wie in einer Geisterstadt oder als wären Aliens gekommen und hätten die ganzen Besucher entführt.

Kade stand still, starrte die Hauptstraße entlang und dann zu Iris. „Was zum Teufel ist gerade passiert?"

„Das ist ein Fluch", sagte Iris, ihre Haut juckte gereizt wegen der Überreste eines mächtigen Zaubers. „Jemand oder etwas hat gerade Premonition Pointe verflucht."

„Was?", fragte er.

„Ich muss los." Iris stürzte ihren Latte hinunter und lief los. Zehn Minuten später stand sie an Grace Valentines Tür, läutete immer wieder die Glocke, bis die Frau schließlich kam.

„Iris. Was ist los?"

„Die Stadt ist verflucht worden. Ich brauche die Hilfe des Zirkels."

ÜBER DIE AUTORIN

New York Times- und *USA Today*-Bestsellerautorin Deanna Chase wurde in Kalifornien geboren und in den behäbigeren Lebensstil des südöstlichen Louisiana versetzt. Wenn sie nicht schreibt, faulenzt sie oft mit ihrem Mann in New Orleans oder spielt mit ihren beiden Shih Tzus. Weitere Informationen und Neuigkeiten zu ihren neuesten Veröffentlichungen findet man auf ihrer Website unter deannachase.com.